时 生

トキオ

〔日〕东野圭吾 著

史诗 译

南海出版公司

新经典文化股份有限公司
www.readinglife.com
出　品

时生

序　章

　　如果只看表情，透明围帘中的青年似乎只是因为些许疲惫而睡着了，但他周身缠绕的数根管子却表明了无法回避的严峻现实。他或许还有微弱的鼻息，声音却已经被四周若干维持生命的仪器的声音掩盖了。

　　事到如今，宫本拓实只能一动不动地站在床边，无话可说，也无计可施。他能做的，就只有像这样守护在旁。

　　右手碰到了什么东西。过了好几秒，他才察觉那是丽子的指尖。妻子的手指抓住了他的右手。他依旧盯着床上，将右手回握了过去。妻子的手纤细、柔软，冷冰冰的。

　　不知何时，主治医生已经来到旁边。宫本夫妇与这位中年医生打了多年交道，医生泛着油光的额头与疲态尽显的脸庞透出奋斗的辛劳。

　　“在这里说吗？还是……”医生没再说下去。

　　宫本又一次看了眼床上，问道：“他有可能听见吗？”

　　“这……应该是听不到的，毕竟他处于睡眠状态。”

　　“这样啊。不过还是去外面吧。”

"好的。"

医生吩咐了护士几句，随即走出房间。宫本夫妇跟在后面。

"非常遗憾，他今后恢复意识的可能性极为渺茫。"几个人站在走廊里，医生语气平淡地告诉了宫本夫妇这残忍的现实。

宫本点点头。虽然极为悲伤，却并不震惊。这是他早晚会听到的宣告，他已经为今天做好了心理准备。

身旁的丽子也只是默默地垂着头。流泪的阶段早就过去了。

"但是，也并非毫无希望吧？"宫本向医生确认。

"嗯，可以这么说。虽然我也无法回答到底有百分之几的希望。"医生低头。

"那就好。"

"不过，就算恢复了意识，那恐怕也是最后的……"说到这里，医生咬紧了嘴唇。

"我明白，只要他能再醒来一次就好。"

医生一脸不解，歪头看着宫本。

"我想和他说句话，就最后一句。"

"哦……"医生点点头，似乎理解了。

"如果他能再次醒过来，能听到我说话吗？"

医生略一思索，点了点头。"应该可以。就抱着这样的信心对他说话吧。"

"好的。"宫本握紧了双拳。

将接下来的事情交给医生们后，宫本和丽子离开了重症监护室。深夜的病房大楼静悄悄的，等候室里的长椅排列得整整齐齐，空无一人。两人在最后排的椅子上并肩坐下。

一时无言。拓实想寻找合适的话语，但一虑及妻子心中正在汹涌的惊涛骇浪，拓实就无法轻易开口。

"累了吗？"结果是妻子先开口了。

"没有，还不至于。你呢？"

"我有点儿累了。"丽子叹了口气。

这是自然的。儿子陷入沉睡是在三年前，但夫妻二人的战斗从更早之前就开始了。从儿子出生的瞬间起——不，如果说得更严谨些，是从决定要孩子的那一刻起，就已经注定会有今日的苦恼。一想到这一点，宫本甚至冒出了这样的念头：能让妻子解脱的日子终于快到了。

在认识丽子之前，宫本完全没听说过格雷戈里综合征。知道这一疾病，是在向丽子求婚的时候。那是二十多年前的事了。

宫本做出一生一世的告白，是在一个毫无情调的地方。当时，两人正在东京站附近的一家大型书店。书店二楼是茶室，他们相对而坐，喝着红茶。两人约会时，经常在这里碰面。

宫本原本打算选一个更加周到的地方，但因为双方的工作，那时两人少有机会见面。也许有人会说，那就挑个别的日子不好吗？但宫本从那天一早就下定决心，一定要在当天表明心意。要是继续拖延，总觉得会错失良机。

求婚的话语并无特殊之处。宫本认为首先应该传达心意。

他不打算说什么大话。如果求婚，成功的可能性有百分之九十九，他有这个自信。那时他已经和丽子发生过关系，更能从丽子那里真切地感受到爱意。

但是，丽子的反应出乎了宫本的预料。听到他的话语，丽子的表情痛苦地扭曲起来，随后便低下头，咬紧牙关，怎么看都不像是喜极而泣。

"你怎么了？"宫本问道。

丽子没有回答，只是低着头。宫本只能等她再次开口。

终于，丽子抬起了头。她眼睛泛红，脸颊上却没有泪水的痕迹。不过她还是打开手包，拿出手帕。擦了擦眼角后，她看向宫本，微微一笑。

"对不起，吓到你了吧。"

"你怎么了？"宫本又问了一次。

"嗯……"丽子没有立刻回答，而是做了个深呼吸，再次直直地看向宫本的眼睛，"谢谢你，拓实。这是你第一次对我说这样的话，我很开心。"

"那——"

"但是啊……"她打断了宫本的话，"我也很伤心。我很害怕听到你那么说。"

"啊？"

"很遗憾，我不能结婚。"

"啊……"宫本感到有些腿软，"你不同意。"

"请不要误会。我不是有其他喜欢的人，也不是不喜欢你。我和任何人都不能结婚。我已经决定了，要一辈子单身。"

听丽子的语气，她像是早就有此打算，凝视着宫本的目光里也透着认真。

"到底是怎么回事？"宫本问。

"我……"丽子略加思索，又重新更换了用词，"我家，要是用老话说，就是受到了诅咒，流着非常糟糕的血，无法生育后代。所以我也没法生孩子。"

"等等，诅咒？怎么能有这么不科学的事。"

看到宫本一脸惊慌，丽子露出了无奈的笑容。

"所以我才说是老话啊。以前我家里人也都觉得那不科学，以为只是偶然出现那样的情况，不可能会一直传下去。可是并非如此，事实已经证明了一切。"

接着，丽子问宫本知不知道格雷戈里综合征。

宫本摇摇头，丽子便语气平静地介绍起这种被诅咒的疾病。

格雷戈里综合征，是二十世纪七十年代初期由德国学者发现的一种遗传病。这种疾病会让患者的脑神经逐渐死亡。大多数患者在十五岁前并无症状，但一过十五岁便会发病，典型的病征是运动能力逐渐丧失，先是手脚活动困难，最终全身几乎无法动弹；随之而来的是内脏功能衰退，到了这一步，患者必须依靠辅助设备才能生活。

卧床两三年后，患者会出现意识障碍。记忆缺失和思维混乱逐渐加剧，不久便会间歇性昏迷，最终完全丧失意识。简而言之，就是进入植物人状态。不过，这一状态不会持续太久，大脑终将完全停止运行，死亡也随之到来。

这样的病例在世界范围内十分少见，尚无治疗方法。虽然是遗传病，但携带缺陷基因的人并不一定会发病，目前知道的只有一点：缺陷基因位于 X 染色体上。这样的遗传病称为伴性遗传病，发病者大多为男性，女性很少。这是因为女性拥有两条 X 染色体，而男性只有一条，无法弥补缺陷基因带来的问题。

丽子的舅舅是十八岁时病死的，症状和前面所述完全一致，外祖母的哥哥也遭受了同样的病痛折磨。当格雷戈里综合征得到命名并为世人所知后，丽子的父亲注意到了妻子的亲戚们所患的怪病与之非常相似。他走访多家医院，寻找能发现缺陷基因携带者的有效方法。

他想确认的并不是妻子的情况，而是他的独生女儿是否是缺陷基因携带者。检查结果可能会让他不得不放弃抱孙子的打算。

"我大概一辈子都不会忘记爸爸让我去检查时的表情。"丽子向宫本坦言，"爸爸看我就像看恶魔一样。不，不对，他的表情更像是抓捕魔女的法师。妈妈的哭声从旁边的房间传来，当时我仿佛身处地狱。"

"你恨你爸爸吗？"

"那时我恨他，不知道他为什么会下这么过分的命令。但是仔细一想，爸爸是对的。明知自己有可能是缺陷基因携带者，却装成什么事都没有的样子结婚生子，实在太不负责。而且爸爸一次都没有责怪过妈妈。从奇怪的家庭娶了妻子、遭受了重大损失之类的话，他一次都没说过。"

"然后你就去做检查了？"

"嗯。"丽子点了点头，"结果我不用说，你也明白吧。"

宫本默默颔首。他已经完全理解了丽子打算终身不婚的理由。

"知道结果后，我深受打击。为什么我会这么不幸？我满肚子怒气，虽然知道是自己蛮不讲理，却还是朝妈妈乱发脾气。结果爸爸打了我一巴掌，说人生不只有结婚这一件事。"丽子将手放到左脸颊上。

宫本原本想说自己也深受打击，话到嘴边却咽了回去。在丽子的痛苦面前，他的想法不值一提。

"你明白了吧，我不能接受你的求婚。我特别高兴，高兴得都要掉眼泪了，但如果要结婚，只能请你另找他人。"丽子紧握手帕，低垂着头，长长的头发遮住了她的脸。

"那不要孩子不就行了？"

丽子摇了摇头。"拓实，我很清楚你喜欢孩子。我不是没那么想过，也想过请你放弃要孩子。但是我们交往到现在，我很清楚你对未来的构想，所以无法让你放弃。"

买一辆露营车，周末一家人去游山看海。想要两个儿子，还要有个女儿，那样才多姿多彩。大家一起钓鱼，然后在河滩上烤着吃。如果能过上这样的生活，就无须过多的钱。能拥有健健康康、充满欢笑的家庭，其他的都无所谓——无数曾对丽子说过的话，在宫本的脑海中浮现。听到这些话的时候，她的脸上始终挂着笑容，但恋人讲述的一个个梦想就像一把把插进她胸口的刀。

"那种梦想无所谓的，反正不是什么大事，还有比那些更重要的事情。总之，我想和你在一起，从今往后也想与你一起生活，没有孩子也没关系。"

大概在丽子眼中，那时的宫本就像个孩子。每次回想起那时的情景，宫本就觉得很不好意思。可那不是谎话。他当时的确头脑发热，那些话也是脱口而出，可他从未后悔。

尽管如此，丽子仍觉得宫本是一时冲动才这么说。两人约好有时间再谈，便就此分开了。

过了几天，两人再次进行了同样的谈话，只是地点不同——宫本拜访了丽子家。他在丽子的父母面前鞠躬，说他已经了解了全部内情，请求丽子的父母允许他们结婚。

这位揭示了女儿被"诅咒"的命运的父亲，身材矮小，但仪表堂堂。宫本原本想象这位父亲是个理智而冷漠的人，可是一见面才发现对方平易近人，是个好心肠的下町①大叔。这样和蔼的人究竟要怎样，才会变成抓捕魔女的法师呢？

"宫本先生，简单地说，那会非常艰难。现在你只能看到眼前的事，才会说出那样的话，但人是会随着时间改变的。最初两个人单独生活可能也不错，但总有一天会想要孩子。等到你的朋友、亲

---

① 位于城市低洼地带的街区，居民主要为商人和工匠等。

戚家里一有小孩，就更是如此。到了那时，你如果觉得要是没娶这个有缺陷的老婆就好了，那丽子该多可怜。"

"那样的事情绝对不会发生。我保证。"

"你现在是这么说，可问题是十年后、二十年后你会怎么想？因为我家女儿的问题让别人后悔，我们也不愿意看到。何况你的父母怎么想？他们能接受你不要孩子吗？丑话说在前面，关于丽子的情况，我可不赞成对你父母保密。宁可撒谎也要嫁女儿，我没这个想法。而且谎言这种东西，迟早都会暴露的。"

"我没有父母。"

宫本说出了详情。丽子的父亲似乎非常惊讶，但没有多说什么。

"我很清楚，你不是那种不知人间疾苦的少爷。但是啊，结婚并不是一时冲动决定的。"

"拜托了。我一定会让您女儿幸福。"宫本低头鞠躬。

丽子的父亲似乎叹了口气。他转而问女儿："你怎么想？你觉得你们能好好过日子吗？"

"我……"丽子停顿了一下，又接着说，"我愿意相信拓实。"

"这样啊。"父亲又叹了口气。

婚礼是在一个古老的教堂举行的，只有家人参加，十分简朴。新娘美丽动人，天空碧蓝如洗，宫本心满意足。大家的祝福充盈在他的心间。

两个人在吉祥寺的一处小公寓里开始了新生活。一切都非常顺利。无法生育的事实不时会令一方感到受伤，有时两人也互相伤害对方，但每次不用多久就能和好如初。

可苦难突然从另一个方向意外到来。丽子怀孕了。那时，两人结婚刚满两年。

"这绝对不可能！"宫本叫喊着。

“可是已经确认了啊，我去医院检查了。你不要有什么奇怪的想法，这肯定是你的孩子。”丽子平静地说。

宫本从未怀疑这会不是自己的孩子，只是不愿相信。其实，他并非毫无头绪。两人虽始终在采取避孕措施，但已经逐渐不再严格。应该说，他们大意了。

“不用担心。明天我就去办手续。”丽子似乎正在努力让语气轻快起来。

“拿掉吗？”

“嗯，这也没办法啊。”

“但是，有一半吧？”

“一半？”

“遗传的可能性。就算是男孩子，遗传到有缺陷的 X 染色体的可能性也是百分之五十吧？要是女孩子，就算遗传到也不会发病。”

“你是什么意思？”

“也就是说，我们的孩子患上格雷戈里综合征的可能性是四分之一。反过来说，生下正常孩子的可能性是四分之三。”

“所以呢？”丽子盯着他的脸，“你的意思是让我生下来？”

“也可以那么选择吧。”

“别说了。我已经下定决心，别再说让我动摇的话了。”

“可是四分之三的可能性……”

“数字什么的多少都不重要，又不是在抽签。万一出生的是个男孩，而且是缺陷基因携带者，那该怎么办？难道就说一句‘啊，没抽中，好失望’？就算有病，孩子也是有人格的。对于我来说，不是百分之百，就是零，而我选择了零。这是结婚前就决定好的吧。”

她说得没错。生孩子不应该分什么抽中或没抽中。宫本无话可应，沉默下来。

但这并不意味着宫本就此想通了，有种东西开始在他心中涌动。那是他长久以来遗忘的东西。

宫本烦恼着，思考着。他不认为堕胎是最好的选择。他开始寻找拉扯着他胸口的东西的真面目。

没多久，一个青年的声音在他耳边响起。

"未来并非只是以后——"

对了，宫本想，自己一直在寻找"他"说的话。

"我希望你把孩子生下来。"他恳求丽子，像面对丽子的父亲时一样低下了头，"无论结果如何，我都不会后悔。无论生下来什么样的孩子，我都会从心底爱他，努力让他幸福。只要是我能做的事，我都会尽力去做。"

最初，丽子并不接受，甚至对宫本的意气用事感到愤怒。不过，看到宫本不断鞠躬请求，丽子明白他是认真的。

"你真的明白那意味着什么吗？"

"我明白。要是生下了携带缺陷基因的男孩，那会非常辛苦。但是没关系，我还是希望你生下来。那孩子一定希望来到这个世界上。"

"让我考虑一下。"丽子说。

实际上，她考虑了整整三天。我也做好心理准备了——这是她得出的结论。这次，她没有和父母商量，因此当怀孕四个月后向父母报告时，父母——尤其是父亲，情绪激动，大骂他们没有责任心。

"我们会负责的。这是我们两个人径自做出的决定，无论发生什么都不会后悔，也不会来哭诉。"

丽子的父亲到最后也没有同意。宫本和丽子就在这种不快的氛围中离开了。

结果一直沉默不语的母亲从后面追了上来。

"如果这是你们两人共同的决定，我不会干涉。但是，请你们一定要记住，"她来回看着宫本和丽子，"如果孩子患上那种病，不只他自己，你们也会生不如死，甚至会觉得下地狱都比活着好。"

丽子的舅舅就是得了这种病去世的，当时的情形还清晰地烙印在她脑海中。但她并不想讲出痛苦的回忆。

"我们已经做好了面对痛苦的打算，和孩子一起。"

宫本话一出口，丽子的母亲就盯着他的眼睛点了点头。

几个月后，丽子生下一个男孩。

"名字就叫时生吧。"宫本抱着刚出生的婴儿说，"时间的时，出生的生。可以吗？"

丽子没有反对。"你早就想好了？"

"算是吧。"宫本回答。

无论是宫本还是丽子，都没有打算让时生接受检查。在宫本看来，即使知道检查结果，也无法改变什么。丽子可能也是这么想的。而且宫本心中其实已经确信：如果检查，很可能会得到坏消息。这与不知不觉陷入消极思维不同，甚至可以说，他已经知道了结果。

时生渐渐长大，长成了一个充满活力的男孩。就像结婚前所期待的那样，宫本买了一辆四轮驱动的旅行车，载着儿子和妻子四处游玩。最让时生开心的，是一家人开车从东京一路来到北海道，在北海道环游一周的经历。时生晒得黝黑。一家人坐在能够眺望见薰衣草田的山丘顶上烧烤，又并排躺在狭窄的车内，打开天窗，眺望着星空入眠。宫本还带时生去了大阪一个充满回忆的地方，虽然他并没有告诉时生那个面包厂旁边的公园究竟有什么回忆。

整个小学阶段没有出现任何问题。时生成绩很好，也很擅长运动。他颇具领导才能，还交了不少朋友。

初中时期也几乎平安度过。说"几乎"，是因为在时生快要毕业时，某种征兆开始出现。

时生身体的各个关节开始疼痛。那种疼痛和普通的关节痛没什么区别，时生自己还以为是足球踢得太多了。宫本夫妇并没有告诉他，他身上流淌着被诅咒的血。

宫本带时生去了医院。他们没有去矫形外科。宫本早就找出了对格雷戈里综合征最有研究的医院，与这方面的权威医生一直保持着联系。对方曾说，如果孩子出现任何可疑症状，就要立刻带去医院。

那家医院，就是现在时生住院的地方。

医生得出了对宫本家来说最为残忍的结论，但这也是夫妻二人早就有所准备的。毫无疑问，时生得的就是格雷戈里综合征。

"我们会努力控制病情发展，但完全遏制还是……"医生没有再说下去。

丽子当场痛哭不止，眼泪啪嗒啪嗒地落在地板上。

一进入高中，时生就住院了。行走困难的症状已经出现。他把崭新的教科书带到病房，为了能够随时回归学校而独自学习。

"爸爸，我的病迟早会治好吧？"时生经常问宫本。

"当然。"宫本回答。

不久后，时生说想要电脑。宫本第二天就买来了，但没过多长时间，那台电脑也无法再用。时生已经不能自由控制自己的手指。

宫本与一位电脑工程师朋友商量后，为时生的电脑安装了当时还很昂贵的语音输入系统，又进一步改造，让时生只凭一根手指的指尖就能完成几乎所有操作。这样一来，时生躺在床上就能通过网络与世界交流。

然而，病魔并没有放慢它的步调。黑色的命运密不透风地裹住了时生。他开始无法正常进食，排泄变得困难。免疫力低下的同时，心脏也出现了问题。

病情很快进入了最后的阶段。时生明明醒着却毫无反应，还经常出现莫名的发作。这是意识障碍的结果。

让人庆幸的是，在意识清醒时，时生的耳朵似乎还能听到。因此只要时间允许，宫本和丽子总会陪在一旁，把所有想到的事情都说给儿子听：关于艺人，关于运动，关于朋友。听得高兴时，时生总会眨眨眼睛。

然后，他们迎来了今晚。

护士快步走来，宫本的身体紧张起来。但是似乎与他们二人无关，护士径直从他们面前走了过去。

宫本本已起身，见状又坐了回去。

"你不后悔吗？"他冒出一句。

"后悔什么？"

"生下时生。"

"哦。"丽子点点头，"你呢？"

"我……不后悔。"

"是吗，那太好了。"她反复搓着放在膝头的双手。

"你呢？你觉得把他生下来好吗？"

"我……"丽子撩起垂在脸上的刘海，"我想问问孩子。"

"问什么？"

"想问他有没有觉得来到这个世界上真好，有没有觉得幸福，有没有恨我们？但是已经没机会了啊……"丽子说着双手捂住了脸。

时生已经知道自己得了什么病。宫本在看到他的电脑数据时发现了这一点。时生曾在网上用"格雷戈里综合征"这一关键词搜索了若干机构的信息。

宫本舔了舔嘴唇，做了个深呼吸。"其实，我有话要说。关于时生的。"

丽子转向他，双眼充血。

"很久以前，我遇见过他。"

"哎？"丽子一歪头，"什么意思？"

"是在二十多年前，当时我二十三岁。"

"咱们不是在说时生吗？"

"是在说时生。"宫本盯着丽子的眼睛。他无论如何都要让丽子相信他。"那时，我遇到了时生。"

丽子惊恐地绷直了身体。

宫本摇摇头。"我脑子很正常。我一直觉得必须告诉你这件事，但不是在时生还有意识的时候。不过现在应该可以了。"

"遇到了时生……是什么意思？"

"就是字面上的意思，他跨越时空来见我了。要是按他现在的状态来看，他接下来就会去见二十三岁的我了。"

"这种时候你还开玩笑……"

"不是什么玩笑。我以前也一直不相信。但正因为事情发展到了现在这一步，我才能自信地说出来。"

宫本继续盯着妻子。他知道这些话语无法让妻子相信，但他希望妻子至少能明白他没有发疯。

片刻后，丽子问道："在哪儿遇到的？"

"在花屋敷①。"宫本回答。

① 日本现存最古老的游乐场，位于东京浅草。

1

过山车发出咔啦咔啦的招摇却又廉价的声音，从高处俯冲下来。这是日本现存最古老的过山车。乘客们纷纷发出夸张的尖叫。看到他们每个人脸上都挂着笑容，拓实感到很讨厌。

每个家伙看起来都很愚蠢，都是一副不知辛苦为何物的德行。

时间还不到五点。拓实坐在长椅上吃冰激凌。空气朦朦胧胧的，也不知会不会下雨，一只黄色的气球飘上了浑浊的天空。

仰望天空的工夫，融化的冰激凌沿着脆筒流到了手掌上。拓实慌乱中想要把它拿得离身体远一些，却有些迟了，冰激凌啪嗒一下落在了松垮邋遢的深蓝色领带上。

"啊，可恶，真是的。"

拓实想用另一只空着的手解开领带，但怎么也解不开。他还不习惯系领带，所以也不擅长解，只好吃完冰激凌再用双手去处理。脏兮兮的双手并未擦，领带也被冰激凌弄得黏黏糊糊。他坐在长椅上一扔，领带被他扔进了旁边的垃圾箱里。

这下痛快多了。

拓实拿出一盒七星牌香烟，叼上一根，用便宜的 ZIPPO 打火机点燃，烟从嘴中缓缓吐出。夹着烟的右手手指仍然残留着揍中西时的触感。

直到两个小时前，中西都还是拓实的上司。他的年龄其实和拓实相仿，只是精心打理过的发型和做工精良的双排扣西服营造出相应的成熟感。拓实清楚，那身西服原本就是跟别人借的。

包括拓实在内，中西的部下共有三人。今天的工作场所在神田站旁边，目标是刚从外地来到东京上大学的人。

“怎么才能分辨出是从外地来的？”拓实问中西。

“一看就明白啦，就是那种看起来一副蠢样的。”

“是指跟不上潮流吗？”

“不是啦。已经五月了，也该知道流行的是什么了。可是乡下人是不知道穿适合自己的衣服的，简而言之就是不得体。”

你自己明明也穿着不合适的西服啊。拓实暗自嘲讽了一句。

其他二人单独行动，而拓实要在中西身边跟上一阵子。他开始做这份工作才第二天。昨天是第一天，他在池袋独自销售，却一套商品也没卖出去。

拓实的口袋里也装着商品。会有笨蛋买这种东西吗？从昨天开始，拓实就一直这么想。

“问问那个怎么样？”中西朝人行道前方伸了伸下巴。

一个穿着牛仔裤和POLO衫的年轻人正独自走在路上，看起来并没有急事。

“能打扰一下吗？能帮我们做个调查吗？不耽误您的时间。”中西用和刚才截然不同的温柔声音向对方搭话。

但是年轻人看都没看中西，继续朝车站走去。拓实听见中西咂了咂舌。

之后，他们又瞄准了若干人。听到中西让他别发呆，拓实也在找到目标后努力搭起话来，但是连停下脚步的人都没有。

不过到头来，中西还是成功叫住了一个人。那是个穿着POLO衫、脖颈细长的青年，看起来还是个高中生。

中西拜托青年回答问卷，青年表示可以。

"那首先从职业开始。你是学生吗？"中西开始流畅地提问。青年回答"是的"。

随后又问了几个无关紧要的问题，例如接下来要去哪里，喜欢哪个艺人等等。但是在这些内容之间，也有这样的问题混了进去："现在你身上有多少钱？ A. 不到五千日元；B. 五千日元至一万日元；C. 一万日元至两万日元；D. 两万日元以上。"

"C。"青年回答。

如果他的答案是A，那么提问就会早早结束。中西不动声色地打开第二页问卷。

"喜欢旅行吗？""目前去过最远的地方是哪里？""今后想去哪里？"这样的问题开始了。讨厌旅行的大学生很少。青年的表情也缓和下来，逐一做出了回答。中西根据对方的反应，或是应和或是感叹，调动着对方的兴致。

"如果民宿、旅馆和酒店半价，你去旅行的次数会更多吗？"这是最后的提问。

"会啊。"穿POLO衫的青年回答。

"好的，非常感谢。现在，对于答完全部问卷的人，我们会分发能在全国的民宿和旅馆使用的特别折扣券。能麻烦你在最后一栏写上名字和联系方式吗？"

"哦，好……"青年接过圆珠笔，按照要求写上了名字和住址。

中西拿出一个像大号计算器一样的机器，开始输入问卷上的号码。青年写完时，中西也几乎同时输入完毕。

"好的，辛苦了。这是特别折扣券套装。"

中西从上衣口袋里拿出一沓黄色的纸，然后在学生面前啪啦啪啦翻了一遍。"你看，从北海道到九州，有名的住宿设施都在上面，无论在哪里使用都能打折。你看这里，每晚一万日元的住宿只要五千日元哦。还有其他的，自助的餐厅也能用呢。只要有这个，无论去哪里旅行都会便宜很多。"

中西语速飞快，青年只是默默点头。

"对了，你说你大多数时候都是和朋友一起旅行吧？那再拿一套怎么样？"中西从口袋里又拿出一沓。

"啊，好的。"青年说着拿过了两沓折扣券。

"那么，两套一共九千日元。大额纸币也没关系，我能找零。"

这时，青年的脸上第一次露出了不知所措的神情。听到"找零"，青年终于察觉到自己需要付钱，而且也应该明白了从刚才对话的中途开始，就已经进入购买特别折扣券套装的话题了。

中西早就从自己的钱包里拿出用来找零的一千日元纸币，正在等待对方。

青年带着迟疑的目光，从牛仔裤口袋里取出钱包，从中拿出一张一万日元的纸币。

"好的，非常感谢。"中西接过钱，把找零的一千日元塞给对方，便快步离开了。拓实跟在后面。

"就像这么做。简单吧？"中西炫耀地说。

"那个学生还在往这边看呢。"拓实回头看了看。

"那可不妙，快从那个街角拐弯。"

两人从一家大型书店旁边拐进小巷。

"怎么样了？"

拓实探出头看了看，POLO衫青年已经消失了。

"他不在了。"

"好。"中西叼上一根希望牌香烟,点上火,"抽完这根就走。"

"我做不来啊。"拓实皱起脸。

"那可就不好办了。重要的是气势和时机。你在旁边听,肯定在想客人为什么会上钩吧?"

"嗯。"

"最关键的,就是让客人认为错在自己。你是不是不明白,为什么一套要卖四千五百日元?"

"是啊,要是五千日元,两套就是一万日元,也不用找零。"

"妙就妙在有找零。客人在这个过程中会始终认为折扣券套装是免费的,如果这时我说两套一万日元,有的家伙肯定会想什么一万日元,一下子摸不着头脑。对那种客人,就必须重新说明,'是想让你用一万日元买两套'。那样一来,我们这边好不容易积累的势头就乱了。客人会发现'什么啊,原来是这么回事',就不买了。"

"这我明白,可为什么有找零就好呢?"

"大额纸币也没关系,我能找零——一口气说出这句话,就相当于若无其事地告诉客人,我们至今为止的对话都是在进行商品买卖。那样一来,客人就会觉得免费拿券是自己误会了。接下来就是关键,因为乡下人不想让别人知道是自己弄错了,于是就会乖乖付钱。原理很简单。"

中西一笑,把烟头扔到地上踩灭。"走了。"他说。

这确实是很出色的技巧,但只有已经坏透了的人才干得出来。拓实看着中西瘦弱的肩膀想道。

回到先前的地方,中西命令拓实单独寻找客人。拓实成功地与若干人搭上了话,也让其中的几人回答了问卷,但商品一套都没卖出去。一发现要付钱,大家就都逃走了。

"你真是不行，不能让客人有考虑的时间。"中西在电话亭旁边训斥拓实。

"我总觉得像在骗人，很不舒服。"

"你这蠢货！说出这种话还怎么做这生意！"

就在这时，一个青年进入了拓实的视线，是刚才那个穿POLO衫的学生，正在走向他们二人。看来他一直在到处寻找他们。中西也注意到了他，不禁皱起眉头。

"那个，刚才我买了这个。"青年拿出两套折扣券说。

中西移开目光，冷冰冰地将侧脸朝向青年，与做问卷时的样子判若两人。

"今天我实在是需要钱。我把这个还给你们，所以钱……"

中西大声咂了下舌，终于看向学生。"你说什么呢？现在来说这种话，真让人头疼。你刚才不是签合同了吗？在材料上签名了吧？"

"我以为那是问卷的一部分。"

"我可不管。这边已经在机器上注册了，取消不了。"中西晃了晃那个像大号计算器一样的机器。

学生开始鞠躬行礼。"拜托了，那是我明天回老家要用的钱，没钱我就回不去了。"

"那种事我可不管。"中西迈步就走。

"啊，请等一等。拜托了！拜托了！"学生不停地鞠躬，抓住了中西的袖子。

"放开我，别死乞白赖的！"

"中西大哥，"拓实挤到两人中间，"就还给他不行吗？"

中西瞪圆了眼睛。"你说什么？一边儿去！"

"就九千日元，也没有什么大不了的吧？"

"你到底是哪边的人？这种话等你赚了钱再说！没本事就别装

好人！"

唾沫连同吐出的话一起喷到拓实脸上，刺激着他的神经。

"我不干了！这么肮脏的工作，我可干不了！"拓实把装着商品和问卷的书包放到脚边。

"随你便！话说在前头，今天我可不会给你工钱。"

"无所谓。但请你把钱还给他。"

中西立刻伸出胳膊，一把揪住拓实的领带。

"神气什么！我凭什么要听你的？啊？"

中西说着，鞋尖踹向拓实的小腿。拓实疼得蹲了下去，一口唾沫随即落在他面前。

"笨——蛋！"头顶传来声音。

拓实站了起来。中西的表情好像在说：你还有什么不满。

在短暂的脱力后，拓实把全身的力气都集中到了右臂上，伸出手肘的同时，拳头砸在了中西的鼻子和脸颊之间。在拓实眼里，一切如同慢镜头一般。

中西被打飞到了电话亭旁边，能看到他磨损严重的鞋底。

这时，拓实才回过神来。路人纷纷停下脚步，POLO衫学生已经不见，似乎是逃走了。

看来我也是走为上策——拓实跑了起来。

2

　七星牌香烟的烟盒空了，拓实站起身。明天又必须去找工作了，真让人郁闷。

　他正低着头走，一个球滚到了脚边，是个软式棒球。刚捡起来，一个小学生模样的男孩就跑了过来。"不好意思——"

　接过球，男孩就跑回了之前所在的地方。那里挂着"打鬼游戏"的牌子。

　拓实双手插兜走上前。男孩正在扔球，目标是拿着金棒的赤鬼的腹部。

　可惜，男孩没有扔中。他看上去仍然意犹未尽，却被一个看起来像是他母亲的女人拉走了。

　拓实走到游戏管理员面前。一百日元五个球，购买次数票更划算，但拓实并不打算玩那么多次。

　他一边体会着球的手感，一边站到投球位置。他已经很久没有握过球了，不知不觉采取了投曲球的握法。那曾是他擅长的必杀技。

　拓实一边回忆曾经的投球姿势，一边瞄准赤鬼的腹部轻轻投了过去。按照他自己的设想，球应该会直接命中目标。但是投出的球却描绘出了稍有不同的轨迹，击中了赤鬼的肩部。

"状态不好啊。"拓实自言自语着，活动了一下右肩。

他略带谨慎地试着投出了第二球，但这次也没有命中，只是擦过了赤鬼的大腿。

拓实脱下外衣，斗志高涨。

他想象捕手就站在那里，像瞄准接球手套一样投出了第三球和第四球，但都未打中。用尽全力的第五球更是飞到了毫不沾边的地方。

拓实走到管理员那里，又买了五个球。这时，他注意到身边是有观众的，虽然只有一个。

这位观众似乎还不到二十岁，个子不高，身材纤瘦紧实。看那晒得黝黑的脸庞和发型，也许是玩冲浪的。他穿着T恤，外面罩着一件有点儿脏的连帽夹克。

看什么看——拓实本想朝青年发句牢骚，但看到青年毫不认生的亲切笑脸，拓实闭上了嘴。那让他联想到了小狗找到主人时的目光。

拓实一边在意着青年的注视，一边投出了球。前两球都投偏了。穿连帽夹克的青年扑哧一声笑了出来。

"怎么了？有什么好笑的！"拓实高声说道。

青年笑着摇摇头。

"对不起，我不是因为好笑才笑的，而是觉得你一直都没变。"

"什么一直都没变？"

"姿势、投法，从之前起就那样了。胳膊肘有些向下，只用手腕发力。"

"真不好意思，这不用你管。"

真是让人生气的家伙。最让拓实不满的，就是他准确地看出了拓实姿势上的缺点。这是过去教练经常说的："拓实，胳膊肘垂下来了——"

第三球也偏了，第四球也没中。越投就越难以控制。

"投手里有这样奇怪的家伙。"连帽夹克青年对拓实说，"朝本垒投球时没什么控球能力，可是一投牵制球却总是很准，大概是因为全神贯注，肩膀放松的缘故。"

"你想说什么？"

"没什么，我是说也有那样的投手。"

拓实心想这家伙净说些怪话，但自己确实又在被那些怪话牵着鼻子走。投向本垒时控球不好，可牵制球却能投准，这正是拓实经常被说的地方。

拓实握住最后一球，摆出投球动作。这时，他和青年四目相交。青年没有笑，而是用认真的目光凝视着他。

拓实吐了口气。看好目标后，他背朝赤鬼站好。

九局下半，两人出局，领先一分，一垒有人——拓实在头脑中描绘出比赛时的情景。球场上的泥土气息飘来，伴着观众席上的助威声。

拓实猛一转身，却没有将球投向一垒，而是向本垒的赤鬼中心投去。投出的球漂亮地飞向瞄准的目标。

赤鬼挥起金棒，"哦"地吼了一声。命中了。

青年鼓起掌来。"做到了！真不愧是你。"

终于投中的拓实松了口气，但他并不想表现出来，而且只中一球还可能会被认为是运气。他走到管理员那里，又拿出一百日元硬币，然后带着五个球回到了投球位置。

这次，他从一开始就采取了投牵制球的方式。先背朝赤鬼，再猛一转身投球。控制力和刚才相比已是天差地别。球一个接一个地命中目标，赤鬼接连发出吼叫。

确认最后一球也完美命中后，拓实拿起上衣搭在肩上，走了出来。

"不是投得很好嘛。"青年和他搭话。

"认真起来就是那样，一开始肩膀没活动开。"

"果然是牵制球之王啊。"

"啊？"拓实停下脚步看向青年，"你怎么知道？"

"哎？知道什么？"

"刚才你自己不是说了吗？牵制球之王。你怎么知道别人这么叫我？"

青年转了转眼珠，轻轻摊开双手。"我怎么可能知道，只是刚才看你投球才这么想的。"

"是吗？"

拓实总觉得有些在意，但又没有理由不相信青年的话。一个陌生的青年应该不可能知道拓实高中时在棒球部的情况。

"算了算了，再见。"

拓实挥了挥手，正要迈出步子，青年把某个东西递到了他的面前。仔细一看，是条深蓝色的领带，就是刚才扔进垃圾箱的那条。

"洗一洗还能用呢，扔了不是很浪费吗？你日子过得很穷吧。"

听到别人说自己很穷，怒气立刻蹿上拓实心头，但有件事更让他在意。

"你是从什么时候开始监视我的？有什么目的？"

"说监视可不太准确，应该说是寻找。说实话，这可真的太辛苦了，毕竟线索只有花屋敷啊，要是再给我点儿提示就好了。为此我一直等在入场口旁边呢。"

青年的话莫名其妙，拓实不禁觉得他是不是精神有问题。

"我可不认识你。"拓实夺过领带，转身就走。

身后立刻传来青年的声音："可是我很了解你，宫本拓实先生。"

3

拓实不得不停下脚步。他再次转身。"你怎么知道我的名字？"

"我不是说了吗？我很了解你，所以一直在找你。"

"你是什么人？"

"我叫时生，宫本时生。"说完，青年点了点头。

"你也姓宫本？你在开玩笑吗？"

"我没开玩笑。"他的目光确实透着纯粹的认真。

"到底是怎么回事？"

拓实一问，时生便皱起眉，他挠挠头，长长的头发乱糟糟的。

"我一直在想，该怎么跟你说明。如果说出实情，你肯定不会相信我，但我又不想被你当成脑子有问题的家伙。"

"别啰啰唆唆的，直说就行。你是什么人？为什么来找我？"

"也是……用个比较好懂的说法，我和你的关系类似亲戚。"

"亲戚？别胡说八道了。"拓实不屑道，"我可没有什么亲戚。类似亲戚的倒是有，但也不是真正的亲戚。我也没从那边听说过还有你这样的家伙。"

"所以我没有说是你的亲戚，而是类似于亲戚。至少我们有血缘关系。"

"血缘？"

"嗯。"时生点点头。

拓实盯着时生的脸，然后目光下移，扫过他的全身。

"怎么了啊？"时生有些不舒服地说。

"原来如此，那我就明白了。是跟那女人有关吗？"

"那女人？"

"别装傻。大概又是要传一些无聊的话吧？不过那女人果然还是和别人生了孩子，真是自以为是。"

"等等，我不知道你是不是有什么误解……"

"我也不知道你是受谁委托，但你给我告诉那个人，我早就说了，别再靠近我！"

拓实再次迈开大步。无论听到什么，他都不想再停下了。

但是在拓实走出花屋敷的时候，时生追上了他。

"等等，你听我说啊。"时生抓住了他的袖子。

"我问你。你说你跟那女人无关，那你是谁？"

时生哑口无言。拓实见状，轻轻推了他胸口一下。

"看吧，答不上来了吧。我已经明白了，你就赶紧给我消失吧。"拓实又迈出步子。

但是，时生依旧默默地跟在后面，看起来有必须要传达的事情，但拓实并不想听。他已经决定一辈子都不再和那个女人来往。

穿过花屋敷街，走向浅草寺，途中有一家陶瓷店。拓实在店前停下脚步。

"好，明白了。如果你真的和我有血缘关系，就给我看看证据。"

"证据……"正如拓实的预想，时生一脸为难。

"伸出手来，两只手。"

“像这样？”时生把两只手掌伸到拓实面前。

“不是手掌，是手背，把两只一起伸出来看看。如果和我有血缘关系，手背上就应该有特征。”

“我可没听过那种说法。”虽然一脸疑惑，时生还是照做了。

“这个是很重要的。”

拓实朝陶瓷店的店头瞥了一眼，拿过最大的盘子。盘子上贴着三千日元的价签。他把盘子放到时生的手背上。时生一脸惊异。

“如果和我流着同样的血，就不会轻易弄坏东西。”

“啊，等下……”

“再见啦。”拓实说着便离开了。确认时生托着盘子无法动弹后，他加快了脚步。

进入浅草寺，拓实向二天门走去。虽是工作日，观光客依然很多。好几个中年女人正以浅草神社为背景拍照。听到她们口中的关西方言，拓实一阵不悦。那个女人的说话方式也是这样的。

“哎呀，长大了，已经五岁了呢。”

拓实至今仍记得第一次见到她时的情景，那是在一个摆放着佛龛的和室。重要的客人来访时，父母总会在那里招待。

她穿着浅粉色的洋装，一靠近就能闻到一股甜甜的香水味。

拓实已经完全不记得当时自己做了什么，说了什么，只记得父母让他们两人独处了很长时间。至于理由，拓实过了很久才知道。

她每隔一两年就会来一次，每次都会给拓实带来点心和玩具等礼物，那些东西看起来都很昂贵。

但是对于拓实来说，她的到来渐渐成了一种压力。原因之一，是她的态度让拓实毛骨悚然。每次看到拓实，她都会带着极为感慨的表情抚摩他的身体，身上散发的化妆品的气味也越来越刺鼻。

让拓实忧郁的另一个原因，是她每次一来，父母就会吵架。拓实不明白具体理由，但母亲似乎对她的来访感到不快，总需要父亲来劝慰。

不过，自从拓实升上初中以后，她就没有再出现过。可能是因为她察觉到自己不受欢迎，也可能是因为父母不再允许她来访。

在高中升学考试前，拓实知道了她的身份。参加考试需要户籍信息的副本，母亲从政府办事大厅拿回副本后，对拓实说了句奇怪的话："把这个原封不动上交就行，可不能私自打开。"

递过来的信封粘得严严实实。

拓实十分在意母亲的话，在递交报考志愿的途中，他打开了信封。然后，他看见了两个字：养子。

4

　　拓实穿过二天门，沿着马道路，往与车站相反的方向走去。跨过言问路后，他又向前走了几步，右拐进一条小巷。他居住的公寓就在那片成排的小巧民宅中。那是一栋两层的建筑，满是裂痕的墙壁外侧架着楼梯。扶手外层的涂料剥落，锈迹斑斑，就像得了皮肤病一般。

　　正要上楼梯，拓实察觉到上方有人。他抬起头，停下了脚步。中西正两腿叉开坐在最上方的台阶上，庸俗的漆皮鞋尖清晰可见。

　　中西俯视着拓实，嘴巴懒懒地半张着。

　　拓实立刻向右转身。他想要撒腿就跑，但没能成功。两个男人就站在他的身后，全都穿着廉价的西服。就在刚才，他们都还是和拓实一起在街头售货的同伴。

　　拓实看向另一侧，那里也有两个男人堵住了去路。从服装上看，他们似乎也是中西的同伙。

　　四个男人只是紧紧盯着拓实，并没有动手的意思。但他们看起来并非打算什么都不做，只是在等待指示。

　　中西站起身，走下楼梯。他像过去的黑道电影里的英雄一样，双手插在裤兜中，也不知做样子给谁看。俗气的鞋子发出咔嗒咔嗒的劣质声音。

中西一边瞪着拓实，一边在他面前站定。"刚才谢——谢你啦。"

被拓实的拳头打中的部位已经肿了起来。拓实本想手下留情，但看来他用的力道比想象的要重。恐怕中西一扯动脸上的肌肉，就会产生异样的感觉，嘴角也因此比平时歪了一些，这让中西的面孔看起来更加惹人厌恶。

拓实用指尖挠了挠脸。"疼吗？"

中西脸都歪了。他伸出左手，抓住拓实的领子。"你还真有能耐啊，敢瞧不起人！你以为这样就完事了吗？"

"那，你还我一拳也行。"

"那还用说？不过可不止一拳。"

说完，中西大幅度向后挥起右拳。他动作缓慢，看起来能够躲开，可若是在这里躲闪，反而会进一步激怒对方，得不偿失。不过拓实不喜欢鼻子被打到，于是在拳头即将过来之前，稍微把脸侧了过去。中西软绵绵的一拳击中了拓实颧骨的下方。虽说绵软无力，却也具备了相应的冲击力，拓实的耳中嗡地响了一声。

中西松开了紧抓拓实衣领的手，但不可能就此放过他。不知何时，有个男人已经绕到拓实身后，反剪住了他的双臂。拓实一阵挣扎，但对方的力气比他想象的更大，无法挣脱。一回头，又有两个男人分别抱住了他的胳膊。

中西拿出了一块不知从哪里找来的长方形木条，像球棒一样握着朝拓实的腹部打去，另一个男人则开始踢踹。棒打脚踢交替袭来，拓实用尽浑身力气支撑着腹肌，但每挨上几下，总会有一击波及内脏。胃里正有东西随着疼痛不断上涌，刚才吃下的冰激凌的味道正伴着酸味回到口中。他难以出声，呼吸也越发沉重，站立的艰难让他膝盖一沉。一直反剪住他的手松开了，他当场就倒了下去。

五个男人一边念叨着什么，一边不停踢打。拓实捂着脑袋，身体像石块一样蜷缩起来。

叫喊声传来，声音却并非来那五个人。针对拓实的攻击同时停止了。接下来的叫喊声清晰地传到了拓实耳中："快住手！"

拓实依旧双手抱头，偷偷看向声音传来的地方。那个奇怪的青年，那个叫时生的人，正朝这边跑来。拓实不禁想：这个笨蛋。

"你想干吗？"一个男人说。

"五对一，你们不觉得卑鄙吗？"时生怒吼道。他手中拿着不知道从哪里捡来的破伞。

"别多嘴！小鬼一边儿去！"男人推了一把时生的胸口。

拓实也在心中嘟囔了同一句话。没错，一边儿去！

就在这时，不知动错了哪根筋，时生突然挥起破伞劈向对方。但这一招立刻就被轻易躲开，男人的直拳反而击中了时生的脸。时生顿时朝后飞出去，一屁股坐在地上。

中西跨到他身上，捏住他瘦弱的下巴。"你是什么人？是宫本的朋友吗？"

不是——拓实想要开口，但气息堵在嗓子里无法发声。此时时生已经做出了回答："是亲戚。"

拓实不由得闭上了眼睛。真是多管闲事！

"哦，是吗？那你也有连带责任啊。"中西笑眯眯地说。

"放过……他吧！"拓实挤出声音，"他不还是个孩子吗！"

旁边的男人说了声"啰唆"，打算再踢拓实一脚。但拓实双手一挡，顺势站了起来，将中西从时生身上拉开。

"和这家伙无关。他不是什么亲戚，我不认识他。"

中西摇晃着肩膀，露出冷笑。"你在护着这家伙吗？像你这种毛头小子，还有资格耍威风？"

拓实扭头看向时生。"你这笨蛋，快跑！"

"我才不跑呢。"

"你让我说几遍……"

刚说到这儿，拓实的头部受到了冲击，似乎是被什么打了，比起疼痛，意识模糊的感觉更加强烈。但拓实没有立马昏过去。他护住时生，想着至少不要连累这个陌生的青年。经受着殴打与踢踹，拓实一直在想自己为什么要这么做。这不像我，要是平时的我，明明不会在乎这种家伙的死活……

回过神来时，拓实发现自己躺在地上，脸颊上有贴着沥青路面的感觉。睁开眼，模糊的视线中浮现出一件橘色的连帽夹克。时生双腿伸开，靠墙坐着，脑袋低垂，刘海遮住了脸部。

拓实撑起身体，全身的关节似乎都在嘎吱作响。头晕乎乎的，全身都好像肿了起来，还隐隐发烫。

他跌跌撞撞地靠近时生，抓住对方盖着夹克的肩膀摇了摇："喂！"时生的脑袋也跟着前后晃动。

晃动停止，时生睁开了眼。他的右鼻孔流着血，但似乎并不严重。拓实松了口气。

"没事吧？"话刚说出口，血的味道就在嘴里蔓延开来。

时生看着拓实，眼睛眨了一下又一下，一脸尚未弄清状况的表情。

"啊……爸爸。"

"啊？"

"不，那个，拓实哥才是……没事……吧？"或许是因为难以张口，话语很难听清。

"还说什么没事吧，都是因为你多管闲事。"

一个看上去像是购物归来的中年胖大婶面带惊恐，一边看着两人一边走了过去。看到她快步离开后，拓实问时生："你还站得起来吗？"

"啊，应该能。"

时生皱着眉头站起身，拍了拍屁股上的土。这时，拓实才注意到自己的西服已经破破烂烂，裤子的膝盖处破了，露出鲜红的伤口。

"总之先去我家吧。"

"就在附近吗？"时生东张西望。

"就在上面。"拓实指了指满是锈迹的楼梯。

拓实刚打开布满锈迹的房门，时生立刻小声说："真脏——"

"真啰唆！不满意就别进来。"

拓实甩掉脚上的旧皮鞋，进了房间，里面只有一间不足三叠^①的厨房和一个六叠大小的和室。色情书和漫画杂志扔得到处都是，四周散落着即食食品和零食包装袋。最近没有打扫，无论脚踩到哪里都会产生刺啦刺啦的声音，扬起一阵灰尘。壁柜里放着各种破烂，拉门半开着，脏兮兮的薄棉被的一端露在外面。除此之外，空气里还飘着一股腐烂的臭气。拓实拉开从未洗过的窗帘，打开窗户。

"随便坐吧。"他说着脱下上衣，到厨房水池前洗了把脸。嘴里火辣辣的。洗完脸，他便像一条破抹布一样，在厨房里躺成了个"大"字形。浑身都很痛，连他自己也不知道哪里的伤是最严重的。

时生为难地在和室中央站了片刻，随即便下定决心似的在堆积成山的《少年 JUMP》^②杂志上坐下。

"你住在这种地方啊。"时生稀奇地打量着室内。

"这么破，不好意思啊。"

---

① 日本计量房屋面积大小的单位，1 叠约为 1.62 平方米。

② 1968 年创刊的日本少年漫画杂志，是日本发行量最高的连载漫画杂志。

"真的很脏。不过我倒是有点儿开心。"

"有什么可开心的。"

"该怎么说呢……我是在想你竟然还住过这样的公寓。"时生带着脸上的鼻血笑了起来。

"真是个莫名其妙的家伙。不是住过，是现在也健健康康地住着。话说回来，你还真能找到这里。一直在跟踪我吗？"依旧成"大"字形躺着的拓实问道。

"我是想跟踪，但是跟丢了。毕竟你用了那招呢。"

时生似乎是指拓实让他两手托着大盘子的事。拓实哼了一声。

"突然出现在我面前，还说是亲戚，你觉得我会相信你这种家伙吗？"

"也是，被你怀疑也是理所当然的。"

"那还用说。不过都跟丢了，亏你还能找过来。"

"嗯，我稍微有点儿印象。"

"印象？"

"以前带我来过，记得是从浅草寺回家的路上。应该是我上小学的时候吧，跟我说年轻时在这儿住过。"

"谁？"

"这个……"时生一时顿住，又继续道，"我爸爸。"

"啊？"拓实嘴巴大张，"你老爸住在哪里和我又没关系。"

"我只是想，如果有年轻男人住在这一带，那大概就是差不多的地方。"

"哦，那就是碰巧了？"

"是啊，我运气好。"

"好什么好？你可是被揍了——喂，你有烟吗？"

"没有，我不抽烟。"

"真是个不中用的家伙。"

拓实伸出胳膊，拿过一个空可乐罐，瞄了瞄里面的烟头。他将可乐罐倒过来，用指尖拈出好几个烟头，选了最长的那个叼在嘴里，用打火机点燃。那应该是根七星牌香烟，但吸到嘴里却是另一股味。拓实觉得这是他第一次抽到这么难抽的烟，但还是继续抽着。

"我可以提问吗？"时生问。

"什么问题？"

"刚才那些家伙，是什么人？"

"啊，那些家伙啊，到今天早上为止是我工作时的同事。"

"什么工作？"

"很无聊的工作。因为太无聊，我就辞了，顺便还揍了对方，结果就来报仇了。在简历上写真实住址真是太失策了，那种简历应该胡写就行。"拓实抽着糟糕的烟，吐着烟雾。剩烟头抽起来连烟雾都不漂亮了。

"被狠狠地收拾了一通啊。"

"算是吧。"

"为什么不打回去？应该还能再抵抗一阵子的。你不是练过拳击吗？"

拓实停住了正要往嘴边送烟的手，瞥了一眼时生。"你从那个女人那里听说了啊。"

"那个女人？"

"别装傻了，我可明白得很。"

烟头已经短到了手指夹不住的程度。拓实把它摁灭，又去寻找下一个烟头。

拓实只练过半年拳击，是在上高中的时候。退出棒球部后，他想找到一片能让他投身其中的新天地。但是，那些先于他入门的家伙们强大到让他咋舌，也让他在了解到自身的极限后深感受挫。

"哪怕回击一拳也好。"时生还在说。

"回击一拳，那些家伙就会暴怒，就会有十拳打过来。"

"爸……拓实哥也没法干掉五个啊？"

"我没那么厉害。就算干掉五个，下次也只会被五十个包围。那些家伙不把我围殴一顿是不会罢休的，所以还是在只有五个人的时候让他们发泄一下算了。"

"这样啊。"

"就是这样。对了，我还没详细问过你呢。"

拓实说到这里，玄关处的门锁咔啦一声开了。屋门打开，梳着马尾辫的千鹤走了进来。她穿着廉价的皮质迷你裙，搭配一件旧牛仔外套。看到拓实躺在厨房，她的圆眼睛又睁大了一圈。

"到底怎么了？又和人打架了？"

"没打架，就是工作上出了点儿纠纷。"

"可是……"她似乎还想说些什么，但看到和室里的陌生青年，她便把话咽了回去。时生点头致意，她也低头回礼。

"他叫时生。刚才跟我在一起，也受了牵连。"

"哎呀，真可怜。"千鹤露出抱歉的表情。

"千鹤，给我根烟。"

"必须先处理一下伤口。"

千鹤走进屋中，在拓实身旁蹲下，摸了摸他肿起的脸。

"疼！别碰啊，先给我烟。"

"抽烟可对伤口不好。你等一下，我去买药。你有钱吗？"

拓实把手伸进裤兜，那里应该放着好几张一千日元钞票，但是手指碰到的只有零钱。他皱了皱眉，想起中西离开时说的话："都是因为你，今天没赚到钱，你得赔偿。"

拓实张开从裤兜里拿出的手。

"只有三百二十日元？"千鹤面露失望之色。

"抱歉，你先帮我垫上药费吧。"拓实说着，摸了摸千鹤的大腿。千鹤啪地打了下那只手，站起身。

"你就这样等着别动，我马上回来。"

"拜托了。"

千鹤晃动着马尾辫出去了。

拓实给第二个烟头点上火。千鹤使用的廉价香水的气味微微残留在空气中。

"那个人，是你的女朋友？"时生问。

"嗯。"拓实回答，"不错吧？"

"嗯……是啊。"时生不知为何露出了困惑的表情，"但是，你们不会结婚吧？"

"为什么？和她结婚不好吗？"

"不……那个……也没有什么不好。"时生挠挠头。

"我可是想娶她的，虽然现在还不行。"

"哦，是吗？"时生垂下了头。

"你什么意思啊？为什么垂头丧气的？"

"我没有垂头丧气，只是想这样真的好吗？"

"你可没有资格这么说我。还是说你有别的意思？难道你对千鹤一见钟情，立刻就开始忌妒了？"

"怎么可能。"

"我和谁结婚是我的自由，不用你管。"

"嗯，我不会管的。"时生双手抱膝，重新坐好。

拓实支起上身，忍着疼痛盘起腿来。他拿过放在一旁的《平凡

PANCHI》① 杂志，啪啦啪啦翻看着照片。艾格尼丝·林依旧身着泳衣，显露出晒黑了的肌肤。倒是全都脱掉啊——他在心中嘟囔。千鹤是个好女人，要是胸能这么大就更好了。

早濑千鹤在锦糸町的小酒吧工作。以前，拓实曾在那家酒吧对面的咖啡厅当服务员。千鹤工作前常去喝咖啡，一来二去，两人就熟悉了。两人第一次发生关系是在第二次约会后，就在这间脏兮兮的屋子里。交融正欢时，因为被褥实在太薄，千鹤抱怨后背好痛，于是拓实开始在约会前晾晒被褥，但这一习惯也并未持续太久。后来，他们的约会地点转移到了千鹤家。

"我回来了。"房门猛地打开，千鹤回来了。

---

① 1964 年创刊的男性向周刊杂志，后于 1988 年休刊。后文的艾格尼丝·林是 20 世纪 70 年代后半期活跃于日本的模特。

5

拓实脱掉衣服，发现伤口比想象中更多，每一个都很深。千鹤每碰一次，拓实就大声咒骂。但千鹤就像没听见一样，迅速消毒、涂药，用绷带缠好，手法十分娴熟。

“拓实哥是不是经常受伤？”时生问道。

“确实如此，不过你别看我这样，我曾经可是想当护士呢，连护士学校都上过。”

“噢。”

“上是上了，不过立刻就逃学了吧。”

“才不是。我家没钱了，我没办法才退学的。”千鹤噘起嘴。

“你要是真有那想法，边工作边上学也行啊。”

“哪儿有那么简单。”

千鹤说了句“好，治疗完毕”，啪地拍了下拓实的后背。剧痛使拓实表情扭曲。

“你是叫时生吧？你的伤也得看一下。”

“我就不用了。”时生摆摆手。

“让她看看吧。不处理的话伤口会化脓的。”

听到拓实这么说，时生的脸上透出一丝犹豫，但随即看着千鹤点了点头。"那……"

时生脱下了连帽夹克和T恤。他虽然瘦弱，肌肉却非常结实。而比这更加引人注意的，是他饱经日晒的皮肤。

"晒得真黑啊。是经常练游泳什么的吗？"千鹤似乎也有同样的猜想。

"啊……算是吧。"时生歪着脑袋，给出了模糊的回答。

"哎？这不是今天的伤吧？"千鹤指了指时生的侧腹。那里有条十厘米左右的伤痕，像是被什么划伤的。

"哎？哪里？"时生看了看，"啊，真的，好像不是今天的伤。"

拓实追问是什么伤，时生摇摇头，表示自己也不知道。

"你说什么呢。那么大的伤口，一般人都会记得吧。这难道不是你自己的身体吗？"

"话是这么说，那个，其实我和拓实哥一样，经常受伤。"

"你也经常打架吗？"

"不，我没打过架。"时生说着看向拓实，露出笑容，"像那样打架还是第一次。"

"那种不叫打架，只是单方面被打。"

"被打也是第一次。"

"这有什么可高兴的。你脑子是不是有问题？"拓实用手指在头上画了几圈。

"说句实话，我是有点儿高兴。无论是打人还是被打，我都没有体验过，一直很好奇。真是刺激。"时生似乎并没有说谎，闪闪发亮的目光说明了一切。

"哟，你活得挺文雅嘛。"拓实话中带刺。

"并不是文雅……只是我的身体吃不消。"

"你身体哪里不好吗？现在看你倒是挺健康的。"千鹤睁圆了眼。

"嗯，这个身体看起来很健康。"时生就像确认新衣服的手感一样，摸了摸自己的胳膊。

千鹤也细心地给时生的伤口贴上了创可贴，缠好绷带。拓实一边看着眼前这一幕，一边打开千鹤的手包找烟。包里只有一包ECHO烟，节约的她只给自己买这个牌子。

"对了阿拓，你说工作上发生了纠纷，是指街头销售那边？"千鹤边给时生的手腕缠绷带边问。

"是啊。"

"那，难道你又不干了？"

"嗯。"

"哦，是吗？又没坚持下去啊。"千鹤的侧脸浮现出失望的神色。拓实也明白那神色意味着什么。

"反正不能靠街头销售吃一辈子饭，那种只是暂时的打工，我可不想一直忍气吞声。"

"可他们不是说要是业绩好，就能把你调去做管理工作吗？"

"那种肯定是骗人的，街头销售做多久都不会变。"

"可是有工作总比无所事事要好吧？光玩是不会有钱的。"

"我可没玩。我是打算从明天开始再找工作的，真的。"

也许是因为又听到了拓实惯用的说辞，千鹤默默地叹了口气。

"谢谢。"时生说。

千鹤的治疗已经结束了，她笑了笑说："请多保重。"

"伤口一处理好，肚子就饿了。千鹤，做点儿吃的吧。"

"你说做，可食材什么的完全没有吧。"

"去买吧。"

"钱呢？"

"三百二十日元。"

"那怎么够。"千鹤把烟盒收进手包，"而且我必须走了。要是上班迟到，又该被扣工资了。"

"什么啊，你是让我什么都别吃吗？"

"我可没说那种话。到底是谁不好？随便就把工作辞了。哪个人不是一边忍耐一边工作的？我这里也尽是烦心事啊。"

"烦心的话辞掉不就好了。"

"我可不会那么干。我还不想死在路边没人管。"

"绝对不会死在路边的。你等着瞧，我绝对会一鸣惊人，让千鹤你也能过得轻松。我会干一番大事业给你看。"

千鹤盯着拓实看了又看，缓缓地摇摇头，默默地从手包里拿出钱包，抽出一张一千日元纸币，放到一本《漫画 Erogenica》[1]杂志上。

拓实想说他不需要，但话到嘴边又咽了回去。

"对不起，我很快就会还给你。"

千鹤闻言露出苦笑，叹了口气。"时生，跟着这种家伙混可没什么好处，你还是尽早找别的朋友吧。"

时生并未回答，只是把手伸向一千日元纸币。他将纸币捧在手中细细观瞧，嘟囔了一句"是伊藤博文"[2]。

"该不会没见过吧。"拓实夺过纸币。

"阿拓，那件事怎么办？"千鹤问。

"什么事？"

"你不去你妈妈那里可以吗？"

"我不是说过吗，那个女人不是我妈。"拓实说着看向时生。"你

---

[1] 20 世纪 70 年代后半期在日本发行的成人向漫画杂志。

[2] 日本于 1963 年 11 月 1 日起发行的一千日元纸币上印有伊藤博文的肖像。1984 年后则改印夏目漱石，2004 年改为野口英世，2019 年改为北里柴三郎。

回去以后告诉那女人，让她别再管我了。"

时生眨了眨眼，似乎完全不明白拓实在说什么，嘴也半张着。

"阿拓，时生不是你的朋友吗？"

"是那个女人派来打探我的，对吧？"

"那个，我刚才就问过了，那女人是谁？"时生问。

"别开玩笑了，那个女人就是那个女人，那个东条大婶啊。"

时生的表情发生了变化。他深深地吸了一口气，似乎是察觉到了什么。

"东条大婶？爱知县的？"

"终于坦白了。"拓实朝向时生，重新盘腿坐好，"回答我，你是那女人的什么人？我猜是她儿子吧？"

"儿子？那就是阿拓的弟弟了？"千鹤来回看着二人，"但是完全不像啊。"

"我不是。"时生看着拓实摇了摇头，"东条大婶……我不是那人的孩子。"

"那你是谁的孩子？你和那女人是什么关系？你从哪里来，又要回到哪里去？"拓实连珠炮似的发问。

时生看着拓实，接着又看向千鹤，然后视线再次回到拓实身上。他的下巴正在微微颤抖。拓实正在纳闷，时生开口了。

"我是……一个人。"

"啊？"

"我是独自一人。没有要去的地方，没有可回的地方，也不是谁的孩子。我……我的父母不在这个世界上，我已经无法再和他们相见。"

时生的泪水突然夺眶而出。

6

拓实和千鹤一起走出了公寓。千鹤说，让时生独自待一会儿吧。拓实虽然不明所以，但时生的周身确实散发出让人无法随意搭话的紧张感。

"那家伙怎么了啊？突然就哭了。"拓实边走边用大拇指指了指背后的公寓。

"肯定是经历了很多事，和阿拓你一样。"

"也许是吧，可他什么都不说，我也不明白啊。"

时生说，他的父母不在这个世界上。这是父母早亡、自己孑然一身的意思吧。拓实想，若是如此，虽然状况稍有不同，但确实如千鹤所说，和自己没什么区别。

然而说来也奇怪，时生说他和拓实的关系就像亲戚。既然两个人都是孑然一身，又怎么是亲戚呢？

拓实在途中和要去车站的千鹤道别，然后进了常去的拉面店。这是一家只有吧台式座位的店，菜单上也只有拉面和饺子。味道虽然不怎么样，但胜在便宜。拓实点了拉面、饺子和米饭，然后自己拿杯子倒了水。

拓实的养父很喜欢吃饺子，要是再有啤酒，就可以别的都不要，一连吃上好几盘。每次看到这样的丈夫，养母都会皱起眉头提醒他："这么吃会留下满嘴臭气的，明天面对客人，也太不好意思了。"满脸通红的养父则会摆着手回答："没关系，睡觉前多喝点儿牛奶，臭气就没了。"

　　拓实照此尝试了好几次，觉得牛奶并没有什么效果。而且在吃过饺子的第二天，养父一定会一边吐着大蒜的臭气一边外出工作。那样的话客人真的会忍受不了吧——就算现在回想起来，拓实仍觉得奇怪。当时，养父是开个体出租车的。

　　宫本夫妇无法生育。根据检查结果，应该是男方的问题。这一事实让两人非常失望。他们都非常喜欢孩子，结婚时没租公寓，而是坚决租了一幢独栋的房子，就是因为想让孩子在院子里玩耍。

　　不过，夫妻二人并未消沉，而是决定要亲密地生活下去。他们相互安慰：没有孩子但生活幸福，这样的夫妻还有很多。

　　但是，他们果然还是过于乐观了。莫名的不满足感总是萦绕在他们心头。他们并非想在这世上留下自己的血脉，而是想亲身体验养育一个人的伟大工作。这是他们长久以来的祈盼。

　　就在结婚第十年的一天，一位亲戚打来了那个改变他们命运的电话，问他们要不要收养孩子。一个住在大阪的未婚姑娘怀孕了，但不知道孩子的父亲是谁。当然，当事人应该是知道的，但无论如何都缄口不言。别人一再追问，她也只是回答"反正那人不会回来，没必要说"。姑娘的母亲推测女儿是被男人玩弄后抛弃了，想让女儿堕胎，可姑娘就是不答应。就这样一来二去，肚子里的孩子渐渐长大，堕胎也就说不出口了。杀死已经发育成形的婴儿实在太残忍，母体也会陷于危险之中。总之，已经到了不得不生下孩子的地步。

姑娘的母亲走投无路。丈夫的早逝本就已经让她和女儿的生活陷入困境，要是再养育一个婴儿，简直难上加难。毕竟婴儿的妈妈自己还是个无法独自生存的孩子，而且带着小孩的姑娘也很难结婚。

一番苦恼后，姑娘的母亲想到把生下的孩子托付给没有子女的夫妻当养子。她没有门路，于是尝试和熟人商量，而那熟人正是给宫本夫妇打电话的亲戚。

这个突如其来的消息让夫妻二人不知所措，两人反复商量。他们并非没有考虑过收养孩子，只是在没有收养对象的情况下，再怎么商量都不现实。因此，这是他们第一次认真讨论这个问题。

想要孩子的心情并未改变。即使是他人的孩子，作为养父母，应该也能感受到十二分的养育之喜。只是有一点让他们在意：孩子的父亲身份不明。他们觉得自己肯定会一直纠结于孩子身上到底流着怎样的血。

二人向中间人提出了一个方案，询问能不能在婴儿出生后先见一面再做判断。他们想问自己：真正看到婴儿后，想要养育的欲望就会在心中涌动吗？想到这一方案的是妻子。

中间人向姑娘的母亲传达了这一想法，对方表示同意。

大约两个月后，姑娘生下了孩子。听说是个男孩，宫本夫妇喜上心头。他们曾说过最好是男孩。

其实在这两个月间，宫本夫妇一直心怀雀跃地等待着。虽说是要在婴儿出生后再做决定，但二人的脑海中已经满是与新的家人共度新生活的想象。在看到婴儿的模样之前，答案其实已经有了。

夫妻二人想尽早与婴儿见面，但迟迟没有机会。不久，中间人联系了他们，却带来了意外消息。生下孩子的姑娘怎么都不想把孩子送出去，开始拒绝会面。

"怎么说话不算数了！"宫本夫妇怒上心头，尤其是妻子心慌意乱起来。也难怪，期盼已久的孩子终于要抱入怀中，却落了个空，愤怒也是正常的。但是，他们并没有愚蠢到继续朝中间人乱发脾气。逐渐平静下来的二人达成了一致：自己生下的孩子，不想放手是理所当然的，要是那姑娘能自己养育，自然是再好不过。

结果，宫本夫妇在那时没能见到孩子。

然而过了大约一年，充当中间人的亲戚再次给宫本夫妇打来电话，问他们还想不想收养那个孩子。

尽管天降意外之喜，夫妻二人首先想到的还是了解事情的来龙去脉。据中间人说，姑娘想方设法打算自己养育孩子，但她原本就体弱多病，很难一边育儿一边工作。她母亲的兼职工作是家里唯一的收入来源，实在无法维持生活。再这么下去，孩子可能会营养不良，因此姑娘不得不同意送出孩子。

那是樱花前线①从九州推向本州的一天，宫本夫妇去了大阪。他们被带到了一个满是破烂小屋的地方，那地方看起来怎么也不像住宅区。姑娘和她的母亲，还有孩子，就住在其中一间小屋中。姑娘十八岁，异常瘦弱，脸色也很难看。初中毕业后，她曾经在纺织厂工作，但因体弱多病被解雇了。姑娘的母亲身形矮小，应该只有四十五岁左右，皱纹却多得像个老太婆。

那孩子躺在潮湿的榻榻米上，身形小得完全不像已满一岁，动作也很迟缓。看到孩子肋骨凸显的身体上伸出的纤细四肢动来动去，宫本的妻子联想到了孱弱的昆虫。

姑娘的母亲跪坐在地，低头致意："拜托你们了。"姑娘在旁边一直没有抬头。两人都穿着满是虫眼的针织开衫。

---

① 将预测同一时期开花的地域连成线，并标注预测开花时间的图。九州地区的樱花一般每年 3 月先开，随后本州地区的樱花也会依次开放。

宫本太太抱起孩子，他的体重轻得让人一惊。她把孩子放到大腿上，看着他的脸。孩子那一双因瘦弱而显得更加大的眼睛回望着她。孩子的脸色不好，眼睛却澄澈明亮，似乎想要诉说什么。

妻子看向丈夫。一直在旁边打量的丈夫和妻子四目相对，微微点了点头。这就是二人的最终决定。

宫本夫妇就这样把孩子带回了家。也许是因为已经放弃了，姑娘并未阻拦。夫妻二人和姑娘的母亲聊了很多，但这些内容并没有停留在他们的记忆中。他们共同记得的，是在抱着孩子准备离开时那姑娘的样子。她依旧跪坐在地，双手合十，牙齿咬着指尖。那姿势到最后都没有改变。

那是没有新干线的年代，宫本夫妇搭乘夜班列车回到了东京。旅程超过了十个小时，但妻子一路抱着孩子，完全忘记了时间。其他乘客看到他们带着孩子，都格外关照，这也让他们感到喜悦。

就这样，拓实成了宫本家的孩子。

拓实喝干面汤，准备起身。就在这时，墙上贴着的一张纸吸引住了他的目光。纸上写着"饺子可以外带"。

他在脑海中计算了一下自己的餐费和口袋里剩下的钱。在走进拉面店前，他买了 ECHO 烟。

"老板，给我打包两人份的饺子。"

正在给其他客人做拉面的老板默默点了点头。

拓实拿出 ECHO 烟盒，撕开锡纸抽出一根。他拿过吧台上的便宜火柴，点燃香烟。看着烟雾飘向沾满油渍的天花板，拓实喝了口杯中的水。

在高中入学考试前几天的一个晚上，拓实听父母讲述了自己的身世——应该说是他主动询问了自己的身世。从户籍副本上得知自己不是宫本夫妇的亲生孩子后，他一直在烦恼该何时问出这个问题。后来他心一横问出了口，不是因为决心已定，而是因为再也无法忍受内心的苦恼。

养母早就发现儿子的样子有些异常，不由得想到他可能已经看过那份户籍副本。因此听到儿子问起，夫妻二人并没有显得过于不知所措。该来的时刻终究是来了。

养父邦夫是主要讲述人，养母达子只是时而插话，对丈夫诉说的回忆做补充。她始终低着头，避免和拓实有目光接触。话题比较凄凉，拓实看到这一情景也不由得感叹：啊，我和这个人到底不是真正的母子。

听完漫长的讲述，拓实仍然没有什么真实感，他仿佛是一个局外人，就像在听某部电视剧中的故事。他没有受到惊吓，也没有感到悲伤。养父母沉默无言，似乎在等待拓实爆发出无法预料的悲伤与愤怒，但拓实其实完全不知道该说些什么。

"因此……"养父邦夫说，"爸爸妈妈和你没有血缘关系。但是，也仅限于此。我们从没认为你不是我们的孩子，这一点今后也不会改变。所以，你不用在意这件事，我们希望你不要在意。"

"是啊，拓实，保持现状就好。妈妈甚至都想过要亲自给你喂奶呢。"

听到对自己有恩的两人如此表达，拓实无以回应。养父母说保持现状就好，拓实也确实想不出其他选择。

"我真正的母亲……是那个人吗？"他低着头问，"那个……在几年前还时常来我们家的女人，说大阪方言的。"

沉默了片刻，养父回答："是的。如今她已经结婚，叫东条须美子，麻冈是她的旧姓。"

拓实询问是哪几个字，养父在报纸广告的背面用圆珠笔并排写下了"东条须美子"和"麻冈"几个字。

我原本叫麻冈拓实吗？他想。

据养父说，在送出儿子的三年后，麻冈须美子嫁到了爱知县一家名为"东条"的和果子店。她是写信将此事告知宫本夫妇的。至于是怎样结的婚，对方是个什么样的人，信中都没有提及，只是强烈表达了对拓实的关心，以及想见拓实一面的想法。

在那之前，宫本邦夫一直刻意不与她联系，但此时却写了回信。我们希望你能获得幸福，拓实十分健康，无须挂念——信的内容仅止于此。

结果不久之后，她又寄来了第二封信。这次写得很明确，必须让她与拓实见面。这就是她来信的目的。

宫本邦夫找妻子商量。他自己并不情愿，妻子的态度也一样。儿子和他们已经亲密无间，如果突然见到陌生女人，恐怕只会心生困惑。而且宫本达子还害怕一件事：通过结婚安稳下来的亲生母亲难道不会想趁现在带走儿子吗？

话虽这么说，夫妻二人也不想冷漠拒绝。左思右想后，邦夫用"合适的时候再安排"搪塞了过去。

但是，亲生母亲按照字面意思理解了回信。不，她或许已经读出了真意，却佯装不知。拓实刚满五岁后不久，东条须美子突然到访宫本家。

仅仅过了几年，寒酸的姑娘就变成了成熟的女人。她的身体依旧瘦弱，却呈现出颇有女人味的圆润。她妆容精致，粉色的洋装看起来也不是便宜货。

那天，宫本夫妇正好在家。须美子在他们面前低下头，拜托他们让她与拓实相见。眼泪啪嗒啪嗒地掉落下来，看上去不像在表演。

与今天不同，对那时的人来说，从爱知县来到东京，是一件从精神和身体上都会感到非常疲劳的事情。而且就算来了，也不知道能否达到目的。

宫本夫妇决定让她和拓实见面，但是有两个条件：一是绝对不能说出自己是亲生母亲，二是绝对不在拓实面前流泪。须美子也明确表示，自己绝不会违反约定。

虽然心怀不安，但宫本夫妇还是让她和拓实独处一室。这与其说是为她考虑，不如说是为了他们自己。看到亲生母亲时隔几年再次面对自己的孩子，他们害怕内心会感到动摇和混乱。

看到拓实成长的模样，须美子再次向夫妻二人深深鞠躬。此时，泪水似乎还是会随时从她充血的双眼中涌出，但直到最后，她都没有哭出来。她确实遵守了约定。在她走后，拓实问："那个阿姨是从哪儿来的？"

在那之后，正如拓实记得的那样，须美子每隔一两年都会拜访宫本家。但是宫本夫妇愈发担心起来。随着年龄增长，拓实开始疑惑：为什么那个女人有时会来？为什么要和自己单独相处？同时，他们还注意到了须美子目光里萌生出的某种执着。

达子提出不要让须美子再来了，但邦夫劝慰妻子："事到如今再说这种话，已经不合适了吧。"然而这个问题很快就解决了——须美子不再来了。

从养父母那里得知实情的拓实那时并未对东条须美子这个女人产生特殊的感情。在他的记忆中，那只是个有时会来家里的奇怪阿姨，于他而言是个彻底的外人。至少拓实从未想要见她，只觉得这么麻烦的事已经受够了。

尽管在别人看来，拓实得知的是一个惊人的事实，但他依旧平稳度过了不久后的高中入学考试。升入高中，拓实加入了棒球部。

听过父母的坦白后，拓实的生活与之前一样，并没有发生特别的变化。养父依旧开出租车营生，每天工作到很晚，养母也会为拓实做好营养丰富的饭菜。

但是，变化切切实实地发生了。一家人曾经像锁链一样紧密相连的心渐渐有了松动。

7

走出拉面店后，拓实去了趟常买东西的超市。他拿着打折的卫生纸来到收银台，询问面熟的女店员："那个东西还有吗？"看起来大约三十五岁的胖店员微笑着点点头："有。"

她从收银台后面拿出一个细长的塑料袋。

"总是麻烦你。"

"没关系，反正是要扔的。"

拓实右手拿着卫生纸和塑料袋，左手拎着打包的饺子，踏上了回家的路。

回到家里一看，时生已经在壁柜前睡着了。或许是因为太疲劳，他的呼吸声很重，到了打鼾的程度。拓实放下东西，打开十四英寸电视机的开关。这是熟人给他的旧电视，画面出来要等很长时间。他叼起 ECHO 烟，点上火。

画面终于出现，里面正播放着一位著名男艺人和他率领的探险队的故事。这是每隔一两个月播放一次的特别节目。探险队或是深入非洲腹地，或是进入南美洲雨林，每次都能在这些秘境中获得重大发现，邂逅惊人场面。这次的舞台似乎是大海，探险队正乘船前行。

仔细一听语气夸张的旁白，他们的目的是要寻找巨大的鲨鱼。拓实不禁苦笑：现在还提《大白鲨》啊。史蒂文·斯皮尔伯格的电影轰动一时已经是四年前的事了。

拓实一边抽烟一边看向时生。电视的声音不算小，可时生一点儿没有醒来的迹象。拓实站起身，打开壁柜，最上面有一条脏兮兮的毛毯。他抽出毛毯，盖在时生身上。他从未对他人做过这样的事。与自己无关的人感冒也好，受伤也好，全都无所谓，这是他一贯的想法。

到头来，大家都是外人——声音奇异的怒吼在拓实耳边苏醒。那是养父发出的声音。

养父母坦白后，亲子关系在微妙的平衡中继续维持着。孩子体贴养父母，养父母也顾虑孩子的精神状态。所谓"只要像过去一样自然相处"的使命感让亲子双方成功地过着走钢丝般的生活。虽说也有不自然之处，但大家都相信，如果能够坚持下去，良好的关系就会这样继续。

然而，裂痕从意外的地方产生了。

发现养父出轨，是拓实刚上高中二年级的时候。养母是如何得知此事的，拓实也不清楚。一天，他回到家，看到养母头发凌乱，正在哭喊。养父板着脸，盘腿坐在一旁，衬衫的袖子已经破了。

父母和孩子在彼此顾虑中生活，但夫妻之间并没有这份体贴，可以说，包裹着整个家庭的精神压力全都聚集到了夫妻关系上。养父明显在回避与拓实面对面。对他来说，这个家已经不再是令人身心愉悦的地方。因此，他才会另去追求舒适的场所。

养父出轨被发现后，家里的气氛跌至冰点，彼此之间已经没有精力再相互关照。然而这样的情况进一步导致了恶性循环：养父开车时撞了人。

这场事故的责任并非全在养父，他也用不着为此坐牢，但开出租车的工作一时半会儿也无法继续。其他方面一无所长的养父开始整日待在家中，妻子则开始埋怨他："就是因为被女人迷得神魂颠倒，才会在重要的工作上失手的。"

无言反驳的丈夫逃进了酒精的世界。他的酒量一天天增大，喝醉的时候渐渐增多，言语也开始疯狂。

不过，即使经常喝醉，邦夫也一直抱有一个疑问：明明没有收入，妻子却丝毫没有表现出紧张的样子。家里到底有多少存款，这一点邦夫还是清楚的。

于是，他跟踪了妻子。从外出的妻子身上，他感受到了可疑的气息。妻子的目的地是银行，而且是与宫本家无关的银行。

妻子走出银行时，埋伏等待的他强行夺过妻子的手包，发现了厚厚一沓一万日元纸币，以及一本每月都有固定金额汇入的存折。

汇款人是东条须美子。为感谢他们帮忙养育儿子，须美子一直都在给宫本家寄送生活费。但知道这件事的只有达子，她是故意对丈夫保密的。

知道了实情的邦夫怒火中烧："这些钱都被你用了吧？"妻子否认："考虑到以后万一会发生紧急情况，我一直都存着这些钱没有动，只打算给拓实用。"但存折显示里面的钱经常会被取出。

关于存折中剩下的钱、达子之前用掉的钱以及今后预计将会汇入的钱，夫妻二人连日争论不休。十几年前，二人曾经搭乘夜班列车去大阪迎接养子，但那时的亲密姿态已经不复存在。

"到头来，大家都是外人吗？"

争吵的最后，邦夫吐出这样一句话。那时他已经喝了很多酒。伴着这句话，他向妻子扬起了手。这是拓实第一次看到养父对养母使用暴力。

自己已经不该待在这个家了，拓实想。

突然，时生坐了起来。由于没有征兆，拓实一时间不知所措。

"什么啊，醒了吗？"

"刚醒。"时生来来回回向四周张望，"那个，这里是拓实哥你的公寓吧？"

"是的。"

"然后，那个，今年是一九七九年……对吧？"

"这不是废话吗？你脑子是不是被打坏了？"

"不，我没事了。慎重地说，是暂且没事了。"说到这里，他抽了抽鼻子，"有饺子的香味。"

"猜对了。我想你大概饿了，就买了饺子回来。"

拓实拿过打包的饺子，放到时生面前。

"哦，我想你应该知道，我也特别喜欢饺子。"

"我怎么可能知道你的喜好。但你喜欢就好。"

"拓实哥，你已经吃过了？"

"嗯，吃过了。"

"是只有拉面和饺子的店吧。"

"你知道那家店？"

"我没去过。"时生稍微耸了耸肩膀，"但我听说过。"

"是吗，那么不景气的店竟然也会被提起。"

时生打开包装，用一次性筷子吃起饺子来，还不住地点头。

"好吃吗？"拓实问。

"与其说是好吃，不如说是和听说的差不多。"

"你听别人怎么说的？"

"味道谈不上，但一吃起来就很难停下。"

"哈哈哈。"拓实笑着点燃了不知第几根烟,"就是那样的,是谁说的啊?和我的看法完全一样嘛。"

"是我爸爸。他过去不是住在这附近吗?年轻时,他好像经常去那家店,曾经和我说起过。"

"哎?那家店已经开了这么久吗?我倒真不知道。"

"但还是趁现在多去几次比较好,再过七八年就没了。"

"没了?倒闭了吗?"

"会拆掉的。那里要重新建楼房。"说到这里,时生舔了舔嘴唇,重新说道,"我觉得那里会建大楼。这一带会突然发生变化的,一定会。"

"这种地方可没有变化的迹象。不过也是,万一那家店没了,可就太舍不得了。下次去跟老板说一声,就算有人让他拆迁,也要坚持下去。"

"没用的,有开发商。"

"开发商?那是什么?"

"不,没什么……"时生摇了摇头,视线转向别处,"那是什么?"他看到拓实从超市拿回来的塑料袋。

拓实咧嘴一笑,把袋子拉过来。"这是我的好伙伴。"他轻轻拍了拍袋子。

"看着像是吐司面包。"

"是吐司面包,不过和普通的不太一样。给吐司面包切片时,两头的部分不是没法卖吗?这袋子里塞的就是那些部分,有三十片呢,免费的。"

时生的眼睛突然亮了起来。"这是穷人的比萨饼。"

"啊?"

"在上面涂上番茄酱,再放进面包机一烤,穷人的比萨饼就做成了。”

拓实站了起来。这已经不是笑笑就能过去的事了。他在时生面前蹲下。

“这你又是从谁那里听说的？”

“就是随便听说的……”

“这怎么可能？谁都不知道我的这种吃法。这么寒酸，怎么可能告诉别人，可是你知道。到底是怎么回事？”

笑容从时生的脸上消失了。他直直地盯着拓实的眼睛，拓实也正面迎向他。

“从爸爸那里……听说的。”时生说，“我爸爸也做过同样的事。这可不是拓实哥你的原创。吐司面包也好，番茄酱也好，都是早就有了的。”

“然后也把它叫作比萨饼吗？”

“好像是的。大家想到一起去了。”

“是吗，那也罢。不过我还有一个问题。”拓实揪住时生的刘海，猛地往上一提，“这个‘爸爸’是谁？告诉我名字！”

8

"好疼！"

"疼吧？要是想让我放手，就回答我的问题！"

"好，我会说的！快松开我的头发！"

"你要先回答，你爸叫什么？"拓实更用力了。

时生的脸扭曲着。"木拓……"

"啊？"

"他叫木村拓哉①。木村就是常见的木村，拓是拓实哥你那个拓，哉是那个……就是志贺直哉②的哉。木村拓哉，简称木拓。"

"为什么还要简称？"

"我也不知道，大概是更容易叫吧。"

"哦。"拓实松开了时生的头发，"等等，你不是和我一样姓宫本吗？为什么你老爸姓木村？"

"所以说原本是叫木村时生，但我想叫宫本时生。不过这里面

---

① 演员、歌手，是日本国民级偶像，粉丝爱称为"木拓"（Kimutaku）。此时木村拓哉尚未出道，故拓实不知道。

② 日本作家，被誉为"日本小说之神"。

也有很多理由。"

"是吗？"拓实在时生面前盘腿坐下，"刚才你突然就哭了，我没问成。下次可不能再哭了。那你来说说有什么理由吧。"

也许在别人面前掉泪让时生自己也感到无地自容，他摸了摸头发。"样子有点儿难看啊。"他喃喃自语。

"你没有父母吗？"

"算是吧。"时生点点头，"在这个世界上没有，也不会再见到他们。"

"真是奇怪的说法。他们不是去世了吗？"

"那个……"时生停顿了片刻，"是啊，已经死了，是病死的，不治之症。"

"哪个？"

"啊？"

"我是问病死的是你爸还是你妈，总不会是一起死的吧。"

"嗯，不是一起死的。但就像一起死的一样，相继离开。"

"是吗，那真是太可怜了。"

"但他们并不是我的亲生父母。"

"哎，真的吗？"

"我应该是孤儿，是父母收养了我，把我养大的。"

"哎？！"拓实一个劲儿地盯着时生，"太巧了，这不是和我一样吗？其实我也是这样的。"

"嗯，我知道。你的原名叫麻冈拓实，亲生母亲是东条须美子女士，对吧？"

拓实猛地挺直后背，抱起双臂。"这点真是让人讨厌，你怎么这么了解我？"

"我爸死前曾经这样告诉我：在这世上，只有一个人和你有血缘关系，就是宫本拓实。然后，他就讲了很多关于这个人的事，身世啊经历啊什么的。"

"为什么你爸知道我的事情？"

"我也不明白，可能是花了好几年调查过吧。"

"为什么？"

"谁知道呢。不过爸爸这样说过：如果我死了，你就去见宫本拓实。"

"见到又该怎么办？"

"我爸没说到那个程度，只是说一见面，我就能明白该怎么做。他就说了这些，然后就去世了。"

拓实依旧抱着双臂，瞪着时生的眼睛。从那双眼睛散发的目光来看，他并不像是在开玩笑，但他的话太过离奇，让人无法立刻相信。

"什么叫有血缘关系？"

"嗯……"

"是什么样的关系？和我有血缘关系的只有那个东条大婶，虽然想起来就很让人恼火。难道你也和那女人有血缘关系？"

"我没法断定，但我想不是那样的。他说和我有血缘关系的人只有一个，要是算上东条女士，那就变成两个了。"

"说得也是，可你爸说的不一定是实话啊。"

"那倒是。"时生垂下目光。

拓实不知道该不该相信时生。有人在暗地里调查他，这让他很不舒服。一个素昧平生的青年突然说他们之间有血缘关系，也让他一时间摸不着头脑，甚至怀疑这是个可怕的陷阱。但是看着时生，拓实总觉得有种怀念的情绪萦绕心头，这一点他无法否认。至少，时生并未怀揣恶意。

"你现在是在做什么呢？是学生吗？"

"哦，不，不是学生。我在做自由职业。"

"自由职业？那是什么工作？我没听说过。"

"不，那不是工作的名字。所谓自由职业，就是做各种兼职工作。以前好像有种说法叫自由兼职者，你不知道吗？"

"不知道。"

"是吗……也难怪你不知道。"

"什么啊，简而言之不就是没工作吗？"

"也算是吧。"

"没工作就说没工作，别耍什么帅。哼，年纪轻轻就没工作啊。"说到这里，拓实突然察觉到什么似的挠了挠头，"不过如今我也没资格说别人。"

"听千鹤姐的意思，你好像老是换工作。"

"我也不想换。可是怎么说呢，我还没找到适合我的工作。虽然我觉得能让我产生热情的工作肯定就在某个地方。"

"会找到的，一定。"时生信心满满地点点头。

"要是那样就好了。"拓实揉了揉鼻子。他心情不坏。每次说起自己关于工作的想法，别人都会说他天真。"那样的话，做什么工作都长久不了。""怎么会有适合自己的工作？必须配合工作改变自己。"他总是听到这样的话。就连千鹤，也曾经用轻蔑的目光看过他。时生是第一个肯定他想法的人。

"你家在哪儿？"

"吉祥寺……曾经。"

"吉祥寺？你说曾经，是什么意思？"

"就是我以前住在那里，在父母死之前。"

"现在呢？"

时生摇摇头。"现在没家。"

"那你都在哪里睡觉啊？"

"各种地方。候车室啊，公园啊。"

"什么啊，没工作还没地方住。这不是比我还惨吗？"

"哈哈哈，也许是的。"

"这可没什么好笑的。嘁！既然我们有血缘关系，你要是个有钱的公子哥就好了。"

"不好意思。"时生低下头时，肚子里的馋虫叫了。

"不但是个流浪汉，还是吃不饱饭的儿童啊。看来只有饺子不够呢。"拓实露出兴味索然的表情，"可我没有其他吃的。而且我想你很清楚，我也没钱。你就没带点儿钱吗？"

时生从牛仔裤的口袋里翻出布钱包，倒过来甩了甩，掉出四枚一百日元硬币和五枚十日元硬币。

"意外地有钱呢。"

"就四百五十日元，得意什么。好，总之这些我来保管。"

"哎，为什么？"

"你没地方住吧？反正你今晚只能在这里睡，我收住宿费也是理所当然的。"

时生不满地嘬了嘬嘴。"那你得让我吃这个。"他指了指塞满吐司面包的袋子，"我想吃一次穷人的比萨饼。"

"丑话说在前面，你的话我可不是全都相信。"拓实一边从面包机里拿出穷人的比萨饼一边说。

"真香啊。"时生不由得吸了吸鼻子。

"你的话里漏掉了太多关键的信息。我不明白咱俩是怎么有血缘关系的，也不明白你爸死前为什么要那么说，越想越觉得奇怪。"

"我希望你相信。"

"如果你没说谎，那就是你爸在说谎，虽然我完全搞不懂他为什么要那样——来，做好了。"

拓实把穷人的比萨饼放到稍有些脏的盘子上，摆到时生面前。

"我开动了。"时生说着咬了一口，"好吃！像比萨又不像比萨，真好吃。"他双眼放光。

"想吃多少就吃多少，面包有的是，但番茄酱别放太多。"

拓实抽着 ECHO 烟，望着时生吃东西的样子。有血缘关系——不知是不是这句话的原因，时生看起来已经不再像陌生人。

时生停下嘴，目光转向电视。电视上播放的是边唱边跳的女子组合 Pink Lady①，正在表演歌曲 *Pink Typhoon*。

"是 Pink Lady……"时生喃喃自语。

"那又怎么了？"

"好年轻啊，还有这么年轻的时候。"

"你说什么啊，这俩人的优势不就是年轻嘛。"

"好像在哪里听过这首曲子。"时生略一琢磨，"啊，对了，是 Village People② 的 *In the Navy*。日本人竟然翻唱了啊。"

"西城秀树③ 翻唱了 *Young Man*，她们也想紧随其后吧。上一张唱片 *UFO* 拿了大奖，现在正是干什么都顺风顺水的时候。"

"按我的印象……"时生摇了摇头，接着说道，"按我的预测，Pink Lady 很快就会解散。"

"真的假的？ Candies④ 可是刚解散。"

"什么叫真的假的？"

---

① 活跃在日本 20 世纪 70 年代中后期的女子二人组合。

② 美国男子演唱组合，于 1977 年创建。下文提到的 *Young Man* 原名 *Y. M. C. A*，是该组合的代表作之一。

③ 日本男歌手、演员。20 世纪 70 年代活跃于日本歌坛。

④ 1972 年成立的日本女子偶像组合，于 1978 年解散。

"就是问你是不是在认真说话。你不明白吗？"

"明白倒是明白，但我没想过拓实哥你会这么说。"时生眨了眨眼睛。

"真是个奇怪的家伙。"拓实伸手关上了电视。

时生吃完涂了番茄酱的面包，掸了掸手。"话说回来，千鹤姐说的是什么意思？"

"她说什么了吗？"

"她不是问'你不去你妈妈那里可以吗'？我觉得应该是指东条女士吧。"

"哦，那个啊。"

拓实摁灭烟头。他犹豫着要不要告诉时生。如果面对完全陌生的人，他是绝对不会说的。

他站起身，从放在冰箱上面的一沓信件中抽出一封。"我不相信你刚才说的话，但姑且还是给你看看吧。"

"可是我读了也……"

"没关系。"

时生首先看了看信封背面，似乎是在确认寄信人。

"东条淳子是谁？倒是能看出是东条家的人。"

"是那女人的女儿，不过也是继女。毕竟那女人是人家的续弦。"

"啊，这我知道。"

"木拓告诉你的？"

"嗯，是。"时生从信封里拿出便笺。

信中说让拓实务必过去一趟。东条须美子卧病在床，而且预计很难治愈。哪怕只有一眼也好，她想在最后见到亲生儿子，因此希望拓实能帮她实现这一愿望。

时生读完了信，带着犹疑的语气开口了："你准备不理她们吗？"

"不会连你也让我去吧？"

"我不会命令你，但去一趟难道不是更好吗？"

"为什么？"

"她多可怜啊。"

"可怜？谁可怜了？那个女人？你难道没听你爸说过我是怎么被她抛弃的吗？就像小狗小猫一样，因为养起来太困难，就送给别人了。做出这种事的女人，你叫我怎么可怜她！"

"我明白你的心情。"时生的目光再次落到便笺上，"可是人家说了会出旅费和其他费用的。"

"不是钱的问题啊。"拓实从时生手里夺过信，放回到冰箱上。

9

刚一睡醒，总觉得屋里飘着一股焦煳味。拓实揉揉眼睛，撑起身体。原本铺着毛毯睡在厨房的时生已经不见了。窗帘打开，强烈的阳光照射到榻榻米上。

拓实看了眼每天总要快五分钟的闹钟，时间已过上午十一点。

他把单薄的被褥胡乱一叠，塞进壁柜。昨天的伤口依旧很疼。他走到洗脸台旁，小心翼翼地看向镜子。脸颊上的肿胀似乎已经消了几分，但也同时长出了一块瘀青。

面包少了很多，应该是时生吃的。拓实带着不好的预感打开冰箱，番茄酱果然也已经大大减少。那个混账，明明说了要节约。

拓实拿过 ECHO 烟，准备抽上一根，却注意到烟盒表面有圆珠笔写下的字迹：

> 我出去散散步，钥匙先借走了。时生

拓实吓了一跳，赶紧去摸扔在一旁的牛仔裤的口袋。钥匙扣还在，但房间的钥匙已被取下。钥匙扣上本该有两把钥匙，现在剩下的那把是千鹤家的。

"那个混账……"拓实的手指伸进烟盒，里面却空空如也。他想起昨晚已经抽完了最后一根。"可恶！"他咂了咂舌，扔掉烟盒。

这时，玄关处的门锁开了。拓实以为时生回来了，但出现的却是千鹤。她很少在上午来。

"哟，真早啊。"

"伤怎么样了？"

"马马虎虎吧，就是有点儿瘀青了。"

千鹤从正面仔仔细细地观察着拓实的脸。"这样看不显眼，或许没问题。"

"什么啊？什么没问题？"

"这个。"她拿出一张传单一样的东西。拓实接过来一读，立刻眉头紧皱。那是保安公司的招聘广告。

"喂，你是让我去当大楼保安吗？"

"这不是很像样的工作嘛。今天好像就有面试，你去试试看？"

"别开玩笑了。我想做用这里的工作。"拓实指了指自己的太阳穴，"保安什么的可与这里无关。"

"全世界的保安听了可都要骂你的。保安需要瞬间的判断力。像阿拓你这种草包也许不行，但总之先试试吧。"

"什么草包啊？"

"就是说你的头让我感觉里面塞的不是脑细胞，而是草。"

"你是说我笨吗？"拓实扔掉传单，"我可不笨，我考虑了很多将来的事。我想做能实现梦想的工作。当保安能成亿万富翁吗？能住带泳池的宅子吗？我不是经常说吗，我想做大事，想一举成功。要是你想给我介绍工作，就给我介绍个能帮我实现梦想的。"

千鹤捡起掉落的传单，深深地叹了口气。"想做大事，想一举成功。"她再次叹了口气，"这种话啊，只有真正的笨蛋才会说。"

"你说什么？"

"拜托了。"千鹤双膝跪地，低下头，"请你去参加面试。你要是那么能干，就请你努力被录取。"

"千鹤……"

拓实正在为难，门突然开了，提着纸袋的时生走了进来。

"哎，千鹤姐，你在道歉吗？"

千鹤没有回答。于是拓实把千鹤拿着的传单给时生看。

"不是道歉，她让我去干这个。"

时生看了眼传单，点点头。"哦，保安吗？看起来很有意思。"

"对了，你去吧。你不是也没工作吗？"

"阿拓。"千鹤抬起脸，"请你认真考虑。"

她的目光咄咄逼人，拓实退缩了。"真没办法。"他小声说。

千鹤不知从哪里给拓实弄来一套西服，颜色有些土气，尺寸却正合适。一系上领带，看起来也像个正经的上班族了。

"保安之类的不需要领带吧。"

"面试可不一样，第一印象很重要。"千鹤一边调整领带的角度一边说。

"很合适呢。"时生笑眯眯的。他在榻榻米上摊开一张报纸，从一头开始读。纸袋里是他从车站捡来的一沓报纸。他说想知道社会上都发生了哪些事。拓实不禁想道：又不是浦岛太郎 [1]，真是个奇怪的家伙。

---

[1] 日本古代传说中的人物，因为救了龟姬而被邀请到龙宫中生活了三年。回到地面后，他发现物去人非，便违背约定打开宝箱，结果瞬间变成老翁，这才发现地面上的时间其实已过几十年。

"我可没有坐电车的钱。"

"你昨天不是把我的钱抢走了吗？"时生说。

"四百五十日元能干什么啊。"

千鹤叹了口气，从钱包里拿出两张一千日元的钞票。"这是为了以防万一才借给你的，可别乱用。"

"谢谢，不好意思啊。"拓实把两张钞票塞进口袋。

千鹤和时生把拓实送出了公寓。这次出发毫无干劲。

保安公司的事务所位于神田。在传单上地图标注的地方，有一栋看起来已经建成三十年的老楼。事务所就在三楼。

面试从下午三点开始。看了看从千鹤那里借来的手表，还有将近二十分钟。拓实环视四周，目光停留在小钢珠店的招牌上。

去玩一把鼓鼓劲儿吧——他晃晃悠悠地走向那里。

但是二十分钟后，从店里出来的拓实满心不悦。前一半进展还不错，但是从中途开始，小钢珠就如同退潮般不见了。那意味着一千五百日元也泡汤了。

运气太背了！拓实朝地上吐了口唾沫。

他乘上楼内的电梯，来到三楼的事务所时，已经过了下午三点。打开门一看，前台那里坐着个白发男人，身穿藏青色的制服。

"那个，我是来面试的。"拓实对那男人说。

白发男人抬头看了看拓实，眼镜片上映出荧光灯的光。"面试三点开始，你迟到了。"他皱起眉头。

"哦，对不起。"

真是个啰唆的老头，拓实想，只不过迟到了一会儿而已。

"保安这个工作，必须严格遵守时间。可你从面试开始就迟到，还有什么可谈的？你到底想不想做这份工作？"

拓实无言地低下头，怒火渐渐充满胸腔，其中的一部分是指向千鹤的。可恶，我为什么必须被这种家伙教训。

"有的面试者提前三十多分钟就来了，这是社会常识。明白吗？啊？你倒是说句话啊。"

"对不起。"拓实勉强挤出声音。已经接近忍耐的极限了。

白发男人咂了咂舌，伸出右手。"算了，我会让你面试的，简历拿过来。"然后他又咂了咂舌。

第二次咂舌的动作切断了维系拓实耐心的最后那条线。他停下正要拿出简历的手，瞪着白发男人。

"什么啊，臭老头！一副自以为了不起的样子，不就是个巡夜的吗？我不干了！"他猛地踢歪了桌子。在对方还没来得及因惊讶而发出声音前，他便一转身走出了事务所。这样似乎还不够，他又粗暴地关上了门。

乘电梯下到一楼后，怒火仍然没有平息。但是当拓实离开大楼，向车站走去时，后悔袭上了他的心头。

太糟糕了，搞砸了。

怎么想都是自己的错。面试前去小钢珠店就是错的。虽然面试本身让他提不起干劲，但如果不参加，就没有脸见千鹤了。

从神田乘上国铁①，在上野下车，拓实有气无力地踏上了回家的路。一想到千鹤在等待，他的心情就格外沉重，脚步不知不觉转向了别的方向。

回过神来，拓实已经走在仲见世路上，这是他熟悉的道路。他拐向一旁，走进一家面朝路背面小巷的咖啡厅。这是一家新店，透过宽大的玻璃窗能眺望从店前走过的人。店内十分拥挤。

拓实坐到最里面的座位上，点了杯咖啡。他只能在这里打发时

---

① 全称"日本国有铁道"，于1987年4月被分割并民营化，成为如今的日本铁路公司，简称JR。

间了。

桌子同时也兼做玩电视游戏的台子，游戏自然是《太空侵略者》。今年以来，这款游戏引发了异常的热潮，现在店里几乎所有的客人都沉迷其中，没有哪个客人是边喝咖啡边聊天的，所有人都低着头凝视画面，双手握着操作杆。

拓实摸了摸口袋。他已经在小钢珠店挥霍，所以现在只剩一点儿零钱。除去咖啡钱，他将剩下的一百日元硬币摞到桌子边缘，然后把最上面的一枚缓缓塞入机器。

没过多久，拓实就已经全心沉浸在游戏的电子音效中。他左手移动操作杆，右手按下按钮，很快便沉溺其中。怎样才能更高效地消灭敌人，怎样才能击落得分高的飞碟，他都谙熟于心。

最初的一百日元为他提供了相当长的游戏时间，也获得了与之匹配的高分。其实，那已经是这台机器的最高分了。为了得到更高的分数，他又塞入一枚硬币。

轻松打通第一关后，拓实不经意间抬起了头。透过面向街道的玻璃窗，他看到了千鹤。她正在东张西望，准备进入店中。

拓实不由自主地躲进了桌子的阴影处。要是在这种地方被发现了，不知道会被骂成什么样子。

保持这种姿势一段时间后，拓实战战兢兢地抬起头。千鹤已经不见了，似乎没有注意到他。

真是好险——他继续回到游戏中。

回到公寓时，时生还在看报纸。他就坐在摊开的报纸上，说了句“欢迎回来”。

“真热情啊。有什么好玩的新闻吗？”

“嗯，各种各样呢。撒切尔夫人成为发达国家第一位女性首相，就是在前不久。”

"啊，说来也是。"拓实脱掉西服，挂到衣架上，"千鹤呢？"

"哦，大概一个小时前出去了。"

一个小时前，就是她在咖啡厅出现的时间。她去那儿干什么？

"面试怎么样了？"

"啊，不行啊。"拓实换上运动服，躺倒在地上。

"不行吗？竞争太激烈？"

"这个嘛，可能是有暗箱操作吧，感觉被录用的家伙应该已经提前确定了。"

"那算什么，难道不是作弊吗？"

"是啊，真是气死我了。"拓实一通胡编乱造，但内心也多少有些自责。

"没能成功，千鹤姐应该会很失望吧。"时生说。

"她说什么了吗？"

"她好像相当期待呢，特别希望你这次能好好工作。"

"喊，她就只会说这个。"拓实把手指插进头发，用力挠了起来。

时生开始叠报纸。他打了个哈欠。"啊，肚子饿了。"

"吃面包就行啊。"

"可是连着吃就腻了。去买点儿别的吃的吧。"

"我可没钱。"

"哎，怎么会？"时生睁圆了眼睛，"刚才千鹤姐不是给了你两千日元吗？"

"那个……交完面试费就没了。"

"哎？面试为什么要钱啊？"

"不知道啊，人家要钱我也没办法。"

"那昨天的四百五十日元呢？"

"那个也没了，买车票用了。"

"啊，那可就奇怪了。从这里到神田是吧？JR——不，国铁虽然这个月刚涨价，但起步价只要一百日元啊，报纸上都说了。"

"真啰唆，没了就是没了，又能怎么样。"

"那今天晚饭怎么办？"

"总有办法的。倒是你，打算在这里待到什么时候？我可没说过让你住下来，赶紧给我走吧。"

拓实翻了个身，将后背朝向时生。

10

那天的晚饭最终还是穷人的比萨饼和方便面。玩完《太空侵略者》还剩下一点儿钱，勉强能买些方便面。

"这么吃饭可对身体不好，会造成中性脂肪还有胆固醇堆积。"时生喝干面汤后说。

"你说什么呢？别讲那些高深的玩意儿。"

"不高深吧。你不知道胆固醇吗？"

"听说过啊，就是由接电话的人付钱。"

"那叫对方付费电话①。"

"真烦人，管它是什么。你既然吃着我的，就别再抱怨，不想吃就别吃。"

"我不是付了四百五十日元吗？这面一份连一百日元都不到。"

"昨天你还吃饺子了。"

"那种也用不了三百日元吧。"

"还有跑腿费这种东西呢。"拓实瞪着时生，时生也回瞪过去。

---

① 日语中，"胆固醇"和"对方付费电话"发音相近。

片刻之后，拓实先移开了目光，伸手去拿 ECHO 烟盒。

时生扑哧一声笑了。

"什么啊，你这家伙真让人讨厌。"

"没什么，我只是觉得这样很开心，毕竟我们之前从没有这样争吵过。"

"和谁？"

"所以……"时生想说什么，却又摇了摇头，看向地面，"没什么。"

"怪人。"拓实打开电视。一群年轻人正随着迪斯科音乐跳舞。他咂了咂嘴，换了频道。自从特拉沃尔塔①这样跳过之后，每个人都热衷于记住那些奇妙的动作。

"我说啊，千鹤姐可是个好人。"

"怎么了，突然这么说。"

"今天她也很为我担心，问我伤怎么样了。"

"因为她曾经想当护士。"

"所以我才觉得奇怪，拓实哥，你为什么没和她结婚呢？"

"你的说法也太奇怪了，我都说过我打算和她结婚的，虽然现在可能还不行。"拓实挠挠脸颊。

"要是能结婚……就好了。"

"还轮不到你来为我操心。"拓实的目光回到电视画面上。由两位女子职业摔跤选手组成的组合 Beauty Pair②正与喜剧演员展开较量。拓实张大嘴巴，哈哈大笑起来。

过了凌晨一点，两人刚钻进被窝，拓实又立刻坐了起来。有件事始终让他在意，是关于千鹤的。

让拓实去保安公司面试的是千鹤，她当然会在意面试结果。拓

---

① 美国演员、制片人，主演的影片《周末夜狂热》和《油脂》掀起世界性的迪斯科舞热。
② 活跃于 1976 年到 1979 年间，在演艺圈也曾红极一时。

实以为她一结束酒吧的工作就会来公寓，但到了现在也没来。那家在锦糸町的酒吧营业到十二点半，她会坐电车回到浅草桥。如果骑上放在车站的自行车过来，应该不到一点就能到。

今晚她不想来吗？但很难想象她会不关心面试结果。还是说发生了什么事，让她相当疲劳？

拓实钻出被子，换上衣服。时生也立刻撑起了上身，似乎还没睡着。

"都这个时候了，你要去哪儿？"

"嗯……我稍微出去一下。"

"所以说你去哪儿？"

拓实觉得时生很啰唆，但还是回答"去她那里，去千鹤家"。

"哦。"时生点点头，"那我还是别妨碍你了。"

"说什么呢，没那回事。我就是觉得应该告诉她一声面试结果。"拓实说到这里，突然想起了什么，低头看着时生，"你也一起去吧？"

"我？为什么？"

"也没什么特别的理由，你不想去也无所谓。"

其实，拓实心里打的算盘是，和时生一起更容易躲开千鹤的追究。要是二人单独交谈，他没有参加面试的事实很有可能暴露。

拓实穿上鞋。"等等。"时生说，"我也去。"

在时生的建议下，拓实在房间里留下了便条。要是和千鹤错过就麻烦了。拓实在一张广告传单的背后写下"千鹤，我们去你的公寓了，拓实"，然后放到了厨房。

千鹤租的房子位于藏前桥旁，比拓实的公寓要新一些。她的房间在一楼最里面，千鹤总是抱怨夏天也不能开着窗户睡觉。去年夏天，在咔嗒作响的电扇吹出的风中，拓实曾和她一次又一次大汗淋漓。

"好像还没回来啊。"窗户内侧并没有亮光。

"可能已经睡着了吧。"

"不可能,她最早也要三点才睡。她要吃夜宵,而且每天不洗内衣就不舒服。"

"哎,还真是居家型的。"

"是吧,所以娶她最合适不过了。"

尽管如此,两人还是绕到正面,试着敲了敲门。没人应答。

"果然还没回来,我们去里面等吧。"拓实拿出钥匙。

"随便进去不好吧?"

"有什么不好的,她都把备用钥匙存我这里了。"

"这我知道,可是随便进入女性的房间……我还是觉得不好。这是侵犯隐私,人家或许会有不想被人看到的东西。"

"什么不想被人看到啊。"

"比如说内衣之类的。"

拓实哈哈大笑。"她的内裤我都看腻了,内裤里面也一样。"

"你可能是那样,但我进去可不太好。要不,我在外面等着。"

"都说了你不用在意。"

"那可不行。而且啊……"时生挠了挠鼻子下方,"我觉得拓实哥你今晚也在外面等比较好。"

"为什么?"

"因为你要告诉她面试结果吧?我觉得还是尽量让千鹤姐高兴些比较好。想到你一直在外面等,千鹤姐可能还会很感动。"

听到时生的话,拓实沉思了片刻。这主意确实不错。

"说得也是。那我们就在那边等吗?好在天气已经不太冷了。"拓实把钥匙收进口袋,迈开步子,"但你可别误会,我可不是害怕千鹤。"

可以看到公寓正面的位置正好并排摆着两个塑料桶，盖子上用油性笔写着姓氏。两人在那里坐下。

"那个，保安的工作没做成，从明天起你吃什么啊？"时生问道。对拓实来说，这是个讨厌的问题。

"总会有办法的。"

"什么办法？"

"打工之类的啊……我也不是什么都没考虑过的。"

"但你现在身无分文啊。"时生抬眼看向拓实，"你不会还想找千鹤姐要钱吧？"

"说什么呢，那我岂不是就像被她包养了一样吗？"

时生没有说话。他似乎觉得拓实其实就是被包养了。

"你可别小看我，我自己思考的问题可多了。"拓实挺胸抬头放话道。但是他自己最清楚，他的话是没有说服力的。他从未认真思考过，不，认真思考是有的，但从未思考出结果来。

果然还是应该去上大学啊。这种懦弱的念头在拓实的脑海中冒了出来，每次为将来发愁时总会如此。

想靠自己的力量活下去，想离开养父母身边——这样的想法让拓实高中一毕业就立刻步入了社会。他进入了一家生产管道设备的公司，在那里从事设备品质的检测工作，用超声波和电子仪器等确认管道是否存在缺陷。那是个无聊的工作，而且所住的单身宿舍里还有个变态的前辈。一天夜里，前辈提着一升瓶装酒来到拓实的房间，在拓实醉倒后脱下了他的内裤，想要去舔拓实的下体。中途察觉此事的拓实用尽全力，朝着对方的脸就是一拳。毫不夸张地说，那个前辈的鼻子被打得仿佛陷进了脸里。拓实觉得自己毫无过错，可是这件事却莫名其妙地被处理成了舍友打架，两人各打五十大板，拓实也遭到了责罚。他向上司抱怨，却并未得到理解。站在公司的立场，大概是不想过多追究职员的变态行为吧。一想到所谓的上班族总是被人看轻，工作本身也很无趣，拓实立刻辞了职。那是在他进入公司十个月的时候。变态前辈去整形外科修复了鼻子，之后便顺利回归职场了。

但是，从结果来看，那家公司竟成了拓实入职时间最长的地方。后来，他辗转于多种行业，但很少有坚持超过半年的。在千鹤工作的酒吧对面的咖啡厅里，他也只干了八个月。那时，他也和客人发生过冲突。

起起伏伏间，拓实二十三岁了。哪怕当年复读一年去考大学，这个春天也该大学毕业了。自己在这五年里到底做了什么？一想就让人忧郁。

保安的面试，要是认真参加就好了，可现在后悔也来不及了。

"千鹤姐还没回来啊。"时生喃喃道。

"是啊。"拓实也有些担心，"现在几点？"

"不知道啊。"时生望望四周。他也没戴表。

也许已经过了两点，或者接近三点了。就拓实所知，千鹤应该从未这样晚归过。

"会不会在拓实哥你那里等着呢？"

"可我留了便条了。"

"也可能是没注意到。"

拓实满心疑惑。千鹤不可能注意不到那张便条。他的胸口一阵躁动，想起千鹤曾经说过的话："有个很讨厌的客人，我都说不用了，还死乞白赖地非送我回家不可。后来一坐上出租车，他说出的方向完全不对，然后又跟我解释，让我再陪他去下一家酒吧。我勉强跟他去了，结果发现他其实是想把我带进情人旅馆。我想尽办法糊弄他，总算逃走了，真没办法。"

每次听到这样的话，拓实都不想让千鹤继续现在的工作了。但是他也明白，自己没有资格去强迫千鹤辞职。将来一定，将来一定——这样想着想着，就到了今天。

"我稍微去看一眼。"拓实站起身，从口袋里拿出钥匙。时生这次什么也没说。

打开门，再打开灯，眼前是收拾得干干净净的一居室和厨房。料理台上没有一件餐具，餐桌上也没放任何东西。

里面的房间内并排摆着床和梳妆台，小书架上放着文库本书籍和漫画。

拓实的内心生出一股异样感。千鹤确实喜欢干净，但这也收拾得太过头了。一件脱下来的衣服都没有，梳妆台上也空空荡荡。

拓实打开壁柜。那里平时应该挂满了衣服，挂衣架的管子还是拓实安装的。但是现在什么都没有，只有管子横在面前。

到底怎么了？拓实正想着，一张便条进入了他的视线。他伸手拿了过来。

阿拓：

　　和你一起的快乐回忆虽然有很多，但我还是要选择结束。

　　朋友会帮我处理房间里的东西，钥匙麻烦你还给房东。房东应该会退给你少量押金，就请你拿着用吧，这是那些快乐回忆的谢礼。

　　保重身体。再见。

千鹤

读到一半时，拓实的脑中已经一片空白。他又读了一遍，但完全读不进去，大脑正在拒绝那些文字。然而，这正是因为大脑已经理解了字面意思。已经理解，但又不想承认现实。

拓实拿着便条呆立在原地，目光投向壁柜内的挡板。

声音从远处传来。"拓实哥，拓实哥。"有人正在呼唤他。但拓实没心情回答。

"拓实哥。"

肩膀被人拍了一下，拓实终于转向声音传来的方向。目光渐渐对焦，时生正一脸担心地盯着他。

"怎么了？"他在拓实面前挥了挥手掌。

"没，没事……"

"这是什么？"时生说着从拓实手中夺过便条。他读过上面的文字，随即睁圆了眼睛。"这是千鹤姐的留言吧？她走了？"

"好像是的。"

"好像是……那你该怎么办啊？"

拓实呼地吐了口气，全身的力量也在那一瞬间完全丧失。他瘫倒在地。

11

两人一夜未眠。他们一直在千鹤家里等，千鹤却没有回来。天亮后，时生从冰箱里找出两个蛋糕卷，问拓实吃不吃，但拓实毫无食欲。时生便就着纸盒装的牛奶把两个蛋糕卷都吃了。

"没回来啊。"时生小心翼翼地说。

拓实没有回答。他连发出声音的心情都没有。他靠在床上，抱着双膝。

"我说，你没有什么线索吗？"时生又问。

"什么线索？"

"就是千鹤姐消失的理由啊。"

"要是明白就好了。"拓实叹了口气。

"这也太突然了，不知和昨天保安公司的面试有没有关系。"

拓实没有回答。这也是他在意的地方。

"拓实哥，你真的认真去面试了吗？"时生的追问一针见血。

"面试了，可是没成功，这也没办法啊。难道是我的错吗？"拓实不由得发起火。

"我不是这个意思。"时生挠了挠头。

上午十点，房门被打开了。两人以为是千鹤，但进来的却是个穿着工服的陌生胖男人，大约三十岁。

那人是从事废品回收工作的，受千鹤委托前来回收房间内的物品。还有三个看似打工者的年轻人也一起进来了。

他们用和搬家公司一样飞快的速度将家具和电器一件件搬出，连书架上的书和餐具架上的餐具也悉数搬走，还把窗帘都摘了下来。一个小时后，房间已经蜕成了一具空壳，只留下拓实和时生。

"不好意思，委托人说让我把这个放进信箱。"穿工服的男人出示了房间的钥匙。拓实接过来。

"那个，委托人是早濑千鹤吗？"他问道。

"是啊。"

"你有她的联系方式吗？"

"有，她让我有问题就联系这里。"男人拿出的便条让拓实非常失望，上面写的是拓实的名字和住址。

拓实回到自己的公寓，但茫然若失的感觉并未改变。他盘腿坐在房间正中，思考千鹤离开的理由。他并非没有头绪。直到现在都没有被千鹤厌烦是他的幸运，只是他不明白为什么事情发生得这么突然。

时生不时与拓实搭话，但每次得到的都是心不在焉的回答。拓实想抽根烟，但 ECHO 烟盒空空如也，也没钱再买。这么一想，千鹤离开也不是没道理的。

到了傍晚，拓实再次走出家门，时生也跟了出来。

"你跟着也行，但得走上一段。"

"走到哪里？"

"锦系町。"

时生站住了，但拓实并未回头。"你要是不愿意，就在房间里等着。"他说。几秒后，后面传来了追赶的脚步声。

酒吧"堇"位于锦系町站前大街后方的小巷里，对面的咖啡厅是以前拓实工作过的地方。堇的门上挂着"营业中"的牌子。

拓实打开门。酒吧的女老板和调酒师正站在吧台两侧聊着什么。拓实曾从千鹤那里听说这两人有一腿。店内没有客人。

"欢迎光临。"调酒师抬起头。这个男人长着一张螳螂似的脸。

"对不起，我不是客人。"拓实低头致意，"千鹤没来吗？"

"小千鹤？"调酒师皱着眉头看向女老板。

"小哥，你是哪位？"化着浓妆的女老板问。

"我是千鹤的男朋友。"

"是吗？"她把拓实从头到脚打量了个遍，"那边的小家伙呢？朋友？"

"是的，请多关照。"时生鞠了个躬。

女老板把视线移回到拓实身上。"千鹤辞职了，昨天突然辞的。你不知道吗？"

"她为什么突然辞职？"

"不知道，她也给我们这边添了大麻烦呢。突然需要找人来代替，哪儿有那么容易。她连日薪都不要了，恐怕是有很重要的理由吧，想到这些我也就算了。"

"日薪是到今天为止的薪水吗？"

"是啊。"

这个月已经过半，薪水的数额对千鹤来说应该不是能说不要就不要的。宁可放弃，也要消失在大家的生活中，究竟是为什么？

"就在两三天前，千鹤还说过奇怪的话。她说让朋友去参加保安公司的面试。那个朋友就是你吧？"

"嗯。"

"果然是你啊。"女老板露出不怀好意的笑容,"那家公司的人事负责人是我们这里的客人,千鹤曾经拜托那人多关照你呢。你面试的结果怎么样了?"

拓实无法回答,只能保持沉默。女老板和调酒师相视一笑。

"没通过吗?还真是可怜啊。"

拓实压制住心中的怒火:"千鹤说过辞职后要去做什么吗?"

"完全没有,而且我们这里也不关心那些擅自辞职的人将来会怎样。真是的,我们之前还那么关照她。"

千鹤可是说过,只要一有借口,你们就会从她的薪水里预扣一些莫名其妙的款项——拓实话到嘴边又咽了回去。

"打扰了。"拓实低了下头,准备离开。

"如果知道了千鹤姐的去向,能联系我们吗?"时生问。

这老太婆怎么可能会帮这个忙——拓实暗自咒骂。

女老板露出了些许犹疑的神色,不情愿地点了点头。"那你给我写个电话号码吧。"

拓实用圆珠笔在旁边的杯垫上写下了自己的住址和电话号码。女老板看了一眼,撇着嘴问道:"你这是传呼电话①吗?"

"我最近打算买个自己的电话。"

"在那之前必须先有工作呢。"女老板把杯垫扔到了吧台上。

拓实他们走出酒吧没几步,对面走过来两个男人,都穿着黑漆漆的西服。与拓实二人擦肩而过后,两人走进了堇。

"还会有那种客人来啊。"拓实嘟嚷了一句。

"那种客人?"

"那些都不是正经人,一看眼睛就知道。"

---

① 有专人负责传唤受话人的公用电话,家里没有电话的人,会使用家附近的传呼电话。

拓实想到做街头销售时，事务所里也见过好几个有相似眼神的男人。

"是黑社会吗？"

"谁知道呢。也许是，但这世上也有那种人，虽然不是正经人，但也不是黑社会。"

这是拓实在不断换工作的过程中获得的知识之一。

因为没钱，回家也是步行。两人有气无力地走在通向浅草的漫长道路上。

"话说回来，关于保安公司的面试，拓实哥你不是说只有那个走后门的家伙被录用了？"

"啊，没错。"

"但是按刚才那个女老板的说法，千鹤姐不是好好帮你打招呼了吗？到底怎么回事？"

"我哪儿知道，大概只凭酒吧女招待的介绍不行吧。"

"拓实哥，你真的去面试了吗？"

"怎么，你是说我撒谎？"

"我不是那个意思。可如果你没参加面试，也许千鹤姐已经知道了。她可能已经问了那个人事负责人。"

"我当然参加了，那还用说。"拓实加快了脚步。

其实，他在和时生考虑同样的事。千鹤是有可能那样做的。而且如果知道拓实在保安公司摆出了什么样的态度，千鹤想要分手也不足为奇。但也不至于退掉公寓吧。

"是这样啊，那我就明白了。"旁边的时生嘟囔着。

"明白什么了？"

"就是你以前和千鹤姐分手的来龙去脉啊。千鹤姐真是个好人，你们结婚也不奇怪。"

"你别用过去时说话啊，我们还没决定分手呢。"

"但是，我觉得已经结束了。因为这就是命运——"

时生说到这里，被拓实一把揪住了衣领。拓实握紧右拳，猛地向后一摆。时生皱起眉头，闭上眼睛，明显已经咬紧了牙关。看到时生这副样子，拓实不知为何下不去手了。一种近似于怜爱的奇妙感情涌上他的心头。

拓实放了手，推开时生。时生捂住喉咙，不停地咳嗽。

"你不会明白我的心情的。"拓实说着，继续向前走去。

走过吾妻桥时，他的脚步已经疲惫不堪。经过神谷酒吧①门前时，拓实站住了。

"哎，完全没变啊。这应该是明治十三年开业的吧。哈哈，电气白兰②的招牌也还是那样。"时生异常喜悦，"明明都过去了二十年了。"

"二十年？你说什么时候的事呢？"

"不，我是说从今往后再过二十年可能也不会变。"

"谁知道呢，二十年后一定已经倒闭了。"拓实走进店中。

"才不会呢。"时生说着跟了上去。

好几张旧桌子并排摆放，工作了一整天的上班族们围在旁边。拓实环视店内，目光停留在靠里的桌子上。"太好了，在呢在呢。"他拨开人群，向那张桌子走去。

穿着灰色工服的佐藤宽二正在和同伴喝啤酒，下酒菜是毛豆和炸鸡块。拓实拍了下他的肩膀。"哟。"

留着平头的佐藤抬头看了看拓实，明显一脸厌恶。"是你啊。"

---

① 位于东京浅草，于 1880 年 4 月开业，据说是日本最早的酒吧。

② 神谷酒吧创始人神谷传兵卫独创的一种以白兰地为主的鸡尾酒。明治时期，日本引进西方先进的科学技术，进入了电气化时代，"电气"一词随之流行，故有此名。

"别露出那种表情啊，我们不是一起在寿司店送过外卖嘛。"

"别开玩笑了，是谁偷了店里的钱逃走的？害得我也一起被开除了。"

"这都是过去的事了嘛。话说真是好久不见，一起喝一杯吧？"

"你想喝请自便，不过你得去其他桌子。"

"真无情。好，在旁边喝也行。我不会给你添麻烦的。"

"还是免了吧。你那套把戏我还能不知道？趁着我们买餐券，想让我们把你那份也付了吧？我可上不当。"佐藤转向一旁。

拓实挠了挠鼻头，被说中了。

"好了好了，那我就说实话。现在我有点儿缺钱，就借我一千日元可以吗？我会很快还你的。感激不尽。"拓实做出讨好的姿态，双手合十。

佐藤咂了咂嘴，像轰苍蝇一样挥了挥手。

"一边儿去！我怎么可能有钱借给你。"

"别那么说，拜托了！我说的都是实话。"拓实一个劲儿地点头哈腰。

"行啊，一千日元借你。但在那之前，你要先把去年夏天祭典上借的三千日元还给我。你还没还吧？"

正是如此。这下无论如何也没希望了，拓实决定放弃。不过在离开桌旁前，他从佐藤面前的盘子里捏走了一个炸鸡块。

"啊，浑蛋！"

拓实一边听着佐藤的声音从背后传来，一边跑出店门。

一路跑到雷门前，拓实停下了脚步。他嚼着炸鸡块向后看去，觉得时生应该没跟过来。可是时生就站在不远的地方，直勾勾地盯着他。

"又怎么了？你干吗那么看我？"

时生重重地叹了口气。"你不觉得自己可怜吗？"

"你说什么？"

"我是想问，你净想着敲诈别人，就不觉得自己可怜吗？我是觉得你真可怜，还以为你会更像样些。"

"那还真对不住啊，我就是这种人。"拓实继续嚼炸鸡块。

"偷吃别人的食物，简直和流浪狗一样。"

"是啊，我就是流浪狗，和狗啊猫啊都一样。"拓实把鸡块里的骨头扔向时生，"随随便便生下我，嫌麻烦就把我扔了，就凭这些，我怎么可能成为正经人。"

时生面露悲伤，缓缓地摇了摇头。"你要这么想：光是来到这个世上，就该心存感激。"

"哼，别装腔作势的。只是生孩子的话，是个人都行。"拓实转身就走。

突然间，拓实感觉到一股气息从背后传来，有人拽住了他的肩膀，一回头，时生正要挥拳打他。拓实的身体在大脑之前率先做出了反应。他向后一躬身，躲开一击，随即挥出直拳。虽然已经在出拳的瞬间放轻了力道，但拳头还是击中了时生的脸颊。时生立刻飞出去两米远，一屁股跌坐到地上。

拓实慌忙跑过去。"喂，你没事吧？"

"疼……"时生捂着脸。

"别胡来啊。"

路过的人以为有人打架，都聚集过来，但看到出拳的人上前搀扶，似乎又都放心了。

"拓实哥，和我一起去吧。"时生捂着脸说。

"去哪儿？"

"爱知县啊，去东条女士那里吧，否则问题不会解决的。"

听到东条女士，拓实的心立刻凉了。他站起身，无视"拓实哥"的呼唤，再次迈开步子。

走到公寓门前，拓实才回过头。时生摇摇晃晃地跟了过来。拓实叹了口气，他仍然不明白时生的真实身份，但也不明白为什么和时生在一起会感到开心。

等时生追上来，拓实便走上楼梯。他打开门锁，走进屋内。就在这时，有人反剪住了他的双臂。眼前一片黑暗，什么也看不见。

"你是宫本拓实吧。"黑暗中传来低沉的声音。

12

拓实挣扎着，想甩开对方的手臂。但对方的力量比想象中的更大，纹丝不动。

"干什么？你是谁？"拓实继续晃动身体。

"你给我老实点儿。"男人的声音再次从前面传来，紧接着便是拉动荧光灯灯绳的声音。

屋内亮了，拓实连眨了好几次眼。

面前有个男人，正笑眯眯地坐在堆积在厨房角落的杂志上，看起来四十五岁左右。拓实见过这张脸，刚从堇出来时擦肩而过的男人中就有他。

"你是刚才的……"

"我们在路上见过呢。小哥你能记得我，看来脑子也相当好使。"男人看向正反剪住拓实的另一个男人，"这人可不是笨蛋。下意识就能抓住要害，这是与生俱来的能力。这位小哥很聪明。"

拓实察觉到背后那人正在点头。

"得到表扬我很高兴，但还是希望你们赶紧把我松开。"

"不好意思，我们是怕万一你是笨蛋，乱闹一通就糟了。"

男人稍微动了动下巴，控制住拓实的手臂立刻松开了。拓实一边转动肩膀一边看向后方，正是当时擦肩而过的另一个男人，高高的个子，鼻子下方留着胡须。

房门打开，又一个男人出现了。这是个戴金丝边眼镜的年轻男人，时生就像被他拖着似的跟在后面。

"你朋友和你是一起的吧？"坐在杂志上的男人饶有兴趣地对拓实说。

"怎么回事？"时生看着拓实。

拓实默默地摇了摇头。

"别挤在那么窄的地方，都进来怎么样？虽然说这里就是你们的房间。"

听到男人的话，拓实脱下鞋子。"你是什么人？"他问男人。

"总之先坐下吧。"

拓实盘腿坐下，时生也来到他身边。胡须男和年轻男人就站在两人后面。

"真脏啊，你偶尔也打扫一下吧。"男人依旧坐在杂志上四处张望。

拓实想说句"真是多管闲事"，但没有开口。男人现在是一副和气的态度，但背后明显隐藏着无情的一面。惹到这种人对自己没有任何好处，这也是拓实在迄今为止的人生中学到的。

"那个，你刚才问什么来着。"男人摸了摸额头，"对了，你问我是什么人。不好意思，我不能告诉你我的名字。你要是非想知道不可，我就只能说个假名，不过那也没什么用吧。"

"假名也行，希望你告诉我一个，要不都不知道怎么叫你。"

拓实说完，男人立刻张着嘴巴无声地笑了起来。

"我想小哥你不会有机会叫我的名字。但你都说到这份上了，我就告诉你吧。我姓石原，名字嘛，叫裕次郎。①"

"石原裕次郎啊……"拓实叹了口气。

"是东京都知事的弟弟。"旁边的时生冒出一句。

自称石原的男人瞥了时生一眼，再次看向拓实。"我们正在找人，是小哥你也很熟悉的人。早濑千鹤，这么说你更容易明白吧？哦，脸色变了呢。"

听到千鹤的名字，拓实的内心动摇了。"为什么要找她？"

"姿态突然就低了，果然很在意女朋友的事。好了好了，也没什么特别的理由，只不过她必须把那个对我们来说很重要的东西还回来。"

"重要的东西？"

"就算你问，我也很难回答。总之就是重要的东西。刚才我们去她的公寓了，可那里只剩下一个空壳。没办法，又去了她上班的地方，是叫堇吧，结果就听说了小哥你的事。"

"那你应该知道了吧？我也是为了找千鹤才去堇的，所以你们来这里没有任何意义。"

"谁知道呢。"

"你的意思是我在说谎？"

"我可没那么说，但小哥你自己也有没注意到的地方。你看不是有句老话吗？旁观者清。"

"如果我有什么忽略了的地方，还请你告诉我。但我现在真的没有想到任何事。"

"你别那么着急嘛。"

石原从西服口袋里拿出深蓝色烟盒，抽出一根烟叼上，用黄褐

---

① 石原裕次郎是日本著名演员，其兄石原慎太郎于 1999 年至 2012 年担任东京都知事。

色的长方形打火机点上火。在拓实眼中，连他吐出的烟雾看起来都很高级。

抽了会儿烟，石原来回看了看脚边，很快便发现一个空可乐罐，于是将烟头塞了进去。然后他再次把手伸进西服口袋，这次拿出的是一个鼓鼓囊囊的白色信封。他将信封扔到拓实面前。

"有二十万哦，总之先给你。"

"什么意思？"

"你就当成是信息提供费和其他必要费用好了。你看上去似乎连吃口饭都很难了，所以想帮你一把。但是一旦找到女朋友，希望你能立刻通知我们。放心，我们不会伤害你女朋友，只要她把重要的东西还给我们就行。"

"就算你这么说，我对千鹤的去向还是毫无头绪。钱再多也没法找啊。"

"那就把我们掌握的线索告诉你吧。你的女朋友在关西，我想可能是在大阪。"

"大阪？"

"看，你这不是已经想到什么了嘛。"

"我可没想到什么。我出生的地方是大阪，这才有点儿在意。"

"哈哈，小哥你是大阪人吗？那正好。"

"我没在那里住过，婴儿时就被带过来了，仅此而已。"

"我们才不管你身世如何，只要你帮我们找到早濑千鹤，一切都好说。还是说二十万不够？"

拓实的目光从男人的脸上移下来，落到信封上。

"你说不会伤害千鹤，有什么保证吗？"

"嗬，你认为我在说谎？"石原瞪起了眼，目光深处闪烁着令人毛骨悚然的光芒。拓实闭上了嘴。石原点头笑道："无所谓，总之你要尽快找到女朋友啊。如果你担心她，难道不需要抢在其他人前面找到她吗？”

看到拓实不说话，石原站了起来。"那我们走吧。"这句话是对他的手下说的。

"等等。你说的那个重要的东西，是千鹤偷的吗？"拓实冲着石原的后背问道。

男人穿上鞋，冷冷一笑。"那就得问她本人了，我也不知道。"

"要是那样——"

拓实还想进一步追问，却被胡须男制止了。另一个年轻男人也靠过来，抓过拓实的手腕，往他的掌心里塞了什么。打开一看，是一张便条，上面写的数字像是电话号码。

"我等你的联系。我们也会随时过来看情况的。"石原说着走出房间，两个手下紧随其后。

拓实光着脚走到玄关，锁上房门。这时，他才想到刚才自己出去时确实是锁了门的。那么石原他们是怎么进来的？想到这里，对方的可怕程度又增添了一分。

时生正在厨房里确认信封内的东西。

"你干什么呢？"拓实拿过信封。

"好厉害啊，正好二十万。"

"那又怎么样。"

"拓实哥，你要按照那些家伙说的做吗？"

"怎么可能。你让我这么点儿钱就把千鹤卖了吗？"

"那个自称石原的男人说不会伤害千鹤姐，但不可信吧。"

拓实点点头。正因如此，才要像石原说的那样，必须尽早找到千鹤。

"那些家伙到底是什么人呢？"他不由得喃喃道。

"你完全没有头绪？"

"没有啊，也没听千鹤说过。"拓实就地坐下，"重要的东西到底是什么？千鹤为什么会拿走那种东西？"

拓实回想起和千鹤的种种过往，但没有找到可能成为线索的记忆，只是想见千鹤的心情愈发强烈。

"总之必须把这笔钱还回去。"时生说。

"是啊，我可不想跟他们借钱。"

拓实嘴上这么说，盯着信封时的心情却格外复杂。如果没有这笔经费，要怎么去找到千鹤呢？

"他提到大阪了吧？有没有想到什么？"

"嗯，倒是想到了一点。"

千鹤曾经说过，她有个朋友在大阪的酒馆工作。如果她去大阪，很可能会去见那个朋友。

"看来无论如何都得去大阪。"

"事已至此了。"

拓实再次看向信封。去大阪需要钱，但现在他手上的钱别说坐新干线了，就连大巴都坐不了。

"我看就当成是临时借的钱怎么样？"时生提出建议。

"然后工作挣钱再还？而且不告诉他们千鹤在哪里？你去跟他们说吧，不是我开玩笑，肯定会被弄个半死的。"

"不是那个意思。我们先用这些钱当作本金来投资，然后赚了钱立刻把二十万还给他们。等我们切断与他们的瓜葛，再去找千鹤姐。"

拓实一个劲儿地盯着时生。不管怎么看，时生都不像是在开玩笑。

"你是说用这些钱去赌博吗？"

"嗯，算是吧。"

拓实缓缓地摇着头，笑了起来。

"我确实是个笨蛋，可你也半斤八两。不，你比我还笨。要是输光了怎么办？到时候又欠人钱，又没有经费，可就太惨了。"

时生也摇了摇头，露出认真的目光。"今天是几号来着？"

"今天？"拓实瞥了一眼贴在墙上的日历，"二十六号。"

"明天是二十七号。"

"那又怎么了？"

"我在报纸上看到了，好像有日本德比①。"

"赛马啊。"拓实向后一仰。重新直起身体后，他拼命摆了摆手。"你选这种成本最高的赌博是想干什么？要赌就去小钢珠店赌，可以根据情况随时停手，损失也少。而且最近我已经连着输了一阵子，该时来运转了。"

拓实做出弹动小钢珠的手势，但那只手却被时生拍了一下。

"现在可不是干那种无聊事的时候，玩小钢珠就是浪费时间和金钱。"

"那你说赛马哪里好——"

拓实刚说到这里，时生就站了起来。他拿过叠放在房间角落里的一张报纸，在拓实面前摊开。

"你知道那匹叫'海赛克'的马吗？"

"你小看我吗？虽然我不看赛马，但海赛克还是知道的，那不是一匹天下有名的马吗？还有首歌叫《再见海赛克》什么的。"

"海赛克的儿子会在明天的日本德比中出场。"时生敲了敲纸面，"它叫卡兹拉·海赛克。我们就赌这匹马。"

---

① 每年5月左右在东京赛马场举行的传统赛马活动，正式名称为"东京优骏"。

"赌多少？"

"二十万，全都押到卡兹拉·海赛克身上。"

拓实差点儿翻倒在地。

"你脑子有问题吧！海赛克是厉害，但它的孩子可不一定。况且任何人都没法断定输赢。"

"可我能断定，卡兹拉·海赛克一定会赢。不过它最有人气，所以赔率不高，为了赚一笔大的，只能把所有钱都押上。"

"你怎么就能断定？难道你能操纵比赛吗？"

"不是操纵，而是事实。我也不太了解赛马，但以前学过赛马的知识，偶然了解到的。儿子实现了他伟大的父亲没有达成的梦想，这就是个例子……"说到这里，时生挠了挠头，"我这么说，你肯定不明白。"

"不明白。总之我不会做那种蠢事，那就是拿钱去打水漂，还不如赌在小钢珠上。"

"那才是浪费钱。"

"为什么？你说的才更不合理呢。"

"拓实哥，拜托了。"时生突然端坐在地，深深地低下头，"明天，请你按我说的去买赛马券，请相信我。"

"……为什么啊？"

"我无法说明，但我知道，海赛克的儿子明天会赢。赌它绝对能赚钱。"

"就算你这么说也没用，哪里来的根据？"

"如果输了，无论做什么，我都会还上二十万。哪怕是让我坐船去捕金枪鱼都行。"

"你没疯吧？"

时生仍旧低着头。

拓实叹了口气。"我知道了，那就这么办吧。就赌五万日元，怎么样？"

"宫本拓实先生！"时生猛地抬起头。

拓实吓得往后一缩。"什么啊？你要威胁我吗？"

"请你相信儿子。能实现父亲梦想的只有儿子。"

"什么儿子，你……为什么那么相信海赛克的儿子？"

说到这里，不知为什么，拓实说不下去了。时生投来的视线中散发着非同一般的气魄，似乎想把心中的某样东西传达给拓实。这种未知的东西压倒了他，尤其是"儿子"这两个字带来的回响，莫名动摇着拓实的内心。

"十万，怎么样？"拓实说，"就这样说定吧。我可是已经做好了从清水舞台上跳下去的准备。①"

时生垂下了头，但很快又点点头。

"只能这样了，我也没办法让你相信我。但我绝不会让你后悔。"

"真要是那样就好了。"

拓实凝视着手上的信封，已经开始后悔了。

---

① "从清水舞台上跳下去"是一句日本谚语，比喻孤注一掷。"清水舞台"指京都清水寺中高高架起的正殿，殿前的空场像一个悬空的舞台。

13

第二天是个非常适合赛马的日子。过了中午，拓实和时生从浅草的国际路拐进旁边的小路，一进去就是场外销售赛马券的地方。不愧是日本德比大赛，人比平时多得多。

"我们去一决胜负吧！"

拓实正要迈出脚步，时生拉住了他的袖子。"等等。"

"怎么了？事到如今害怕了吗？"

"不，我是想和你约好一件事。"

拓实皱起眉头。"都到这里了，你又打算说什么胡话？饶了我吧。"

"昨天我也说了，如果没赌赢，我搭上这条命也会偿还。"

"我知道你的决心。当然，我也不会真让你坐船去捕金枪鱼。"

"我是认真的。"时生露出冷峻的目光，"所以我希望拓实哥你也能和我约好。如果卡兹拉·海赛克赢了，就答应我的要求。"

"你要是指分钱的事，我当然知道。每人一半吧？"

时生焦躁地摇了摇头。"钱怎么分都无所谓。如果赢了，我希望你能去找东条女士。"

"你怎么又提这个啊。"拓实扭过脸。

"反正要去大阪吧？途中不是会路过爱知县吗？就是过去一趟露个脸，为什么做不到呢？"

"你是不明白轻重缓急吗？我们必须抢在昨天那些家伙前面找到千鹤，可没工夫去见那老太婆。"

时生用真挚的目光盯着拓实："东条女士也没剩多少时间了。"

拓实沉默了。对他来说，东条须美子的寿命长短与他无关，但时生的视线莫名让他承受不起。

"没时间了，我去买赛马券。"拓实说着走上前去。

在赛马券销售处递出十万日元时，心脏的跳动果然剧烈起来。不过听到旁边那些打短工的男人们发出感叹的声音，拓实心里也感到了些许得意。

拓实和时生一起走进附近的咖啡厅。角落里摆着一台电视，自然是在直播赛马。在二人周围，因相同目的而进店的男人们正全神贯注地盯着画面。

拓实喝了一口咖啡，指尖敲着桌子。"果然很紧张啊，毕竟十万呢。"他的掌心渗出了汗水。

"不用紧张，海赛克的儿子绝对会赢。"

"你那种冷静真让人害怕。"拓实隔着桌子将脸靠向时生，"你的消息是准确的吧？是从哪儿得来的？"

"我都说了，不是操纵比赛。但是会赢的。"

"真搞不懂。不过事到如今，我也只能赌你的自信了。"拓实瞥了一眼电视。比赛终于要开始了，解说员语调昂扬，店内的气氛也热闹起来。

"拓实哥，关于我刚才说的……"

"什么啊，真啰唆，现在可不是说那些的时候。"

"要是赢了，你会去吧？去东条女士那里。"

"知道了知道了，无论哪里我都去给你看。"拓实凝视着电视画面答道。

"太好了。"时生小声嘟囔了一句。

二十六匹马在画面中站成一排。栅栏在紧张的氛围中打开，解说员说出了那句一成不变的台词："骏马齐发！"

咖啡厅里的客人们纷纷探身向前，好几个人已经喊叫起来。旁边的客人大喊"林顿冲啊"，似乎是押在了那匹叫林顿·彼勒邦的马身上。

对于几乎没有看过赛马的拓实来说，马的位置如何，跑得怎么样，他一概不懂，只是用目光追随着戴着白色眼罩、一身漆黑的卡兹拉·海赛克。号码是七号。

马群进入了最后的直道。卡兹拉·海赛克就像被外侧的马挤压似的靠近内侧，而四号赛马正从内侧猛追，好像就是林顿·彼勒邦。旁边的客人正在大声助威。

两匹马在缠斗中冲向终点，看不清是哪匹赢了。店内的尖叫声此起彼伏。

"七号！"

"不，是四号！四号！"

大家你一言我一语。拓实站在原地一言不发，只有时生平静地喝着咖啡。

没过多久，电视上播出了根据照片判定的结果。静止的黑白图像显示卡兹拉·海赛克以一个鼻尖的微弱优势取胜。

拓实发出吼叫，旁边的客人一脚踢飞了桌子。

三十分钟后，拓实和时生在一家著名的牛肉火锅店里吃上了寿喜烧。

"哎呀，真是服了你，赌得这么漂亮。看你那么自信满满，我猜你大概有什么根据，就跟你一起押了，真押中了的时候，我可是起了一身鸡皮疙瘩呢。"

拓实大笑着喝了一口啤酒。啤酒的味道是其他东西比不了的，点的肉也是最高级的。卡兹拉·海赛克的人气最高，可仍然有一赔四点三的赔率。十万就这样变成了四十三万，稍微吃点奢侈的也可以。

"我不是说了吗，绝对没问题。"时生也愉快地将肉送进嘴里。

"你差不多也该告诉我真相了吧？为什么你知道它会赢？"

"我不是告诉过你吗，这点很难解释。就算说了，你估计也不相信。"

"你不说我怎么知道？还是说你有预言能力？"

拓实打算开个玩笑，时生却陷入了思考。

"是啊，这样说也许更容易明白。"

"喂喂，真的假的？"

"看，果然不相信吧。"

"不，你已经赌赢了，我也不会不相信你。"拓实确认了一下四周没人偷听，又小声说，"要是那样，不是能赚大钱吗？只要一个劲儿去赌会赢的马就行。"

时生露出苦笑。"很遗憾，我没那么厉害。说到这个时代的赛马，我知道结果的就只有今天这场。"

"别说得那么小气，再预测一两场比赛吧，顺利的话能成亿万富翁呢。"

时生停下筷子，叹了口气，悠悠地盯着拓实。"现在不是说这种话的时候吧。而且，我真的无法预测更多了，请你放弃吧。"

拓实轻轻咂了一下舌，伸出筷子去夹锅里的肉。

"但是……"时生一笑，"关于未来的事，我倒是可以给你预测一二。"

"如果不能发财，那就无所谓了。"

"是足够让你发财的事。比如拓实哥你和某个人约好见面，如果眼看就要迟到了，或者可能去不了，你会怎么办？"

"那我只能想办法联系对方啊。"

"怎么联系？"

"比如给约定见面的咖啡厅打电话。"

"如果那里没电话呢？"

"那……"拓实略加思考，摇了摇头，"那就只能事后道歉了。"

"是啊。但是再过二十年，就不会为这种事烦恼了，因为几乎所有人都会带着电话，它小得可以装进衣兜里，走路时也能通话。"

"这是孩子们的未来想象啊。"拓实嘲笑道，"很抱歉破坏你的梦想，但目前还不会出现那种情况。你知道吗？再过三年，就会有不用投币的公用电话。用一张像月票那样薄薄的卡片，就能打上五百日元或一千日元的电话。那样一来，公用电话会越来越多，人们没必要各自带着电话出门。"

"电话卡……那种公用电话的卡片确实会流行一段时间，但随着移动电话的普及，卡片会渐渐过时，公用电话本身也将减少。人们都想用移动电话进行交流，所以电话被赋予了各种各样的功能。用电话线实现的数据传输的高速化和复杂化会形成一个完备的网络社会。这是事实，不会有错的，希望拓实哥你能记住。"

"我对科幻可没兴趣。"拓实轻轻摆了摆手，又要了一扎啤酒。

走出牛肉火锅店时，拓实对时生说："你先回去吧，有些地方我必须要去一趟。"

"哪里？"

"我跟很多人都借了钱，想趁机还清。"

"哦。"时生点点头，"那样最好。那我在家里等你。"

拓实抬起一只手。他目送时生离开，随即迈开步子，很快开始又蹦又跳，还哼起了歌。

看到一座电话亭，拓实走了进去。他一边哼歌一边塞入硬币，按下号码键。电话号码已经记在心里了。

呼出音响了若干次后，传来一个慵懒的女人的声音："喂？"

"由香里吗？是我，拓实。"

"啊——有什么事？"

"别这么冷淡啊，今天你要是能陪我，可是会有好事的。"

"别开玩笑了。你想叫我出来，就先把钱还给我。"

"那点儿小钱，我当然会还。把其他女人也叫上吧，好久都没来一次'周六夜狂热'了。"

"笨——蛋，今天可是周日。"

"周几都行，总会有开着门的迪厅吧？今天我请客，去热闹一回吧。"

"你怎么了？"

"你来了就明白了，不来可会后悔的。今天的日本德比，我要感谢幸运之神卡兹拉·海赛克。"

"押中了？"

"扔了十万进去，中了笔大的呢。"

听筒另一端传来女人欢乐的尖叫。

三个小时后，拓实已经陷入狂舞。他托关系，硬是让本来休息的酒吧开了门，然后叫来一群对免费喝酒毫无抵抗力的家伙，即兴开起了迪斯科派对。比吉斯乐队 ① 的歌从廉价的立体声音响中流淌而出，一瓶瓶威士忌和啤酒的瓶盖被毫不吝啬地拔开。为了让拓实更加尽兴，这些只要能免费喝酒就喜不自胜的家伙一个劲儿地打着拍子，甚至有男人为了炒热气氛脱光了衣服。

当店门打开，时生走进来时，气氛正在最高潮。拓实站在桌上，正在模仿约翰·特拉沃尔塔。

"噢，时生，你还能找到这里啊。"拓实从桌上跳下，"喂，各位，这家伙就是我刚才说到的小弟。"

欢呼声四起。

"太厉害了，你也给我预言一下吧。"一个女人搔首弄姿道。

"那怎么行，这家伙是我的专属预言家。"拓实揽住时生的肩膀，朝他笑道，"你说对吧？"

但时生没有笑。他面无表情地盯着拓实。"你在干什么？"

"那个，就是稍微庆祝一下……"

时生甩掉拓实的胳膊。"现在是干这种事的时候吗？我可不是为了这种事才告诉你哪匹马会获胜的。"

"你说得对，可我们赚了那么多，就花一点儿……"

时生板起脸，右拳朝拓实的脸挥去。拓实虽然已经喝醉，但时生的速度不快，并不至于躲闪不开。可是不知为什么，拓实没有动。拳头击中了他的鼻子。

拓实的一个伙伴站了起来。"你这家伙干什么？"他揪住了时生的衣领。

"等等，没关系。"拓实捂着脸站起身，和时生四目相对。时生悲伤地看着他。

---

① 1958 年成立，由英国三人兄弟组成，20 世纪 60 年代至 70 年代风靡一时。

拓实环顾四周。"对不起，今天就到这里，大家都回去吧。"

在场的人全都一副莫名其妙的神情，一边用惊诧的目光在拓实和时生身上扫来扫去，觉得不可思议，一边出了店门。其中一人嘟囔了一句："拓实挨揍可真少见啊。"

拓实看了看刚才捂脸的那只手，上面沾了血。不知为什么，他并不生气，反倒有些羞愧。

"对不起。"时生道歉。

"没关系。"拓实摇摇头，"真不知道为什么，我竟然没躲开。我是觉得不应该躲开。"他用手边的纸巾擦了擦鼻子，纸巾瞬间就被染红了。

"走吧，拓实哥。"时生说道，"你要找你的女朋友吧？然后，你会去探望生下你的人吧？"

拓实握着染血的纸巾点点头。"是啊，那就出发吧。"

时生莞尔一笑，露出了半颗虎牙。

14

第二天晚上，拓实和时生一起走向锦糸町。他们要去董。拓实提议既然有钱了，不如坐出租车去，却被时生驳回了。

"不好吗？和两个人的电车票钱相比也差不了多少。"

"这种做派不行。就算有资金了，也不一定够。寻找千鹤姐到底要花多少功夫，我们可无法预料。"

"我知道啦，真啰唆。"

时生一说，拓实就莫名地无法反驳。

结果，两人决定乘电车去。他们坐到浅草桥，又换乘总武线。乘上电车后，时生没有坐下，而是兴致勃勃地眺望起窗外。

"你那么认真看什么呢？"

"没看什么，就是在看街道。"

"这景色也没什么特别的吧。"

列车刚刚驶过隅田川。大大小小的各种建筑排列得密密麻麻，一栋栋民宅就像要填满缝隙似的挤在中间，毫无统一感，有的只是杂乱无章。

"拓实哥，你为什么要住在浅草？"时生问。

"也没有特别的理由，四处做着各种工作时，不知不觉就在浅草落脚了。"

"但是你很喜欢那里吧？"

"是啊，那里不坏。"拓实用手指蹭了蹭鼻子下方，"最好的一点就是人很有意思。"

"有人情味儿？"

拓实哈哈笑了起来。"平民区的人就有人情味儿？你的想法也太单纯了。要让我说，就是没有哪个地方比那里更让人提心吊胆了。每个家伙肚子里都各有主意，有时会藏起来，有时会让人看到一二，讨价还价地过日子，这就是小市民。但我觉得这样挺好。纠缠不清的人际关系太麻烦了。过个日子要竭尽全力，一旦被骗就是自己的错，大家都带着这种觉悟生存。"说到这里，他稍微歪了歪头，"但这或许就是真正的人情味儿。每个人都不慌不忙，就算被人要了也不计较。不过相互耍赖可不是什么人情味儿。"

"真是个好地方。"时生的目光回到窗外，"总觉得很羡慕。"

"这有什么可羡慕的。我啊，将来要是一夜暴富，还是要住到高级住宅区，像世田谷啊田园调布之类的，建个大宅子。"

"这就是拓实哥你的梦想吧。"

"不止如此，我可是一直怀有更远大的志向，比如买好多土地或公寓租给别人，钱就能大笔大笔地进账，你不觉得那才最痛快吗？开着高级外国车到处兜风，再搂个身材火辣的外国女人。"

时生一个劲儿地盯着拓实。"你也有过这种野心啊，也难怪，现在就是这样的时代呢。"

"你的用词真奇怪。"

"不，我只是想说你没有踏踏实实挣钱的想法吗？"

"如今这个时代，如果踏踏实实做事，就只会抽到穷签。虚张声势也好，别的也好，只有在冷门的事上下注的家伙才会赢。"

"但人生不只有金钱吧。"

"你说什么呢？到头来就是钱。所以日本才能从战后的一穷二白中站起来，不是吗？有些外国人胡言乱语，说日本人都是住在兔子窝里的工蜂，那只是输了不甘心嘴硬罢了。对付那种家伙，只要拿一捆钱打他一耳光就行。"

听到拓实的话，时生不知为何垂下了视线。然后他又看向窗外，开口道："凭这个气势，我觉得日本人会赚遍世界各地的钱，至少在接下来的十年里没问题。大家会开始比拼谁更奢侈，就像节日狂欢一样。可是之后又会留下什么呢？"

"管他能留下什么。要是能变成那样，不是就已经可以高呼万岁了嘛。"

时生摇摇头。"所谓梦，是会突然醒来的，就像泡沫会破裂一样。膨胀再膨胀，啪一下破了，一切就结束了，之后只剩空虚。因为不是踏踏实实建起来的东西，所以精神上和物质上的支撑都不存在。到了那个时候，日本人才会察觉到这一点。"

"察觉到什么？"

"察觉到自己失去的东西。从今往后的十年里，大家都会渐渐失去重要的东西，其中也包括拓实哥你刚才说的人情味儿。"

"别说得好像你什么都知道似的。那种事怎么可能发生？日本将会越来越厉害，跟得上时代浪潮的人就是赢家。"

拓实在眼前握紧拳头。时生只是轻轻叹了口气，什么也没说。

到达锦系町时，正是霓虹招牌亮起的时间。堇的门上也挂着"营业中"的牌子。也许是时间尚早，推门而入时，只有吧台旁坐着一位客人。女老板坐在客人身边。螳螂脸调酒师瞬间向拓实他们露出了谄笑，但立刻绷起脸来。

"哦，是你们。"女老板也露出了警惕的表情。

"上次承蒙照顾了。"

"你们来干吗？要是问千鹤，我已经说了，什么都不知道。"

听到女老板的话，旁边的客人立刻一脸意外地看向拓实他们。这是个看起来三十多岁的男人，面庞棱角分明。

"老板，这些人是谁？"

"说是千鹤的朋友，好像在找她。"

"哦。"男人露出饶有兴趣的目光。

"你又是谁？"拓实问男人。

男人冷冷一笑。"问别人名字的时候，要先自报姓名才是。"

"那就不问了。"拓实转向女老板。"你告诉那些人关于我的事了吧？"

"你在说谁？"

"别装傻了，就是星期六那天，在我们之后来的那两个人。他们也是来打听千鹤的吧？然后你就说了我的事，不是吗？"

女老板撇了撇嘴，叹了口气。"不能说吗？都是在找千鹤，我觉得告诉他们也没问题。我还想让你感谢我的热心呢。"

拓实哼了一声，回身看向时生。"听到了吗？还凶起来了。"

"没别的事就回去吧，要不就像这位客人一样喝一杯。到正在营业的店里来打听事情，喝一杯也是理所当然的吧。"

"有意思，那我就来一杯。你要是认为我没钱，那可就大错特错了。"

"等等，拓实哥。"时生从后面拉住满口豪言壮语的拓实的袖子，"别被她牵着鼻子走。"

"她都那么说了，我怎么可能忍着？"拓实甩开时生的手，瞪着调酒师。"能请你尽量拿杯高级的酒给我吗？"

"哟！"螳螂脸调酒师瞪大了眼睛，"高级酒也有很多种，你想要哪一种？"

"这……"拓实语塞了几秒，又继续道，"拿破仑，给我来杯拿破仑。"

"拿破仑啊，那要哪种拿破仑？"

"拿破仑就是拿破仑，还是说你这里没有那么高级的酒？"

拓实话音刚落，调酒师立刻哈哈大笑起来。女老板也扑哧一声笑了。

"笑什么？有什么奇怪的吗？"

身后传来时生的低语："拿破仑是白兰地的一个等级，不是酒的名字。"

"哎，是吗？"

"当然了。你这个毛头小子，明明对酒一无所知，还摆什么阔。"调酒师的语气中充满嫌弃。

拓实怒火上涌，左拳已经抬到了胸前。再有几秒钟，他就将翻过吧台，但拳头却被时生压了下来。"这可不好，拓实哥。"

"给他来杯轩尼诗，"女老板旁边的客人说，"我请客。"

调酒师一脸惊讶，但还是回答了一句"好的"。

"别多管闲事。"拓实对男人说。

男人嘴角浮出笑容，但并不像调酒师和女老板那样带有恶意。

"我想听你继续说下去，所以才请客，不用客气。"

调酒师把玻璃杯放到拓实面前，装模作样地倒入白兰地。

拓实犹豫了片刻，随即拿起玻璃杯端到嘴边。仅是如此，甘甜醇厚的香气就已经飘入鼻腔。他稍微抿了一小口酒，含在口中，浓缩了那份香气的味道与令人舒适的刺激感一同在舌头上扩散开来。

"和电气白兰不一样吧。"调酒师一边擦拭玻璃杯，一边看笑话似的说道。

"没什么不一样的。"话虽这么说，拓实并没有放下酒杯，"就算是别人请客，我也是店里的客人，请你回答我的问题。"他转向女老板。

"我不是说了吗，我什么都不知道。"

"那些家伙是什么人？为什么要找千鹤？"

"我不知道，他们只是问千鹤去哪儿了。不过他们的目标好像不是千鹤。"

"这我知道。千鹤手上有什么东西吧？"

"有什么东西？这我可没听说。"

"那他们是怎么问的？"

"他们提到了'冈部先生'，问他是不是为千鹤花了不少钱。"

"冈部？那是谁？"

"是我们店的客人。听那些人的谈话，他们的目标更像是冈部。也就是说，为了找到冈部，他们才要先找千鹤。"

"那个冈部是干什么的？"

"很久以前听他说过是做电话方面的工作，但更详细的就没问过了。"

"电话？"

"其实我也在找冈部。"请客的男人说，"所以我才来这里打听，他好像很偏爱这家店。刚才我正好在问千鹤的事，你们就进来了，不过也多亏如此，情况我是明白了。冈部应该是和千鹤一起躲到哪里去了。"

"冈部是什么人？我也想顺便知道你是谁。"

"这和你无关。"

"你是那些家伙的同伙吗？那样正好，我有东西想还给他们。"

拓实从口袋里拿出一个折起来的信封，"这是他们存在我这里的钱，帮我转交给他们吧。"

笑容从男人脸上消失了，他锐利的目光在拓实和信封之间扫来扫去。"原来如此，是拿钱让你去找千鹤吗？"

"我已经不需要这笔钱了。"

"等等，我不是那些人的同伙。"男人说着看向女老板和调酒师，"能给我结账吗？"

"我的话还没说完呢。"拓实说道。

"我们可以离开这里，找个地方慢慢说。"

"哎呀，我们这儿就行啊。现在大概不会有客人来，我们嘴也很严。"女老板热情地说，目光中带着好奇。

"不想给你们添麻烦。"男人站起身，从上衣内兜里拿出钱包。

走出店门，男人默默地向车站走去，看起来并不像在寻找咖啡厅。

走到大街上，男人停下脚步，转身看向他们。"做个交易吧？"

"交易？什么交易？"

"你有关于千鹤小姐的线索吧？希望你能告诉我，我帮你找。要是有什么发现，我一定会联系你。"

拓实双手插兜。他看了一眼时生，视线又回到男人身上，皮笑肉不笑地说："你认为我会答应这样的交易吗？我连你是什么人都不知道。"

"我只是因为工作关系才找人，不用担心。"

"我有什么理由相信你？你倒是拿出证据给我看看，证明你是个可信的人。不过就算你有证据，我也不会让别人去帮我找千鹤。"

"哦。"男人点点头，挠了挠鼻翼，"我也没法强迫你相信，那你姑且听我一句忠告吧。你们现在行动并不合适，这会对你们不利。

能先忍耐一段时间吗？一旦时机成熟，我就联系你们，估计到那时候也知道千鹤小姐在哪里了。"

"这位大叔又说莫名其妙的话。"拓实用大拇指指了指对方，对身后的时生说。随后他再次冲男人摇了摇头。"我不知道这其中到底有什么蹊跷，但我无关。我要找千鹤，不会让任何人干扰我。"

"你们要是胡乱行动，千鹤小姐也会陷入危险。"

"那你倒是说得再详细些啊。"

但男人似乎无意说明，只是紧抿嘴唇盯着拓实。

"走啦！"拓实招呼时生，准备离开。

"等等！我很明白你的心情。"男人站到拓实面前，"可是很遗憾，我还不能告诉你。将来总会有能说的时候，但现在不行。"

"那你就别管我们了。让开！"

"我没法阻止你，所以只有这件事我要说在前头。绝对不要听给你钱的那些家伙的话，别和他们有任何瓜葛。"

"不用你说，我们也不会和他们有任何瓜葛，和你也一样。"

男人从口袋里拿出记事本，快速写下了什么，然后撕下那一页递了过来。仔细一看，纸上写着一串数字，像是电话号码。

"这是什么？"

"这个号码能联系到我。如果发生什么问题，就给我打电话。如果发现了千鹤小姐他们的去向，希望你能直接联系我。你就当我姓高仓吧。"

"高仓啊，那名字是不是叫健啊。①"拓实随手把那页纸往地上一扔，"要说的就这么多吗？"

男人叹了口气。"真想把你们关起来。"

---

① 高仓健是日本知名影视演员、歌手。

"想关就试试。"

拓实对时生说了句"我们走",随即迈开步子。这次男人没有阻止。

"喂,你不觉得现在情况很糟糕吗?"时生边走边对拓实说,手里拿着拓实扔掉的那页纸。

"你不说我也知道。可恶!千鹤那家伙,为什么要和那种混账跑了啊。"

"关于冈部,我还想多问问刚才那个姓高仓的。"

"他不会说的,你看他的态度就知道。算了,我们的目的是千鹤,冈部什么的管他呢。反正石原裕次郎也好,高仓健也好,都没有线索,所以只要我们能尽快找到千鹤就行。"

"明天就出发吧。"

"当然,没有理由再磨磨蹭蹭的了。"

拓实其实很想现在就走。他完全想不出千鹤究竟被卷入了什么事当中,只觉得有股充满火药味的气息向他飘来。他想把千鹤从那股气息中带回来。

在锦糸町车站前吃过晚饭,回到公寓,一个男人正站在楼梯下面。那个男人个子很高,留着胡须,看起来有些眼熟——是石原的手下。来得正好,拓实想。

"你们出门了?"胡须男问道。

"不行吗?我们也得吃饭喝酒啊。倒是你,来干什么?"

"已经过了两天了,不知道你们是不是有了什么进展。"

"哈哈,是你们老大命令你来的吧?真是个跑腿的傻大个。"

胡须男的胡子微微一动。拓实已经做好了迎击的准备,但男人并未动手。

"知道那女人在哪儿了吗?"

"关于这件事，我们这边有话要说。"拓实拿出装有现金的信封，往对方胸口一推，"钱还给你们，整整二十万，我们可是连一块钱都没用。"

"什么意思？"

"我们不找千鹤了，不再追寻她的下落，所以也不再需要这笔钱。请你转告你们老大。"

"你们是认真的吗？"

"是的，找起来太麻烦了。这样我们就不再欠你们钱，也请不要再缠着我们。"

拓实给时生递了个眼色，走上楼梯。胡须男从下方抬头望着他们，并未阻拦。

"这样他们就会放过我们吗？"进入房间后，时生担心地说。

"不放过又能怎样？我都说了不再找了，那些家伙也只能另想办法吧。我们别管这些，先做好明天的准备吧。"

其实也没什么可准备的，只是在旧背包里装上少量换洗衣物和毛巾。至于时生，一开始就没有任何行李。

入睡前，他们确认了手头的现金，还剩下大约十三万日元。两人各拿一半。

"一个人六万五，这么一看也不是什么巨款啊。"拓实盯着钱包里面。

"你可记住了，本来每个人都能有十万，是你把那些钱花到了无聊的事情上，才成了现在这样子。"

"我知道。我反省了，你就别没完没了了。话说回来……"拓实蹭到时生身旁，"之前我也问过，那样的好事真的已经没有了吗？你没有隐瞒什么吧？"

"什么好事？"

"就是像卡兹拉·海赛克那样的。应该还有其他什么消息吧？"

时生长叹一口气，摇摇头。"你要问多少遍才罢休？就只有那一次。而且那次也是我偶然知道的。原本我对赛马也没什么兴趣。"

"赛马不行的话，还有赛艇和自行车比赛呢。"

"那更不行了。总之不会再有第二次，你就别再指望了。"

"喊！只能做一次的梦啊。"拓实一头倒在薄薄的被子上。

时生关上灯，过了片刻又说："嗯……有些话可能不该说……"说到这里，他顿了顿，喃喃道，"算了，还是不说为好。"

"什么啊，一点儿都不像个男人。有话就说清楚。"

"那个，千鹤姐和冈部是什么关系啊？"

拓实支起上身，朝向时生。"你想说什么？"

"两个人是一起消失的吧？那不就像私奔吗？要是那样，两个人的关系……"

"就你多嘴！"拓实怒气上涌，"你什么意思？是说千鹤脚踏两只船吗？她可不是那种女人。"

"可是……"

"肯定有什么内情。你也能明白吧？那些可疑的家伙都在蠢蠢欲动了，绝对不可能是什么单纯的私奔。肯定是冈部那混账要逃跑，把千鹤牵连进去了。那家伙不是想消失才消失的。"

"是吗……"

"你觉得不对？"

"她不是留言了吗？那是千鹤姐的字吧？她写了'再见'？所以就算有各种内情，千鹤姐从你面前消失也是她自己的意思。说白了——"说到这里，时生住了嘴。

"接着说啊。"

昏暗中传来时生深呼吸的声音。"说白了，就是拓实哥你果然是被甩了。"

拓实想回一句"你说什么",却沉默下来。时生一语中的,这点拓实自己最为清楚。

尽管如此,拓实还是哼了一声。"这种事情,不见到千鹤是不会明白的。"

时生没有反驳,只是小声说了句"是吗"。

拓实躺下来,把自己从头到脚都裹进毛毯里。

15

第二天，两人起了个大早，一起前往东京站。时生在站内左看右看。

"嗯，没怎么变啊，也没有什么百货商场。"

"你嘀咕什么呢，赶紧去买票吧。"

拓实刚要走向售票处，时生拽住了他的胳膊。"绿色窗口在这边。①"

"绿色……要在那种地方买吗？"

"因为我们必须查一下要坐哪趟车啊。"时生说着笑眯眯地看向拓实，"拓实哥，难道你没坐过新干线？"

"真啰唆，旅行家是不坐那种东西的。"

"真抱歉，那我去买票吧。"

时生独自去了绿色窗口。

拓实漫无目的地四下张望。由于是工作日，外出旅行的乘客很少，更多的是身着西服、脚下生风的商务人士。他们发型规整，提

---

① 日本铁路车站的售票处多指自动售票机，如果不清楚要买哪趟车，或需要咨询各种事宜，则要在提供人工服务的绿色窗口购票。

着装有重要文件的公文包，走路速度比其他人都要快，以这样的气势在全日本——不，在全世界飞来飞去。其中也有不少人的年龄看起来和拓实差不多。

我连像样的旅行都没有过。拓实觉得自己落伍了。

时生回来了。"车次这么少，吓了我一跳，连'希望'①都没有。"

"没有希望？什么意思？"

"没什么，我自说自话呢。给，这是车票，特急券和乘车券。"

"辛苦你了。"

"还有一些时间，去买个便当吧。"

拓实走在时生后面。看了一眼车票，拓实发现了一件事。

"喂，等等。"

"怎么了？"

"这不是到名古屋的吗？咱们的目的地是大阪。"

时生立刻转向拓实，双手叉腰。"不是说好了要去东条女士家吗？"

"我会去的，但要先找到千鹤。这可是争分夺秒的事，你不懂吗？"

"就算先去大阪，也不可能马上就找到，不如先把该办的事情办完。不会太占时间，最多也就半天。"

"别开玩笑了。现在这种局面允许我们浪费半天时间吗？我去把车票改签成到大阪的。"拓实刚朝绿色窗口迈出脚步，又停了下来。他把车票递给时生。"你去改签成到大阪的。"

时生悲伤地皱起眉头。"如果半天太长，那三个小时也好。除去从名古屋站往返的时间，能和东条女士会面的时间就一个小时。

① 1992 年开始在东海道山阳新干线运营的特快列车。

这样也不行吗？"

"你要是那么想见她，就自己一个人去吧。你是觉得也许能从她那里了解到自己的身世吧？我可是没什么想了解的。"

"不行，那可不行。"时生使劲挠了挠头，头发都被他抓乱了。

"怎么了？为什么你那么想让我见那个老太婆？"

"因为那会改变拓实哥你的人生，我知道会发生改变。"

"瞎说什么呢。猜中了一场赛马，就想当预言家吗？"拓实朝绿色窗口走去。

"如果你现在和那个人见面……"时生在他身后说道，"总有一天你会变成自己理想中的样子，会说那时能和亲生母亲见面真是太好了。你也将会和你的儿子说起这件事，眼睛里带着骄傲的光芒。"

拓实停住了脚步。他转过身，和时生四目相对。时生紧紧抿着嘴唇。

一股莫名的感情涌上拓实的胸口，就和时生让他买赛马券时一样。拓实无法反抗这股情感的浪涛，这一点也和当时相同。

"三十分钟。"他说，"我只去三十分钟，绝对不能再长了。"

安心的神情渐渐在时生脸上展露。

"谢谢。"这个仿佛拥有魔力的青年朝拓实低下了头。

16

从"光"号新干线上下来，拓实在名古屋站的站台上伸了个大大的懒腰。

"哎，已经到名古屋了，真是一转眼的工夫。新干线果然很快，你看看表，从东京出发只过了两个小时。"

"别那么大声，真丢脸。"时生蹙起眉头，小声说道，"在新干线里也一直说真快真快，现在该说够了吧。"

"怎么了？说快的东西很快，有什么问题吗？"

"没问题，可你也太吵了，连车上的售货员姐姐的裙子很短都能让你兴奋。"

"啊，那双腿相当漂亮呢。虽然它的主人态度有点儿冷淡，不是我喜欢的类型，但她卖的鳗鱼便当真好吃。回去的时候也买吧。"

"等剩下的钱够坐新干线再说。"

时生在前面越走越快，拓实慌忙跟上。

在宽敞的车站内，时生走得毫不犹豫。通道两侧排列着摆满特产的店铺。

"噢，有卖外郎糕①的呢。"

"因为是名古屋的名产。"时生依旧目视前方，答道。

"还有卖扁面条的店。扁面条也是这里的特产啊。喂，好不容易来一趟，去吃一顿吧。"

"刚才不是吃了鳗鱼便当吗？"

"还有胃口呢，就跟女人饭后想吃甜食一样。"

时生停下脚步一转身，直勾勾地盯着拓实的脸。拓实不由自主地移开了目光。最近，如此被时生盯住的时候越来越多，拓实也越来越不擅长应对这种表情。

"拓实哥，你在逃避吧？"

"逃避？我吗？别胡说，我有什么可逃的？"

"你想逃避和你的亲生母亲见面，一直在想办法拖延。"

"我可没这种想法。不过，我确实也没什么干劲。"

时生叹了口气，目光转向旁边的商店，随后"啊"了一声，皱起眉头。

"怎么了？"

"忘记买特产了。东京站的商店里明明有那么多东京特产，人形烧啊，关东霰饼②啊。真是糊涂了。"

"才不需要那种东西。东条家就是开点心店的，带点心到点心店算什么。"

"你真是不懂，正因为是点心店，才会在意其他名产。要是带一份雷门的栗子蒸羊羹，绝对会让他们高兴的。"

"没必要让他们高兴。走吧。"

---

① 一种用米粉、砂糖、葛粉等混合后蒸制的点心，形似羊羹，是日本名古屋、山口等地的特产。

② 将米饼切成小块并加以烘烤而成的点心。

这次换成拓实先迈开步子，但他不得不立刻停下。

"喂，从这里怎么去？"

"看一下住址。那封信你带来了吧？"

拓实从上衣口袋里拿出一个对折的信封，那是东条须美子的继女淳子寄来的，背面写着住址。

"让我看看，名古屋市 netsutaku……①"

"netsutaku？是 atsutaku 吧？"

"读成 atsutaku 吗？总之就是那里。"

"也就是说，只要坐到热田站或神宫前站就行。名古屋铁道更方便，走这边。"时生用大拇指指了指方向，快步走了过去。

名古屋铁道的车票也是时生买的。拓实也看了路线图，但什么都没看明白，只知道自己现在身处名古屋。接过时生递来的车票时，他仍然不明白该搭乘哪条线，也不明白需要坐到哪站。

"你去过东条家？"

"不，没去过。"

"那你还真会认路。"

"我以前来过好几次名古屋。好了，快走吧。"

名古屋铁道名古屋站的站台十分特殊。电车虽然分为多个行驶方向，但基本上都可以归为上行或下行。因此如果不事先确认目的地，就可能会被带到完全不同的地方。电车的停车位置也会根据行驶方向不同而发生变化，因此也可能会出现排了好半天队，乘车口却在别处的情况。这种情况多少需要乘客逐渐习惯，但拓实跟在时生后面，完全没有遇到任何问题。时生似乎真的来过好几次名古屋。

车内很空，两人占用了一处面对面的四人座位。拓实把胳膊肘

---

① 此处指名古屋市热田区。

支在窗框上，托着腮看向窗外流动的景色。

"刚才在新干线里只能看到农田，没想到这一带还挺发达的。"

"因为浓尾平原很大。对了，拓实哥，你知道这个怎么读吗？"时生指的是贴在车内的广告上的地址，"知立"两个字就在他的食指上方。

"这是什么？chidachi？chiritsu？"

"哈哈哈！"时生开心地笑了起来，"这个念 chiryuu。很难吧？过去更难，要写成'鲤鮒'两个字，大概是有很多鲤鱼和鲫鱼吧。①但那实在太难了，就改成现在这样了。"

"哼，反正要变，变成好读的字不是更好吗？不过你还真是知道很多无聊的事啊，是听谁说的？"

时生露出了严肃的表情，但立刻又浮现笑容。"是我爸爸告诉我的，我经常和他一起来这边。"

"又是你爸？是那个叫什么木拓的家伙吧。你爸的老家在这附近？"

"不，那倒不是。"时生垂下头，不知为何有些欲言又止，然后又抬起脸，"我爸爸很喜欢这里，经常带我一起来，是留下了很多回忆的地方。"

"哦，真是不错。"拓实对此并不关心，但他突然想到一件事，"你爸不会是为了来见东条家的老太婆，才来这儿的吧？说我们有血缘关系的，不就是你爸吗？"

"我倒觉得不是。"

此后，时生沉默了片刻。拓实也不想追问，便像之前一样眺望窗外的风景。工厂的屋顶鳞次栉比，让拓实想起这里是日本屈指可

---

① 在日文汉字中，"鮒"意为鲫。

数的工业城市。

"那个……我有个提议。"时生开口道，"与其说是提议，不如说是有件事想拜托你。"

"你每次这么说的时候，都不是什么好事。"

"我不会给你添麻烦的。"

"好了好了，你说吧，什么事？"

"嗯……是关于我的事，希望你不要告诉东条家的人。否则事情就会变得复杂，而且有件事我还想自己再调查调查。"

"什么啊？我就是想知道我们俩到底是什么关系，所以才愿意到这里来。"

"如果能弄清楚，那是好运眷顾，自然再好不过。总之，这次最重要的是拓实哥去见亲生母亲。我的事之后再说。"

"真是怪人。说想调查身世的可是你自己。算了，我会保密的。但那样的话，我该怎么介绍你呢？"

"说是朋友不就行了吗？还是说朋友不合适？"

"我无所谓，那就说你是朋友。"

拓实放下托腮的手臂，挠了挠后脑勺。"朋友"这两个字的回响让他无法平静下来。他想起自己身边已经很久没有这样的人了，即使是面对关系亲密的人，他也绝不会表露真心。

在神宫前站下了车，时生拿着那封信走进了附近的派出所。拓实无奈地跟在后面。没想到的是，警察竟然知道东条家。

"沿着这条路一直走，就是热田神宫。穿过那里——"一位和善的中年警察特意走出派出所给他们指路。

两人按照警察说的一路走过去，进入了一片满是木造老房子的住宅区。行人并不少，却有种静悄悄的沉稳氛围。一家旧式和果子店临街而开，挂着藏青色的门帘，上面以拔染①呈现出"春庵"的字样。

"好像就是那里。"时生说。

"是啊。"拓实说着向后退了一步。

"怎么了？你必须去。"

"等一下，让我先抽根烟总可以吧。"

拓实拿出ECHO烟盒，叼上一支烟，用售价一百日元的廉价打火机点上，朝着天上的白云吐出烟雾。一个家庭主妇模样的女人走了过去，瞥向他们的余光里带着疑惑。

拓实看了眼从小钢珠店里弄来的便宜手表，快到下午一点了。

"那女人不一定在家吧？"他说。

"信上不是写她卧病在床吗？我觉得应该在家。"

"可是我们也不知道她是什么状态，突然就来了，她们可能只会觉得麻烦。"

"不愿意事先打电话确认的可是拓实哥你啊。难得人家都写了电话号码。"

"我可不想让人家特地候着。"

"所以不就没打电话吗？来，别再废话了，走吧。烟也抽完了吧。"

时生从拓实嘴边抢过已经快燃尽的香烟，扔到地上，用运动鞋踩了踩。

"乱扔烟头可不好。"

"你要是这么想，就别在这种地方抽烟。"

时生说着"去吧"，推着拓实的后背往前走。拓实不情愿地踏出了沉重的第一步。

---

① 用稀硫酸去掉靛蓝布上的颜色而形成蓝白纹样的一种印花方法。

钻过门帘，里面比想象中更加昏暗。和果子摆放在带木框的陈列柜中，后面有两名女店员，身穿白色罩衣，头戴三角巾。再向里还有一个穿和服的女人，正在处理事务。

一名店员正在接待一位优雅的女客，另一名店员转向拓实他们，点头致意："欢迎光临。"她大概觉得面前的客人不太像是会来和果子店的人，但并没有在脸上表露出来。不过很快，她就露出了怀疑的神色，因为拓实一言不发，只是站在原地。

感觉到腋下被时生戳了戳，拓实想要开口，却说不出话来。他不知道该怎样说明来意。

时生忍不住开口了："请问东条女士在吗？"

最里面穿和服的女人看了看二人。那是一个三十岁左右的瘦弱女子，头发盘起，戴着金丝边眼镜。她的容貌看起来略显土气，但若是改变化妆方法，可能会变成一位美人。

"请问找东条家的哪位——"说到这里，她的嘴唇突然不动了，目光投向拓实，似乎倒吸了一口凉气，"难道是……拓实先生？"

拓实和时生四目相对，随后又看向那女子，撅起下巴点了点头。"嗯，是我。"

"果然……您特意过来了啊。"

"不，也不是特意，是这家伙特别啰唆，一直让我过来。"

但女子仿佛没有听到拓实的话。她走出店门，说了句"请来这边"，准备将两人带入室内。

"请问，您是……"时生问道。

对方像才回过神来似的眨了眨眼，鞠了一躬。"失礼了，我是淳子，东条淳子。"

听到这句话，拓实再次和时生对视一眼。

在淳子的带领下，两人来到后方。店铺后面看起来像是主屋。

淳子没有进入任何房间，而是沿着走廊一直往前走。不一会儿，精心打理过的庭院出现在面前。两人一边投以余光，一边穿过走廊。

"你们能在这里稍等吗？"

他们来到的是茶室，大小只有四叠半，却也精心设置了壁龛。

东条淳子离开后，两人在榻榻米上盘腿而坐。

"真厉害啊，建了这样的厢房，看来有太多富余的土地了。"

"这可是历史悠久的家族呢。和果子这种东西，过去是奢侈品。这里肯定也开过茶会，请过当地权贵的夫人们前来尝新吧。"

"看你年纪轻轻，懂的还不少。"

"是吗？"时生挠了挠头。

拓实拉开和式纸窗望向庭院，可以看到长满苔藓的石灯笼。

想必东条须美子一直在这个家里过着优雅的生活吧。一想到因贫困而抛弃婴儿的女人能在建有茶室的家中享受奢侈的生活，即使听说她如今卧病在床，拓实也只能想到自作自受这个词。

他掏出 ECHO 烟盒。

"这种地方应该禁烟吧。"时生说。

"为什么？茶室这种地方，不就和咖啡厅一样吗，连烟灰缸都有。"拓实说着，从壁龛那里拉过一个贝壳模样的陶器。

"那是盛香的器皿。"

"有什么关系，用完洗洗不就行了。"拓实点燃烟，把烟灰弹到香具里。

"这家人看起来很有钱。"

"是啊。"

真没意思。拓实在心里抱怨。

"根据拓实哥的态度，这份财产也有可能落到你手里。"

"怎么可能！你是笨蛋吗？"拓实朝时生脸上吐了一口烟。

时生用手扇走眼前的烟，说道："毕竟信上说她丈夫已经去世了，所以现在的一家之主是她吧？不管怎么说，你也是她的亲生孩子，理所当然有继承权。"

"不是还有刚才那个人吗？叫什么东条淳子的。"

"那个人自然也有，但有一部分应该会分给拓实哥你。虽然我还得去查一下民法是怎么规定的。"

"用不着，谁会要那个女人的钱。"

拓实一边在贝壳中按灭香烟，一边想象自己如果再坏一些会怎么样。若是如此，自己或许会想方设法强占这个家的财产。不，比起做个恶人，如果自己对东条须美子的憎恶更加强烈一点儿，事情又会如何发展呢？想到从未做过如此设想的自己也许还是太过天真，拓实不禁焦躁起来。

"这就是拓实哥你的优点。"

"什么？"

"在一些小地方很吝啬，但在关键的事情上绝不乱来。这就是你的性格。"

"你说什么呢？脑子坏掉了吧！"时生仿佛猜透了他心中的一切，让拓实有些慌张。他想抽口烟来掩饰，但烟盒已经空了。他把烟盒揉成一团，朝壁龛扔去。

就在这时，脚步声响起，一句"失礼了"之后，拉门开了。东条淳子走进茶室，坐到二人面前。她瞥了一眼盛着烟头的贝壳，并未显示出在意的神情。

"我已经和继母说了您的事，她说一定要见您，可以吗？"

专程来到这里，不可能不见上一面。尽管如此，东条淳子还是如此询问，大概是因为她清楚拓实此前的固执。

拓实挠了挠脸颊，看向时生。他看起来并不情愿，虽然明白事到如今已经无法逃避，却也很难直率地点头。

"怎么还装起样子来了？"时生嫌弃道。

"谁装样子了？"

拓实的目光回到东条淳子脸上，轻轻点了点头。

"非常感谢。"东条淳子低头致意，"但是，在和继母见面之前，有件事我要说在前面。正如信里所写，继母已经患病，因此看起来多少有些不体面，还请多多包涵。"

"情况很糟吗？"时生问道。

"按医生的话说，随时都可能告别人世。"东条淳子依旧后背直挺，平淡的语气与之前没有任何不同。

"是什么病呢？"

拓实看向时生，心想这种事情不是无关紧要吗！

"继母脑中有一块很大的血块，手术无法摘除。随着血块不断增大，大脑功能也出现了障碍，能够活到现在已让人吃惊。说实话，继母最近几乎都处于昏睡状态，连续睡好几天也是常有的事。因此，她恰巧能在今天恢复意识真是奇迹。或许她感知到了拓实先生您的到来。"

怎么可能有这种事——拓实在心中咕哝了一句。

"那么，拓实先生，能请您和我一起来吗？"她站起身。

"这家伙也可以一起来吧？"拓实指了指时生。

东条淳子面露难色，没有回答，于是拓实继续说道："这家伙是我的好朋友，就像刚才说的，如果不是被他劝说，我是不会来的。如果他不能和我一起进去，那我现在就走。"

"拓实哥，我——"

"你给我闭嘴！"拓实厉声扔下这句话，继续看着东条淳子。

对方低垂着视线，点了点头。"我明白了，二位请。"

拓实和时生跟在东条淳子身后，再次踏入走廊，但路线和之前不同。拓实不由得惊叹起来，这个家到底大到什么地步？

不一会儿，三人来到最靠里的房间门前。东条淳子把拉门打开一条缝，向内说道："我把拓实先生带来了。"

里面没有回应。也许声音是有的，但没有传到拓实耳边。

东条淳子回头看向拓实。"请进。"

她拉开了拉门。

17

　　最初映入拓实眼帘的是打点滴的用具，旁边有一位微胖的小个子女士，穿着短袖白大褂。

　　接下来，拓实看到了被褥，白衣女士就坐在枕边。被子里睡着一个女人。白衣女士正注视着病人的脸。

　　被子里的女人双目紧闭，脸颊瘦削，眼窝凹陷，发灰的皮肤没有丝毫光泽，乍看之下就像个老太婆。

　　"请坐。"

　　东条淳子将两个坐垫放到被子旁边。拓实无意靠近，在房门口旁边跪坐下来。东条淳子并未多言。

　　"这是我的继母东条须美子。"

　　拓实默默地点点头，没能说出话来。

　　"又睡着了吗？"东条淳子问白衣女士。

　　"刚才还有意识。"

　　东条淳子膝行着靠近枕边。她把嘴凑到须美子的耳边说："母亲，能听到吗？是拓实先生，拓实先生来了。"

　　须美子的脸纹丝不动，仿佛死去一般。

"对不起，最近一直如此。我们以为她醒了，但她的意识立刻又会消失。"东条淳子向拓实道歉。

"那就没办法了。"拓实说道，语气在他自己听来也十分冷淡。

"对不起，能稍微等一会儿吗？她可能会突然醒来。"

"稍微等一会儿也可以，但我们接下来还有安排，对吧？"拓实寻求时生的附和。

"多等等不是挺好的吗？难得来了。"时生的语气中带着责备。

"拜托了。如果这次看不到拓实先生，继母之后会伤心的。"

拓实一边挠着后颈，一边想从来没有人这样恳求过他。

"已经很长时间了吗？"他问道。

"嗯？"

"我是说变成这样后——应该是叫卧床不起吧？"

"哦。"东条淳子看向白衣女士，"已经多久了呢？"

"最初倒下是在新年刚过的时候，后来住进医院就变成这样了。"白衣女士弯起手指数着什么，"差不多三个月了。"

"是啊，从三月开始的。"东条淳子说完，看着拓实点了点头。

拓实在心中对自己说道：就算她死了，也不要说出什么同情的话来。

"不过，在这个家真好啊。"

"什么意思？"

"普通的家庭是不可能这么看护的。既没有这种能让病人放松休养的房间，也雇不起能二十四小时照顾的人。所以该怎么说呢，这是不幸中的万幸。果然有钱就是好啊。"

想生气就生气吧——拓实瞪着东条淳子。但她眨了好几下眼，然后点点头。

"也许是吧。不过，我们家能发展到这种程度，说到底是凭借继母的能力。"

不明所以的拓实皱起眉头。东条淳子仿佛看透了他的困惑，继续道："拓实先生，您一直认为继母嫁到了老字号和果子店，过着富裕的生活，是吧？如果你这么想，就大错特错了。继母到来时，我们已经处在倒闭的边缘，欠款越来越多，招牌也快保不住了。就算想节约成本，我们好歹也是家老店，所以不能降低商品质量，而且自尊心很强的糕点师傅们本就不会同意。说真的，那时我们的店已经到了什么时候倒闭都不奇怪的地步。当然，我家的经济状况也变得十分窘迫。但父亲完全没有告诉继母，他只想迎娶年轻女人做第二任妻子，在人前虚张声势。也就是说，继母是被骗进来的。尽管如此，在衣食无忧的环境中长大的父亲根本没有挽救店铺和家庭的智慧与能力，只能恍惚地望着这艘船缓缓下沉。"

"奶奶……须美子女士挽救了一切吗？"时生插了一句。

东条淳子轻轻点头。"当时我已经十岁了，所以记得很清楚。继母最初确实很惊讶，但立刻就调整好心态，先从压缩餐费开始，然后就是节约日常杂费和煤电费。在那之前，我们从来没有过过那种节俭的生活，所以都强烈反对。没过多久，继母就不再只是节约了。为了补贴生计，她开始做副业。那时，她遭到店里员工的攻击，说'夫人要是去外面帮工，会有辱老字号之名'。于是继母就决定帮忙打理店铺。从打杂的工作开始，不久就连掌柜的事务都能帮上一二。那样一来，她渐渐了解了店铺的情况，出了许多主意，例如改变进货方法，优化宣传方式，应该说是很有经商才能吧。她是个能用最少投资获得最大效益的专家。当然，她不只思考，还身体力行做出改变。她琢磨出的新产品，有很多如今都还畅销。最初看不起她的员工，也都变得听她的话。'春庵'的复苏就是从那时开始的。"

拓实怀着复杂的心情听着东条淳子的话。须美子就是在那种状况下给宫本家寄送拓实的抚养费的。尽管这一事实让拓实感到惊愕，但他的内心始终筑着一道墙：感谢的话绝对不会说。

"对于你父亲来说，再婚是正确的选择。"

听到时生的话，东条淳子微微一笑。"是的。父亲没有任何能力，人生最大的功绩就是娶到继母。"

"真是位了不起的女性。"

"因此……"东条淳子看着拓实，"对我们来说，像现在这样照顾继母也是理所应当的。这位吉江女士……"她看了一眼白衣女士，"她不是护士，而是原本在店里工作的人。继母变成这样的时候，她提出一定要让她来照顾。"

"因为我从夫人那里受到过的关照是无法用语言形容的。"吉江的声音里饱含感情。

拓实低着头，盯着榻榻米。这是他连听都不想听到的话。所有人都在称赞须美子，但是对他来说，须美子是个可憎的女人，这一点并未改变。

"这算什么啊，真滑稽。"他嘟囔了一句。

"哎？"

拓实察觉到众人似乎都想要追问。"我可是因为贫穷被抛弃了。我在与自己毫无血缘关系的家庭长大，到头来一无所有。抛弃我的人却为了他人的贫穷而拼命，还因此得到感激，简直被当成了神。抛弃了婴儿的女人被当成了神。"他想强作笑颜，脸颊却不停地抽搐，不过他并未停下，"这太可笑了，简直是本世纪最大的笑话。"

东条淳子吸了口气，正要开口说些什么，吉江突然小声惊呼道："啊，夫人。"

东条须美子的脸颊微微动了动，睁开了眼睛。

18

"母亲。"东条淳子呼唤道。

须美子眨了眨眼，脖子动了一下，像是在寻找什么。

"母亲，你知道吗？拓实先生来了。就在这里。"

须美子的视线在空中彷徨了片刻，随即捕捉到了拓实的脸。拓实咬紧牙关，接受着那份注视。

须美子瘦削的脸扭曲起来。她张开嘴唇，吐出气息，好像要开口说话，但并没有发出声音。

"嗯？什么？"东条淳子把脸凑到须美子嘴边，"对，没错，是拓实先生，我拜托他过来的。"

淳子回头看向拓实。"请您稍微靠近一些好吗？她可能看不清。"

拓实没有动。他不打算为这个可恶的女人做任何事情。然而东条须美子散发出的气息压在他的心上，让他动弹不得。

"拓实哥……"

时生呼唤拓实，但拓实没有理会。他站起身，俯视被子里的须美子。

"我……没有原谅你。"他拼命压抑着内心的情感，缓慢地说道，

"我也不是你的孩子。我来到这里，就是想说这句话。"

"拓实先生，请等等。"淳子恳求道。

"是啊，你先冷静一点儿。快坐下。"时生也在旁边说道。

"你怎么这么多话？我是因为跟你约好了，才忍着到这儿来的，也跟这个老太婆见面了。这样就可以了吧？你还想命令我吗？"

就在这时，须美子的呼吸突然急促起来。她大口喘着气，凹陷的眼睛睁得很圆。

"啊，不好了！"

吉江发出惊呼的同时，白沫从须美子口中溢出。她翻起白眼，皮肤眼看着越来越黑。看到她开始抽搐，淳子从被子上方压住她的身体。

时生站起来，想要过去，却被拓实抓住了肩膀。

"别管她。"

"可是情况不妙啊！"

"你又能做什么？"

"做不成什么，可也许能帮上忙。"

"不用了，已经没关系了。"东条淳子压在被子上说道，"这种情况时有发生，让她平静下来就没事了。"

时生闻言，抬眼看了看拓实。

"稍微靠近点儿不行吗？对方是病人。"

"病人就能被原谅吗？"

"我没这么说。"

"真啰唆，快闭嘴吧。"

拓实再次盯住须美子。虽有两个女人看护，但她已经完全失去了当初拜访宫本家时的华丽气质。她的抽搐已经缓解，只是唇边还有溢出的白沫风干的痕迹。

拓实转身打开拉门。踏入走廊之前，他回过头来。"这是报应。"他留下这句话，便走了出去。

拓实漫无目的地走着，不知不觉来到了春庵的店铺前。他把包放在路旁，往上一坐。

没过多久，时生也出来了。

"真不像样。你不觉得自己很不成熟吗？"他一脸为难。

"我已经完成约定了。走，接下来去大阪吧，我可不想再听你抱怨了。"

时生只是叹了口气，并未点头。拓实站起身，独自迈开脚步。不一会儿，时生默默地跟了上来。

两人在神宫前站买了去名古屋站的车票。这时，时生终于开口了："就这样结束了吗？"

"你有意见？"

"我觉得你们应该再多聊聊。那个人不是因为想抛弃你才那么做的。"

"你是站在她那边？这么在意她，你就独自留下吧。我一个人走。"

"我留下也不能解决什么……"说到这里，时生停下了，视线投向拓实身后。拓实一看，东条淳子正快步走来。她好像是开车追上来的，怀里抱着一个小包裹。

"啊，太好了，赶上了。"她看着拓实一笑。

拓实没有想到对方会露出这种表情，一时不知该如何回应。

"没关系吗？放下那个人不管。"他问道。

"有吉江女士在，不要紧。今天您能特意前来，真是非常感谢。"东条淳子向拓实鞠躬。

拓实挠了挠后颈。"你这话像是在讽刺我。"

"我没有那个意思。信上不是也写了吗？只要能看一眼就好。而且我从没想过您能来。"

"你就是为了说这个才追上来的？"

"这也是原因之一，但我还有一件重要的事。"她打开包裹，"我想把这个交给您。"

她拿出的是一本书，而且是一本手工制作的漫画，封面上用彩色铅笔画着一组坐在方形箱子上的少男少女，画技娴熟，笔触不禁让人联想到手冢治虫。但是比画面更引人注意的，是书的古旧程度。纸已经变得似乎一摸就会破，边缘上到处都是污渍。

"这是什么？"

"是继母拜托我的，说如果拓实先生您来，就把这个交给您。她说她可能无法亲手给您了。"

"我要这个东西有什么用？看上去不过是别人画的漫画，为什么要交给我？"

东条淳子的眼睛在镜片后面眨了眨，头微微一歪。"我也不明白，因为继母并没有告诉我。但这个东西对她来说确实非常重要，我经常能看到她看着这本漫画。大概对您来说也很重要吧。"

拓实拿过漫画。漫画名为《空中教室》，方形箱子似乎就代表教室。作者的名字是爪冢梦作男，拓实没听说过。

"就算我收下这种不明所以的东西，也没什么用。"

"请不要这么说。如果您不想要，处理掉也无所谓。"

"可是……"

"就这点儿小东西，有什么关系嘛。"时生在旁边说道，"又没有妨碍你。如果拓实哥你不要，给我就行。"

拓实看了一眼时生，视线又回到东条淳子身上。对方点了一下头。

"今后可别让我还给你，因为我可能会扔掉。"

"没关系。"

"那我就先拿着吧。"拓实把漫画放进包里，"我们现在必须走了。"

开往名古屋站方向的列车就要进站了。

"把你们叫住真抱歉。如果你们还能再来……"东条淳子摇了摇头，露出微笑，"不，我的话就到此了。请多保重。"

拓实没有回答，只是冲时生说了句"走吧"，便留下仍有些踌躇的时生，走过了检票口。

东条淳子的声音从身后响起："拓实先生！"

拓实停下脚步，回过头。

东条淳子的胸口上下起伏，似乎在调整呼吸。"继母在状态还不像现在这么差时对我说过，这个病就是天谴，是理应要遭的报应。"

在拓实的心中，某种东西结成了一团，但他随即把那东西吞进了肚子里。他双唇紧闭，朝淳子鞠了一躬，便再次迈开了脚步。

19

从名古屋站出发，两人没有再坐新干线，而是乘上了近畿铁道的特急列车。后者的车票便宜得多，所需时间也只比前者多一个小时，而且舒适度毫不逊色。这一点拓实也清楚。

时生兴致勃勃地看着东条淳子拿来的手工漫画，不时说上一句"画得真好，拓实哥你也看看呀"。他把漫画展开递给拓实，但拓实只是摆摆手，毫不理睬。他告诉自己，要尽快忘掉须美子的事。

根据时生自顾自的描述，《空中教室》是个异想天开的科幻故事。一所小学的部分校舍在不知情的前提下建在了外星人的遗迹上，结果竟违反了重力法则浮到空中，并带着里面的人周游世界。听到这些拓实想到了《偶然葫芦岛》，那是他小时候在 NHK 看过的木偶剧。

近畿铁道特急列车的终点是难波站，列车不知何时已经钻入地下。两人出了检票口，走上一段长台阶，四周仍是热闹的地下街。

"这是哪儿？完全不知道方向。"拓实环顾四周。

"你知道千鹤姐在哪里吗？"

"这不是接下来要调查的？"

"怎么查？"

"你跟我来就行。"

名为"彩虹街"的地下商业街入口附近有一排公用电话。拓实走近没人的一部，拿过旁边的电话簿，打开餐厅那页。

"我要找一家叫 BOMBA 的店，听说千鹤的朋友在那里工作。她既然来了大阪，应该会去见对方。"

"BOMBA？"

"东京 BOMBERS[①] 的 BOMBA。[②] 怎么，你不知道吗？《轮滑游戏》总看过吧？还有'纽约狂徒队'之类的。"

时生一脸困惑地摇了摇头。拓实哼了一声，目光回到电话簿上。

幸运的是，名为 BOMBA 的酒馆只有一家。拓实想记下电话号码和地址，却发现自己没带纸笔，便毫不犹豫地撕下了相应的那页。

"喂，你别胡来，这样会给之后要用的人添麻烦。"

"没人需要这页。你先看看，这个怎么读？这个地名真长。"

"宗右卫门町吧。"

"宗右卫门町？嗯，在哪里呢？"

"买份地图吧。"

两人在彩虹街上的一家小书店买了大阪地图，走进旁边的一家乌冬面店。这里提供油炸豆腐乌冬面搭配两个饭团的套餐，售价四百五十日元，两人各点了一份。店内充满了鲣鱼高汤的香气。

"宗右卫门町不是很近嘛，走过去用不了多长时间。"

拓实在桌上摊开地图，吸着乌冬面。正像之前听说的那样，汤汁颜色很浅，但味道不淡，只不过油炸豆腐对他来说还是不够咸。

①日本轮滑团队，1972 年在东京电视台播放的运动类综艺节目《日美对抗轮滑游戏》中初次登场。下文的《轮滑游戏》即指该节目。

②日语中，"BOMBER"和"BOMBA"发音相近，区别是 BOMBER 比 BOMBA 多一个长音音节。

"你知道千鹤姐的朋友叫什么名字吗？"时生问道。

"好像是叫竹子。"

"竹子？是真名吗？"

"应该是吧。这要是艺名也太土了。"

"那家店是个什么地方？要是家高级俱乐部该怎么办？我们这身打扮肯定会被轰出来的。"

时生穿着牛仔裤和 T 恤衫，外加连帽夹克。拓实则是皱巴巴的棉质裤子搭配廉价外套。

"哦……我还没有考虑过这点。千鹤的朋友工作的地方，难道不应该和董差不多吗？"

"董虽然在东京，也不过是锦糸町而已。可这里是大阪繁华商业区的中心啊。"

"无所谓，到时候再说。要是被赶出来，只能去二手服装店买套西服什么的了。"

前提是这里有二手服装店——拓实在心中继续说道。那样的店在浅草有好几家。一想到这点，一股奇妙的怀念情绪涌上了拓实心头，尽管他这天早上才刚刚离开东京。

时生翻看着地图册里别的页面，想找找有什么有趣之处。突然，他停下了筷子。"啊，是这里！"

"你找到什么了吗？"

"刚才那本漫画，让我看看。"

"什么啊，待会儿再看。"

"我现在就想看。好吧，我自己拿。"时生擅自打开了拓实的包。

拓实一副毫不关心的样子，鼓着腮帮子大口嚼饭团。他并不明白那本漫画包含着什么意思，但内心早已决定不表露出任何兴趣，即便他知道这只不过是意气用事。他打算找个合适的地方把它扔掉。

"果然是这样。喂，拓实哥，你看这个。"

"真啰唆。那种东西管它是什么呢。"

"别这么说，这肯定和你有关。"时生说着，摊开了漫画。

"什么啊，真麻烦。"

"你看这里，写着地址呢。"

在时生指的那一页上，两个看起来像小学生的少年正在路旁捡石头。但时生指的不是他们，而是后面画的电线杆，上面的地名标识牌上写着"生野区高江×-×"。

"作者的家可能在这附近。说到生野区，应该就在这一带。"时生用手指圈起了地图上的一部分，那里确实写着"生野区"。

"看起来是这样。不过这又怎么了？"

"东条须美子女士把这本漫画交给你，背后应该是有原因的。我想是不是和你的身世有关。"

"我的身世就是被那个混账女人抛弃，再被东京的宫本夫妇捡走，就是这样。"

时生抬眼盯着拓实，目光中闪烁着从未有过的真挚光芒。

"拓实哥，你其实也注意到了吧，所以才故意视而不见的。"

"别说奇怪的话，我对什么视而不见啊？"

时生合上漫画。"东条须美子女士之所以想把这个交给你，是因为其中包含着某个信息。她想传达的事，不是就只有一件吗？"

"你什么意思？"

"你明明知道，别装傻了。"时生摇了摇头，"就是你父亲的事。她想告诉你你亲生父亲的身份。"他指了指漫画的封面，"爪冢梦作男，画这本漫画的人就是你的父亲。"

拓实扔掉了筷子。碗中仍残留着鲜美的汤汁和几根白色的面条，但他已经没心情再吃了。时生的话正中要害。当东条淳子递出漫画，拓实发现那是手工制成的时候，他就已经对爪冢梦作男与自己的关系有了一种猜测，但他没敢再多想。

"我没有父亲。要说有，也是养我长大的宫本。"

"我明白你的心情，但是了解真相不是也很重要吗？了解了全部真相，再去憎恨也不迟。"

"事到如今，我根本就不想了解。而且该怎么去了解？爪冢梦作男这种胡闹似的名字，我哪儿知道他是哪里的什么人。"

"所以我们要去这里看看。"时生轻轻敲了敲漫画封面，"去这本漫画故事的发生地。"

"去了也不可能明白。"话一出口，拓实就后悔了。这句话表现出了他的关心。他慌忙补充了一句："当然，我也根本不想去。"

"漫画里对这一带的描绘相当细致，大概就是作者家附近的景象吧。一边对比一边走，一定能发现某些信息。去向长年住在那里的人打听也可以。不过，问题在于正确的地名。说是生野区高江，可是就这张地图来看，生野区没有高江这个地名。因此这里恐怕是虚构的，不过肯定有某个街区是这里的原型。"

"真是无可救药，你以为我会陪着你讨论这种话题吗？"拓实喝了口杯中的水，把餐费放在桌子上，站起身来。

拓实一边在店外等待时生结账，一边反复琢磨他话里的含义。了解真相很重要。拓实也一直想知道亲生父亲到底是谁，但他寻找无门，每次都只能以放弃结束。在这样的反复中，那份希望被封印在了心底。如今，封印正在解开，他的内心充满迷茫，而且无法预测这本关键的漫画是否会让他的心飞到哪里，这也让他感到恐惧。

尽管如此，拓实不得不再次思考时生到底是什么人。他对拓实的了解甚于拓实本人，并且总能准确地戳中潜藏在拓实内心褶皱中的脆弱。他的言行总是让拓实在某一方面变得清醒。

虽说有血缘关系，可东条家的人看起来并不认识时生。那就是父亲一方的亲戚了？想到这里，拓实一激灵：难道是时生自己想找出爪冢梦作男？他说他的父亲叫木村拓哉，可这不见得是真话。

时生结完账出来了。"让你久等了。"

拓实并没有把刚才的思考说出口。

走出地下街，两人来到戎桥筋。这条并不宽阔的街道上人潮汹涌，两侧的小商店和时尚大楼鳞次栉比。高级店铺和平民店铺混在一起，或许正是这一带的特色。

穿过带拱廊的街道，一座桥出现在前方。时生却转向左侧的店铺，发出兴奋的声音："哇，是螃蟹的招牌。真大！"

等两人走过桥时，时生又仰望后方，对着格力高的广告发出惊叹声。拓实无视这些，将周围的风景与印在脑海里的地图做着比对。现在不是参观大阪的时候，他必须找到BOMBA。

"别东张西望的，快走吧。"

"不用那么着急。难得来大阪一趟，去吃章鱼烧吧，那边就有小摊。"

拓实打了一下时生指向小摊的手。"你这家伙，不愿意我去找千鹤吗？"

"不，没那回事。"

"那你就闭嘴跟上来。我不是都按你说的去过名古屋了吗？"

"我知道。"

拓实快步前行，奇异的感觉涌上心头。和在名古屋站时相比，现在两人的立场恰好完全翻转。

一走进宗右卫门町，立刻就有可疑的男人靠了过来。

"东京人？我们这里可有好姑娘，怎么样？"

"两千，两千，就两千日元，随便摸，想怎么摸都行。"

低沉的大阪方言传来，充满奇妙的压迫感。拓实有些动摇，但现在不是在这种地方玩乐的时候。他摆摆手走了过去。

在距离热闹的街道不远的地方，就是 BOMBA 所在的大楼。这是一栋陈旧的建筑，外墙上到处都是裂纹，BOMBA 位于三楼。电梯门一开，一对男女走了出来。男人穿着紫色西服，女人则是一身红衣。两人都招摇地戴着各种金光闪闪的饰品。

"真有压迫感。"乘上电梯后，时生小声说道。

电梯门正要关闭，一个瘦弱的男人慌慌张张挤了进来。他朝拓实他们微一点头，说了声"不好意思"。

一出三楼的电梯，眼前的狭窄通道两边都是酒馆的招牌。无论哪家店看起来都不像是高级俱乐部，但另一种不安袭上了两人心头。

"总觉得氛围很不妙。"

"要不要把钱藏在内裤里？"时生似乎也明白了拓实的意思。

"那也没用。"

面前第二家店就是 BOMBA。拓实做了个深呼吸，打开门。

吧台从入口笔直地伸向里面，最外侧和最里侧各坐着一位客人。吧台里面站着两个女人，一个留着短发，身形瘦削，另一个梳着马尾辫。短发女人看起来年龄更大，约三十五岁，大概是老板。

两人都一脸意外地看着拓实他们，但短发女人立刻露出笑脸："欢迎光临，两位吗？"

"嗯。"拓实说着走到吧台中央，和时生一起坐下。他们先点了啤酒。

"两位是第一次来吧？是有人介绍吗？"短发女人问道。她的笑容依旧堆在脸上，但目光里潜藏着好奇与警惕。

"嗯，算是吧。"拓实含糊地点点头，用毛巾擦了擦手，"这家店里有位竹子小姐吧？"

"竹子？啊……"短发女人看了一眼梳马尾辫的女人。

"她辞职了。"马尾辫女人说。

"是吗？什么时候辞的？"

"半年前吧。"

"对，半年前。"短发女人看着拓实，"说是家里有事，突然就辞了。你们难得过来，真遗憾。"

这是预料之外的情况。拓实从千鹤那里听说竹子这个朋友，不过是在一个月前。也就是说，千鹤也不知道竹子从这里辞职了。

"你们知道她现在在哪里吗？"拓实想先追问几句。

"这……"短发女人摇了摇头，"她原本就是打工的，在这里待的时间也不长。现在我们已经联系不上她了。"

"是吗？"拓实叹了口气，抿了一口啤酒。见不到竹子，就意味着失去了寻找千鹤的唯一线索。接下来该怎么办呢？

旁边的时生饶有兴致地环视店内。墙上贴着戏剧和音乐会的海报，也许是有相关人士出入这里。

拓实叼起一根 ECHO 烟，短发女人立刻拿过打火机为他点上。

"最近有没有像我们这样来找竹子的人？比如年轻女人之类的。"说到这里，拓实又补充了一句，"可能是和男人一起。"

"有那样的人吗？"短发女人再次询问旁边的年轻女人。

"我不记得有。"马尾辫女人摇了摇头，脑后的发束左右摆动。

"是吗？"

短发女人转向拓实，表情仿佛在说：就是如此。拓实只能无言地点点头。

"这个是你吧？"时生突然说道。他指向墙上的海报，上面是一支成员全部为女性的摇滚乐队，海报是将她们的演出照片放大做成的。

"啊，是的。"马尾辫女人回答。

拓实也仔细看了看。最右侧弹吉他的显然就是马尾辫女人，只是头发披散着。

"哦，乐队名也是BOMBA啊。是从店名来的吗？"

"算是吧，我觉得这是个相当不错的名字。"

"但这名字也挺奇怪的。有什么含义吗？"时生继续追问。

"我不是说了吗，是东京BOMBERS的BOMBA。"拓实有些烦躁，插嘴道，"我说得没错吧？"他也同时向两个女人确认。

短发女人点点头。"是的。"

"真的吗？"时生露出惊讶的表情，"是谁取的？"

"是我。"短发女人回答。

拓实心生抱怨：为什么总是问无聊的问题？店名什么的管他呢，必须要先想办法找到千鹤。

喝完啤酒，两人站了起来。他们并没有被收取多余的费用。

"能给我一张名片吗？"时生问。

短发女人瞬间露出了意外的神色，但还是立刻从吧台下方拿出名片，上面印着"坂本清美"。

来到外面，拓实挠了挠头。"真是的，找不到竹子就没办法了。"

"不，也不见得。"

时生异常冷静的声音让拓实回过头看向他。"什么意思？"

"我觉得已经找到竹子了。"

"啊？"

时生用大拇指指了指刚刚走出的大楼。"那两个人里有一个就是竹子，大概是那个梳马尾辫的。"

拓实向后一仰，盯着时生。"你怎么知道……"

"看店名啊。我不了解东京BOMBERS，但应该是个运动团队

的名字吧。这里的 BOMBER 的意思是轰炸机。且不说乐队，酒馆
应该也不会取这种名字。"

"但那个女人都那么说了。"

"她在说谎，因为她不想说出真正的含义。海报上的拼写是
BOMBA，不是轰炸机的那个 BOMBER，英语里可没有 BOMBA
这个词。"

"所以呢？"

"试着把 BOMBA 的 O 和 A 对调，再在最后加上一个 O。"

"那又怎样？"

"BAMBOO。"时生闭上一只眼睛，"英语是'竹'的意思。"

20

　　两人在咖啡厅打发时间直到半夜两点，然后便再次回到了BOMBA所在的大楼前。到了这个时间，就连那些拉客的人的身影都消失了，但另一种意义上的可疑男人们正在四周徘徊。要是和他们对上视线，还不知道会惹上什么麻烦。拓实尽量低着头，并且也告诫时生要这样做。

　　坂本清美和马尾辫女人走出大楼，是在将近半夜三点的时候。站在大楼阴影处抽烟的拓实把烟头踩灭。时生投去责怪的目光，但拓实毫不在意地迈开脚步。

　　两个女人并排在前面走着，拓实二人尾随在后。街道很窄，这个时间点仍有不少醉汉，跟踪起别人来并不困难。对方也并没有转身的意思。

　　来到宽阔的大街上，两个女人拦下一辆出租车。拓实奔跑起来。就在对方的出租车即将出发时，拓实也招手叫了一辆。

　　"跟上前面那辆出租车。"拓实命令司机。

　　"什么？不知道目的地吗？"中年司机说道，语气中带着对这种麻烦工作的厌恶。

"就因为不知道，才让你跟着。少啰唆，按我说的做就行。"拓实从斜后方瞪着司机的脸。那人的面部肌肉十分松垮。

司机没再说话。但或许是心理作用，车开得非常莽撞。

"对不起，我们这里有点儿情况。"时生在一旁说道。拓实看了他一眼，目光显然在说没必要道歉。

"我猜也是，毕竟这种时间要跟在阪南女人的后面呢。"司机似乎看到她们坐上了前面的出租车，"你们看着不像警察，也不是大阪人，肯定是有特殊情况，我会跟上的。"

"对不起，非常感谢。"司机明明不可能看到，时生却还是低头致意，然后用目光示意拓实，让他也道个歉。拓实自然视若无睹。

一个宽阔的路口出现在前方。驶过路口没多远，前面的出租车开始贴向左侧，刹车灯亮了起来。

"什么呀，还没怎么开呢就到终点了。"司机泄气般说道。

"这里是什么地方？"时生问道。

"谷九。"

"谷九？"

"就是谷町九丁目。不……"司机摇摇头，"这里已经算上六了吧，上本町六丁目。"

这是拓实完全不知道的地名。时生一副了然的表情点了点头，也不知是否听懂了。在距离前车不远的地方，拓实他们的车也停下了。拓实拿出钱包，车费比想象的更便宜。但是，从前车下来的只有短发女人，马尾辫女人没有下车。后车门就那样关上了。

"时生，你在这里下车。"拓实说道，"明白接下来该怎么办吧？"

"我明白，在螃蟹招牌前面吧——司机，我们在这里下一个人。"

车门打开，只有时生下了车。

"喂，赶快关门开车，要不然就跟丢了！"拓实朝驾驶席吼道。

"还要跟吗？看来我载了麻烦的客人。"司机厌烦地挂上挡，故意启动得很慢。

"别发牢骚了。要是能跟到最后，我会付小费的。"

不知为何，司机耸了一下肩膀。

直行了一段路后，前车向左拐去。拓实这辆车的司机也打开转向灯。信号灯已经变成了黄色，但车子还是加速冲了过去。轮胎稍有些打滑，不过并未出事。

"真危险。"拓实嘟囔了一句。

"你是东京人？"司机问道。

"算是吧。"

"东京的话，好女人多着呢，不用特意来追阪南的女人。"

"那个东京的好女人跑来这边了。"

"哎，前面车里的女人是东京的？"

"她是这边的，但她可能知道我要找的女人在哪里。"

"哦，是这么回事。"司机语中带笑。

"怎么？有什么好奇怪的？"

"不，没什么。这位小哥，缠人的男人可不受欢迎哦。"

"真啰唆，闭上嘴开你的车吧！"

不一会儿，前车速度放缓，驶入一条辅路。拓实这辆车的司机也谨慎地跟在后面。一转弯，只见前车已经停下。

"停车！"

拓实脱口而出，但司机并没有刹车，而是径直从前车旁边驶过。

"没听到吗？快停下啊！"

"停得那么近，再迟钝的人也会怀疑吧。"

在下一个转角前，司机终于踩下了刹车。

"好，到这里就没问题了。"

拓实从钱包里拿出一万日元，扔在副驾驶席上。马尾辫女人已经下了车，正往一旁的公寓里走。

"等等，太多了。"

"我说了会给你小费。"

"我可不要那种东西。"

"真啰唆。江户人怎么可能把拿出来的东西再收回去。"

"你跟我这个司机来什么劲！我就收五千。"司机递回五千日元纸币。

"我不要。"

"你就收下吧。比起这个……"司机隔着靠背，将脸靠近拓实压低声音说道，"你看到后面停着辆黑色的车了吧？好像是辆皇冠车。"

拓实看向后方，确实有辆那样的车停在路边。

"那辆车从刚才起就一直跟在后面，怕是和你一样，都在追那个女人。"

"怎么会……"

"也可能是我的错觉，总之你多加小心吧。"

拓实刚一下车，出租车就开走了。拓实一边往回跑，一边看向那辆可疑的皇冠车。仿佛为了避开拓实的视线，皇冠车悄悄地开动了。擦身而过时，拓实试图看清驾驶席，但车窗玻璃黑漆漆的，什么也看不见。

拓实跑进了公寓。左侧是管理员室，窗口拉着窗帘。右侧排列着信箱，正面则是电梯，停在一楼。

这时信箱对面传来脚步声。拓实藏到了楼梯的阴影中。马尾辫女人拿着报纸和信件出现了，她没有走向楼梯，而是笔直地朝拓实所在的位置走来。如果走投无路就只能出来了——拓实这样想着，身体都僵住了。

女人上了楼梯。拓实听着脚步声跟在后面。

马尾辫女人的房间似乎就在二楼。上楼后，她沿着走廊继续前行。看到她停下脚步，准备从手包里拿出钥匙时，拓实冲了出来。或许是察觉到了拓实的气息，女人抬起脸。

"啊，你是——"她涂得鲜红的嘴唇张得很大。

拓实没有回答，先看了一眼贴在门上的名牌，上面写着"坂田"。拓实想确认的是名字，但仅凭名牌可能无法得知，这是他和时生已经预料到的。① 在这种情况下应该怎么办，两个人也已经做好决定。

马尾辫女人依旧愣在原地。拓实一把抢过她手里的信件。

"喂！你干什么？还给我！"

女人立刻抓住了拓实的胳膊。拓实一边试图甩开她的手，一边确认信件上的名字。不知为什么，几封信上的收件人信息写的都是外文。

"喂！混账！快还给我！"女人扯着拓实夹克衫的袖子。

拓实终于瞥到了"坂田"这个姓。但就在这时，女人的拉拽让这封关键的信掉落在地。

"啊，可恶！"

拓实慌忙要捡，可是下一个瞬间，他的鼻子就受到了撞击。仰面倒在地上时，他才意识到刚刚踢向他的是高跟鞋鞋尖。

"别踢啊！"拓实一只手捂着鼻子站起身，另一只手想要抓住女人的衣领。但是这次，手却被反扭了过去。

"啊！疼疼疼……"拓实反身跪倒在地。

---

① 日本人贴在家门口的名牌上往往只写姓氏，这里的"坂田"即如此。

"让你小瞧我。你以为我是谁？"

"就是因为不知道你是谁，才想看你的信。"

"你在店里也说了奇怪的话，想要干吗？"

"我们只是在找那个叫竹子的女人。"

"不是说了吗，那个女人已经辞职了。"

"那是在说谎吧？你们当中的一个就是竹子，只是因为某些理由隐瞒了这件事。BOMBA 的由来才不是什么东京 BOMBERS，而是英语的'竹'。"

拓实一说完，女人的力道也小了一点儿。"这是你想出来的？"她低声问。

"是另一个家伙。"

"哼，我想也是。"

拓实正想反问对方是什么意思，目光恰好停留在掉落的信上。收件人信息的上半部分被遮住了，但"收"字的前面是"美"字。如果她就是竹子，那么"收"字的前面是"子"才对。

"你不是竹子小姐吧？"

拓实的头顶上方响起一声冷哼。

"我可不是什么竹子。"

"是吗？我的同伴说竹子大概就是你，所以我有点儿失态了。抱歉。"拓实朝女人鞠了一躬。

"这算什么道歉。明明已经是个大人了，连句像样的话都说不好吗？"

拓实一肚子火，却无法反驳。他调整呼吸，小声说道："真的很对不起。"

"要动真格的话，这种程度我可不会原谅哦。"女人终于松开了拓实的胳膊。

拓实来回转动肩膀，女人则在一旁捡起了所有信件。

"如果你不是竹子，那就是另一位了？"

马尾辫女人摇了摇头。"那是清美。坂本的姓是假的，她真正的名字是坂田清美，不是什么竹子。"

"那店名不是取自竹吗？"

"那个嘛……"女人双手叉腰，直勾勾地盯着拓实，"你们猜对了，真厉害。至今都没有一个人能看穿店名的由来呢。"

"可是……"

拓实刚要开口，马尾辫女人递过一封信。看到收件人的名字，拓实睁大了眼睛。

"竹加上美丽，写成竹美，和竹子这个名字不一样呢。"

21

竹美从手包里取出钥匙打开门锁，将门拉开一半。

"你先进来吧。"

拓实来回看着她的脸和昏暗的室内。"这样好吗？"

"你就这么回去当然最好，但也不太可能吧。"

"我有事情想问你。"

"大半夜站在这种地方说话会给邻居添麻烦的，被人看到也不好，快进来吧。"

"那就打扰了。"拓实踏入室内。

屋里显得昏暗，是因为一进门的地方摆放着相当高的隔扇，背后的房间亮着灯。

"你这么相信我？"

听到拓实的话，竹美又哼了一声。"谁会相信陌生男人。"

"那你不觉得危险吗？让男人进自己的房间。刚才是我大意了，就算你再有本事，也不可能凭腕力赢我。"

"这可说不好。"先脱下鞋的竹美抱起双臂看着拓实，"杰西！"

屋内发出声响，紧接着是脚步声。竹美背后的隔扇刷地横向移动起来。

一个高达两米的身影忽地出现了。拓实以为是逆光让那个物体看起来黑乎乎的，但并非如此。那是个黑人，T恤袖口中露出的胳膊像年轻女人的大腿一样粗，胸膛厚实得让人怀疑T恤下面是不是穿了羽绒服。他的双唇不情愿似的紧紧抿着，凹陷的眼窝里透出的目光直直地瞪向拓实。

"啊……Hello，啊不，How are you……是怎么说的来着？"

黑人向拓实迈出一步，拓实随之后退。

"谢谢。"黑人用大阪方言说道。

"哎？"

"总是麻烦你照顾斑比。我叫杰西，请多关照。"

他伸出粗壮的手臂，拉过拓实的手握住，力气大得如同老虎钳一般。拓实皱起脸。"我、我这里才是，请多关照。"他回答道。

"怎么样，你觉得凭腕力你能赢吗？"竹美笑眯眯地问。

"有点儿难对付啊。"拓实甩了甩被握过的手，手稍微有些发麻。

隔扇后方的起居室和厨房加起来有十二三叠大，但是既没有沙发和茶几，也没有餐桌，能称得上是家具的只有一张廉价玻璃桌，几乎所有空间都被吉他、扬声器和其他各种音乐器材占据。像样的椅子一把也没有，角落里却摆着整套架子鼓。

"这里简直就是个工作室。乐队在这里排练？"

"没法正式排练，会立刻被赶出去的。"

"他也是乐队成员？"拓实指了指杰西。

"他是鼓手兼男友兼保镖。我在那种地方工作，经常被烦人的客人缠住。但无论什么样的家伙看到杰西，都会吓得不轻。"

"说得也是。"多少已经有所领教的拓实点点头。

"斑比，肚子不饿吗？吃点儿什么吗？"

"不饿，没关系。谢谢你。"

"斑比……因为是'Bamboo'，所以省略成'Bambi'吗？"

"不，是可爱的小鹿斑比。对吧，杰西？"

"嗯，Bambi 很可爱，是世界上最可爱的。"

两个人相拥接吻。随后竹美瞪了一眼拓实。"有什么不满吗？"

"没有。"拓实挠挠头。

这时，不知哪里响起了电话声，杰西从冰箱上拿下电话，竹美摘下听筒。

"喂……哎？啊……也去你那里了？我这里也有一个……嗯，没办法只能交代了……嗯，是啊，只能那么做了。"

三言两语后，竹美挂断电话。

"你的朋友去了上六吧？兵分两路跟踪，真是不嫌麻烦。"

打来电话的应该是短发女人。

"他怎么样了？如果你是竹子……不，是竹美的话……"

"他们要来这边。我们之后再慢慢聊吧。"

"另一个女人叫坂田清美吗？这里的名牌也是坂田，所以你们是姐妹？"

竹美从冰箱里拿出罐装啤酒，摇晃着身体笑道："她听到这话肯定很开心，不过一般人都会这么说。"

"不是姐妹是什么？"

"母女，mother and daughter。"

"哎？"

"她看起来可能只有三十岁，但是两年前就已经过四十岁啦。不过这是秘密。自从过了三十四岁，在店里就不再说真实年龄了。"竹美将食指竖在嘴唇前。

"为什么要叫坂本？坂田不好吗？"

拓实的问题让竹美耸了耸肩。

"她说是占卜师劝她改名的,但这大概不是真话吧。在大阪一说坂田这个姓,就容易让人联想到傻子坂田[①],印象分会下降的。我是觉得坂田更好,容易让人记住,所以我在名片上印的是坂田竹美。一说傻子坂田竹美,演唱会都能多卖几张门票呢。"竹美喝着啤酒笑了,嘴唇上沾着白色泡沫。

大约二十分钟后,时生和坂田清美一起出现了。他也是看到清美取出信件后才与她接触的,只不过没有像拓实那样强抢,而是直接拜托对方,说想看一下收件人姓名。

"强抢真是太乱来了,那可是犯罪。"时生说道。

"因为我觉得这女人不像是会老老实实给我看的。"

"怎么可能给你看,你那么可疑。"

竹美盘腿坐在地板上,一边吐着烟圈一边说。拓实和时生坐在她对面,只有清美垫了个坐垫。杰西坐在架子鼓的椅子上,像打节拍一样摇晃着身体。

"我们去店里的时候,为什么你们没说实话?你那时候要是说自己是竹美,问题早就解决了。"

"你是来找竹子的。因为没有那样的人,我只是老实回答没有罢了。"

"你可没说没有。你的回答是以前有,但后来辞职了,半年前辞的。你难道不是察觉到我弄错了竹子和竹美,所以故意撒谎的吗?"

竹美无法反驳。她和清美对视了片刻,表情随即放松下来。

"那时我很为难。你说了竹子,可我还没做好心理准备,不知道该怎么回答。人名好歹请你记准确啊。真是像千鹤说的,是个傻子。"

---

① 指日本搞笑艺人坂田利夫。

傻子这个形容简直让拓实气血上涌，可既然听到了千鹤的名字，就不能再为此生气。他探身向前。"你果然见过千鹤了吗？"

竹美又吐了一口烟，将烟头在水晶烟灰缸里摁灭。这是个与整个房间极不相称的烟灰缸。

"三天前，她往店里打了电话，问她能不能来。我说可以，她就立刻来了。"

"千鹤是独自一人吗？"

"就一个人。"

"她怎么样？"

"这我也不好回答。"竹美双手绕到脑后，解开马尾辫。略带波浪卷的头发长长地垂了下来。"我们好久没见了，她笑得还算开心，但看起来没什么精神，酒也没怎么喝。"

"你们聊什么了？"

"你简直就像警察调查取证。"竹美不快地皱起眉。

"快说啊，我们这边可是很着急的。"

"哇，真可怕，我都不想说了。"

"你说什么？"

时生从旁按住了想要起身的拓实。"冷静点儿，你以为这里是谁的家。"

"是这些家伙装模作样。"

"她们是我们现在唯一的线索，你要想清楚自己的处境。"时生皱了皱眉，看向竹美她们。"请你们多多包涵，这个人拼了命也想找到千鹤姐。"说完，他又鞠了个躬。

竹美又点燃一根烟，夹在指间，饶有兴趣地看了一会儿时生。

"你和这人是什么关系？"

"什么关系……算是朋友吧。"

"是吗？千鹤可没说起过你，她只说过这个人连一个正经朋友都没有。"

"你说谁呢？"拓实语气尖锐地问道。

"说你。"

听到如此干脆的回答，拓实又想站起来，但这次他克制住了，只是瞪起眼。"说到我的事了吗？"

"千鹤是来说你的事的。不过你别得意，她是这么对我们说的：昔日的男友也许会追过来找我，可能会说出竹美这个名字，到时候希望你们说竹美已经辞职，那样他就会放弃了。"说到这里，竹美吐了口气，"我做梦也没想到你会说成竹子。"

"真啰唆，叫什么名字不都一样。"拓实嘀咕了一句。竹美她们自然听得一清二楚，但没有理会。

"然后千鹤姐就按照自己的想法，准备和这个人分手？"时生确认着拓实不愿听到的事。

"就是这样。"

拓实抹了把脸，他感觉自己脸上油乎乎的。一看手掌，上面果然闪着油腻的亮光。

"她有没有说我做错了什么？"拓实吐出一句。

"你什么都没做吧？千鹤说那个人没为她做过任何事。"竹美冷眼看着拓实。

"要说工作，我可是做了很多，换工作也是为了找到适合自己的道路。我已经和千鹤说过很多遍了，将来一定会找到适合自己的事，一举成功……这有什么好笑的？"

拓实说到一半时，竹美就笑了起来。

"哎呀，你真是和千鹤说的一样。将来会干大事，一举成功——这是你的口头禅吗？亲耳听到感觉还挺奇怪的。"

这种话只有真正的笨蛋才会说——千鹤的话语在拓实耳边响起。那是去参加保安面试的那天，也是在那天晚上，千鹤消失了。

"你多大了？"

"干吗？突然问这个。"

"你就告诉我呗。"

"二十三。"

"那比我还大呢，但完全看不出来。这边的小哥看起来要可靠得多。"她用烟头指向时生，"宫本拓实先生，还真有你的。我对你的事一无所知，但千鹤说得一点儿都没错。"

"她说什么了？"

竹美瞥了一眼清美，目光再次回到拓实身上。

"说你是个小孩，长不大的小孩。我也这么觉得，还觉得你是不知疾苦的少爷。"

"不知疾苦？"拓实一下子站了起来。这次连时生也来不及阻止他了。"混账，你是认真的吗？"

竹美没有动，悠然抽着烟。

"是。你大概没经历过真正的辛苦，只是个爱撒娇的少爷。"

"你这混账……"

拓实向前迈出一步的瞬间，一个黑影紧贴过来。杰西不知何时已经来到旁边，正警惕地盯着拓实。

"你练过拳击吧？而且还因此得意扬扬，总跟别人打架？"竹美说道。她应该是从千鹤那里听说的。

"那又怎么样？"

竹美没有回答，而是冲杰西说了句什么。她说的是英语，拓实听不懂。

杰西点了下头，走进相邻的房间。没过一会儿，他双手戴着红色手套走了回来。那一看就是玩具手套。

"你能躲开他的攻击吗？"

拓实哼笑了一声。"块头是大，可速度不一定快。"

"是吗？那你就躲一个看看。你不是对自己练过拳击这一点很自负吗？"

"要是躲开了呢？"

"那我就为说你像小孩这件事道歉。"

"好。"拓实脱掉外衣，转向杰西，双臂下垂。

杰西朝竹美说了句话，仍然是英语。竹美立刻给出了回答。杰西面带困惑，却还是点点头，冲拓实摆出了准备战斗的姿势。

"现在打可以吗？"

"随时欢迎。"拓实做好准备。

杰西一脸为难。他叹了口气，收起下巴，大眼睛里透出的目光变得锐利起来。看到这一幕，拓实的脑中似乎瞬间吹过一阵不祥的风。

杰西的肌肉动了起来。是一个右直拳。拓实准备将脸闪向一侧——

但是，他什么都没能看清。当他以为手套刚刚动起来的时候，冲击已经袭来，他的意识随即消散而去。

22

拓实睁开眼睛，眼前是一张黑色的脸。那人咧嘴一笑，便露出亮闪闪的白牙。拓实"哇"地惊呼一声，撑起上身。

杰西正在说着什么，但拓实完全听不明白。回过神来，拓实发现自己躺在别人的床铺上。

啊，对了，是被打了。拓实终于想了起来。

"哦，好像醒了。"隔壁的房间传来声音。门咔啦一声被打开，进来的是时生。"怎么样了？"

"我昏过去了？"

"是啊，就像泡泡破了一样倒下去了。吓了我一跳。"

"杰西已经手下留情了呢。"竹美跟在后面进来了。两人在被褥旁边坐下。清美似乎已经回去了。

"这一拳真狠。"拓实话一出口，竹美就咯咯地笑了。"那当然。虽说他只打过六回合①的比赛，但原来可是次重量级拳手呢。"

"原来是专业的，你怎么不早说。"拓实皱起眉头，向上拢了拢

———————————
① 职业拳击比赛根据比赛规格和选手水平采取相应赛制，最低规格一般为 4 回合，最高规格为 12 回合。

头发。这时，后脑传来了一股钝痛。用手一摸，鼓鼓囊囊的。"喊！还肿了个包。"

"只是肿了个包，已经不错了。被杰西打得鼻子都歪了的家伙有好多呢。"竹美兴致勃勃地说。

"拓实哥，我们可得感谢她。她让我们今晚就住在这里。脑震荡之后，必须要安静地休息一阵。"

拓实闻言，惊讶地看向竹美。竹美也盯着他，表情似乎在说：你有什么不满吗？

拓实挠了挠胡子拉碴的脸颊。"那还真是……谢谢。"

竹美耸耸肩，叼起了烟。杰西把烟灰缸放到她面前。

"然后是关于千鹤姐的事，竹美小姐也不知道她在哪里。"

拓实看着竹美。"你没问吗？"

"她应该还没决定住在哪里。她说定下来以后就告诉我，但直到今天都没联系，怕是接下来也不会再有她的消息了。"

"那家伙和一个男人在一起。"

"好像是的。我听时生说了。"竹美吐着烟说。

"而且还被一群奇怪的家伙追踪。那些家伙的目标不是千鹤，而是那个男人。"

"这我也听说了，听起来很不妙啊，我也有些担心。可是千鹤真的没和我说过她的住址或联系方式。"

拓实在被褥上盘起腿，抱着双臂。他想不到有什么方法能找到千鹤，竹美是他唯一的线索。

似乎是因为想法相同，大家都沉默下来，各自陷入沉思。

"有一点我不明白。"时生说，"千鹤姐为什么来大阪？如果只是为了和拓实哥分手，重新出发，去哪儿不都行吗？"

"你想想看，说到东京以外的繁华地区，不就是大阪吗？那家伙也只能当女招待啊。"

"那样的话，可以找竹美小姐帮她安排，或者和她多商量商量。"

"你想说什么？"

"最开始告诉我们千鹤姐和那个男人可能在大阪的，是那个石原。他为什么会这么想？如果那些家伙的目标是和千鹤姐在一起的冈部，那不就意味着冈部来大阪的可能性很高吗？比如因为这里是他的老家之类的。千鹤姐只是陪着冈部过来而已。"

"也许是这样吧，可凭这一点就能找到千鹤吗？"

时生看向竹美。"千鹤姐没说她和谁在一起吧？"

"没听她说过。"竹美摇摇头，"不过，她说的一句话让我有点儿在意。"

"什么话？"

"她问我知不知道可靠的当铺。"

"当铺？"

"她说想处理手头不需要的东西，包括袖扣、领带夹什么的，是你的东西吗？"竹美看向拓实说道。

"袖扣和领带夹？"拓实哼了一声，"我怎么可能用那种老气的东西。"

"说得也是。"竹美歪着头，"她还说接下来想卖罐子或画之类的东西，要是我能买，她就不找当铺。"

"罐子？画？什么啊，那家伙是开杂货店的吗？"

"然后竹美小姐你是怎么回答的？"时生催促道。

"也不知道是幸运还是不幸，我从来没受过当铺的关照，因此就回答我没有熟人。"

时生点点头，沉吟了起来。

"千鹤姐为什么想卖那种东西？"

"大概是没钱了吧。想着哪怕能补贴一点儿家用也好，就决定把那个男人的东西都卖了。袖扣再加上领带夹，那个混账到底是什么来头！"拓实嫌恶地说。

"袖扣和领带夹我还能理解，但罐子和画就不明白了。竹美小姐，除了你之外，千鹤姐在大阪还有没有其他熟人呢？"

"除我之外吗？"竹美陷入思考，"硬要说，哲夫也算吧。"

"哲夫？"

"是初中时和我一届的同学，家里在鹤桥经营内脏烧烤的小店。以前，千鹤说想吃内脏，我就带她去了哲夫的店。如果千鹤还记得，也有可能去那里。"

"内脏烧烤吗……"

"怎么想都和当铺无关，但现在这种情况下，只能试一试了。那家店离这里远吗？"

"坐电车就一站，走路也花不了多少时间。"

"好，你给我画个地图。"

"'给我画个地图'？"竹美瞪圆了眼睛，"你难道不会说'拜托，请帮我画个地图'吗？"

"你这家伙……"拓实咽了下嘴，但看到时生皱起眉头，他闭上了嘴，然后干咳了一声，"请画一下。"

"声音太小了。"

"拜托，请帮我画一下！这总可以了吧？"

"真是的，就不能再诚恳点儿吗？我是听到千鹤被奇怪的家伙追踪，才帮你们的。要是动真格的，我可会把你们赶出去哦。"竹美站起身，到隔壁的房间里拿来一张传单。"看。"她把传单放到拓实面前。这是一家名为"百龙"的内脏烧烤店的广告，上面印着地图和电话号码。拓实三两下叠起传单，塞进裤子口袋。

始终盯着拓实的竹美开口了："喂，我说你，如果找到千鹤了，你打算怎么办？"

"我怎么知道？总之得先问出内情。"

"难道你想用武力把千鹤带回去？你要是有那种打算，我可是什么忙都不会帮的。在你去找哲夫之前，我会给他打电话，叮嘱他什么都别对你们说。"

"我没想动用武力。"

"那就好。"竹美继续抽着烟，抬眼看了看拓实。

"你还有什么想说的吗？"

"没，我只是有点儿好奇，不知道千鹤是怎么想的。"

"什么？"

"就是千鹤和那个男人在一起的事。要说两个人之间什么都没发生，我才不信。"

拓实皱起脸。这女人净说恼人的话。

"那种事你不说我也知道。"

"是吗？"竹美只是点点头，没再多言。

那天晚上，拓实和时生就睡在这个房间里。竹美和杰西似乎睡在起居室。虽然竹美说了不好听的话，但拓实明白自己受到了竹美的帮助。最后那些话仍然萦绕在他的心头。

拓实回忆起千鹤柔软的肌肤和浑圆的胸部。一想到别的男人正在触碰那些地方，强烈的焦虑感和忌妒心就袭了上来。但是，千鹤应该不是被强硬地侵犯，而是主动地欣然接受。考虑到现在的状况，拓实觉得时生和竹美抱有疑问是理所当然的：找到千鹤真的还有意义吗？拓实也明白赶紧放弃对他来说更好，也没有什么不体面的。为什么要找千鹤？见到她又想做什么？拓实自己也不太明白。

也许是因为一天之内发生的事情太多了，拓实怎么也睡不着。

旁边的时生正在打鼾。自从这个家伙出现后，自己周围的事就乱作一团，这似乎并非偶然。

在尿意的催促下，拓实悄悄地钻出被窝，打开门走向厕所。起居室漆黑一片，但是能看到角落里的毛毯仿佛覆盖着一座大山。杰西和竹美大概是抱在一起睡的。

来到厕所前，门突然开了，出来的是竹美。她穿着吊带背心，看到眼前的拓实，也吓了一跳。她双目圆睁，嘟囔了一句"吓我一跳"。

"啊……对不起。"拓实说到这里，就说不出话了。他的目光停在了竹美裸露的肩膀上，那里画着一朵鲜红的蔷薇花。

察觉到拓实的视线，竹美用手挡住那里，从他身边走过。那是她第一次露出柔弱的表情。上完厕所，回到被窝里后，红色的蔷薇花似乎依旧烙印在拓实的视网膜上。

半睡半醒间，拓实迎来了早晨。往身旁一看，没有时生的身影。不久后笑声传来，是时生的声音。

来到隔壁房间，时生和杰西正在厨房里说着什么。两人似乎在一起准备早餐。杰西穿着围裙，用平底锅翻炒着菜，时生则在切东西。两人的对话夹杂着英语和日语，格外奇妙，而且杰西说的日语还是大阪方言。

发现拓实站在那里，时生冲他一笑。"早上好。"

"早上好嘿。"杰西也说道。

"你会说英语？"拓实问时生。

"不算会说，就会个只言片语。"

"那还是大概能说嘛。你学过？"

"没有好好学过，但英语课是从小学就有的。"

"是吗，从小学就有啊，真是上流社会的生活呢。我也想生在那样的家庭。"拓实撇着嘴，在玻璃桌旁边坐下。竹美仍然盖着毛毯蜷缩在房间一角。

开始吃迟来的早餐时，竹美坐了起来。她在吊带背心外面披了件衬衫，出去拿了趟报纸。回来后，她谁也不看，一脸厌烦地开始抽烟读报。杰西什么也没说，在桌上摆好炒蔬菜和味噌汤。心情不好或许是竹美每天的早课。

"外国人也喝味噌汤吗？"看到杰西熟练地用着筷子，拓实说道。

"他还喜欢干货呢，很惊讶吧？但是纳豆不行，不过我也不怎么吃。"

"不吃纳豆可不是日本人。"

"杰西本来就不是日本人。"竹美闻言嘀咕了一句。她仍然在看报纸，并没有动筷子。拓实放弃了回话。最后，竹美只喝了一碗味噌汤，吃了几口炒蔬菜。

时生帮忙收拾完餐具后，拿着一张照片走出厨房。"这个是夏威夷吧？是杰西的老家吗？"他把照片放到竹美面前。

"杰西的朋友住在这里。"竹美的表情终于柔和起来。

照片里有男女十人，最中间的一对就是杰西和竹美。竹美穿着长袖衬衫。

"真遗憾，为什么竹美小姐没穿泳装呢？其他人不都穿着泳装吗？还有人穿相当火辣的比基尼。"

"别这么说。"拓实说道，"人总是会有各种情况的。"

时生一脸茫然的样子，似乎并不懂拓实话语的含义。

竹美点上烟，陷入沉思。拓实在地板上摊开报纸，目光投向日美经济摩擦的相关报道。

"那是我十五岁的时候。"竹美开口了，"当时同居的男人硬是让我去文的。和那种男人交往本身就是我的失败，那时还是太年轻气盛了。"

她吐出烟雾。时生仍旧一副不明所以的表情。

"十五六岁的时候，没有依靠，也没有工作，傍上个黑社会也是没办法呀。"

"你不是有母亲吗？怎么会没有依靠。"

"那时她在监狱里呢，因为伤害致死罪在服刑。"

拓实沉默下来。这是他怎么也没想到的话题。

"你是不是想问她杀了谁啊？我会告诉你的。她杀的是自己的丈夫，也就是说，我的母亲杀了我的父亲。"

"怎么会……"时生喃喃道。拓实咽了口唾沫。

"父亲当时已经处于半酒精中毒的状态了，也不怎么工作，每天晚上只知道喝酒。母亲一抱怨，他们就会吵架。有天晚上，两人吵得越来越激烈，最后母亲把他从公寓楼梯上推了下去。结果恰巧摔到了致命的位置，他就死了。"竹美摁灭了烟头。

"要是那样，应该会判缓刑吧。"时生冒出一句。

"我妈那个女人也不是省油的灯，他们夫妻俩其实很像。那时候她在做女招待，一喝醉就揍客人，经常因为伤害罪被起诉。虽然有酌情量刑的余地，但最后还是判她坐牢冷静一下。而且当时的律师也是个没什么干劲的男人。结果我就成了孤儿。说是什么伤害致死罪，但在世人看来就和杀人犯没区别，真是让我背上了个大包袱。"

"所以你就和黑社会的……"时生问道。

"哎，我也是自暴自弃。那个大叔都三十多岁了，不过很有钱，还让我去念高中，只是不能去泳池游泳。"说到这里，竹美解开衬衫扣子，露出右肩。看到文在那里的蔷薇花，时生轻轻地"啊"了一声。

"找了个十五岁的小姑娘,那个大叔高兴得很,可是忌妒心也重。为了让我听话,他就逼我文了这个。"

"你竟然能和他切断关系?"拓实说道。

"有一天他突然就不回来了。我正觉得奇怪,家里来了一帮年轻家伙,开始收拾东西。其中一个人告诉我,他死了。"

"被杀了吗?"拓实低语。

"大概吧。"竹美点点头,"后来又发生过很多事,生活一团糟,可也活到了今天。现在倒可以说是过得不错了,这全都是托杰西的福。"她冲杰西露出微笑。不知道杰西是否明白了竹美的话,不过他也报以笑容。

"真厉害啊。但是你看起来可不像那么辛苦的样子。"

"要是把辛苦都挂在脸上,就太凄惨了,而且还会控制不住地悲观起来。每个人都想出生在美好的家庭,可人没法自己选择父母,发给你什么牌,你就只能尽量打好它。"竹美看向拓实,"上小学时没学过英语又算什么,那种事就能改变人生吗?"

拓实低着头。看来竹美听到了刚才的对话。

"我从千鹤那里听说了很多,也觉得你确实可怜,但你手里的牌并没有那么糟。"竹美的语气比之前更加平稳。拓实没有回答,摩挲着胡子拉碴的下巴。

快到下午的时候,拓实和时生准备离开。

"等一下。"竹美说着钻进里屋,拿出一张照片,"你们拿着这个。"

照片上是竹美和千鹤,大概是一两年前拍的。千鹤比现在丰满一些,竹美则完全相反,比现在要瘦。

"有千鹤的照片更方便吧?"

竹美说得没错。拓实鞠了一躬，接过照片。

离开竹美家后，时生说："竹美小姐真是个厉害的人啊。"

拓实走出几步，嘟囔了一句："那种家伙懂什么……"

但是他的话只剩下空洞的回响。

23

两人搭乘电车在鹤桥站下车，烤肉的香气立刻飘入鼻腔。他们跟着传单上的地图前行。这条路虽然名叫站前大街，却有着小巷般的氛围。经营内脏烧烤生意的百龙就隐藏在鳞次栉比的住宅区中。

"斑比给我打电话了，说有奇怪的东京人要来，让我陪着你们聊聊。"

哲夫是个大块头男人。烫成波浪卷的头发乱糟糟的，但如果梳成飞机头或许会很合适。他穿着白色罩衣似的东西，脚踩木屐。

店里只有一个大吧台，没有客人，店员也只有哲夫一人。

拓实把竹美借给他的照片拿给哲夫看。

"小千鹤吧？嗯，前天晚上来过。"哲夫干脆地说。

"是和别人一起来的吗？"时生问。

"和一个男人一起来的。"

"什么样的男人？"拓实一个劲儿追问道。

"大概三十岁吧，或者更大一点儿。简而言之，就是一脸穷酸相，还一直战战兢兢的。"

"千鹤有没有说过现在住在哪里？"

"我们没怎么说话。我这边很忙，而且虽说是斑比的朋友，以前也就见过一次——这位小哥，不来点儿内脏吃吗？我给你算优惠价。"后面的话是对时生说的。

"不用了。"时生拒绝道。

拓实继续问："她没有让你帮忙介绍当铺吗？"

"当铺？怎么，小千鹤手头紧吗？"

"不，我也不太清楚。"

"她没让我介绍当铺，嗯……没说过那种话。"

"是吗……"

正当拓实觉得果然还是一无所获时，哲夫说道："不过，我看到了钱包里的东西。"

"钱包里的东西？"

"付钱的时候，那个男人打开了钱包。我瞥了一眼，里面有好多一万日元纸币。要是有那么多钱，按说不会去当铺吧。"

"有很多钱吗？那确实没个必要。"拓实自言自语般喃喃道。

"或者说……"哲夫拍了一下大腿，"是去了当铺之后过来的。在当铺拿到了钱，才来吃烤内脏换换心情。虽说烤内脏都是在没钱的时候吃的。"

"有这种可能。"时生看了看拓实，"如果是晚上来的，不可能吃完再去当铺。"

"说得也是。"

"这附近有当铺吗？"时生问哲夫。

"有啊，当铺可是哪儿都有。"哲夫说着往里走去，找到地图后一边展开一边走回来。那似乎是一份街区地图。"说到这一带，就是这家'荒川屋'了。哎？数量意外地少呢。"

"也不一定是去这附近的当铺吧？"拓实说。

"不，我觉得千鹤姐和那个男人大概都对大阪不太熟悉，所以才会跟竹美小姐打听哪里有当铺。但竹美小姐没给他们介绍，所以他们只能随便选一家。在那种情况下，与其在完全陌生的地方选，不如在多少有所了解的地方选更好。"

"这样啊。"

"总之我们只能去试试了。"时生向哲夫道谢，又拜托对方把地图借给他。

"可以啊，拿去吧。"

"非常感谢。"时生低头致谢，准备仔细地折好地图。可是折到一半，手却停住了。"哦……这里是生野区啊。"

"是啊。怎么了吗？"

"你知道一个叫高江的地方吗？生野区高江。"

"高江？好像听说过，又好像没有。你等等。"哲夫说着，再次消失在里屋。

"你这家伙，现在是问那种事的时候吗？"

"不就是顺便问问嘛。这总可以吧？我都陪你找千鹤姐了。"

哲夫回来了。他打开道路地图册，腋下还夹着另一本。

"好像没有那个地名。"

"我就说吧，是虚构的地名。找也没用。"

"等一下。你真是急性子。"

哲夫打开另一本道路地图册。这本相当古旧，每一页的边缘都已经翻卷变色。

"噢，有了！生野区高江。"

"哎，真的吗？"时生的神情亮了起来。

"几年前改过地名，就是在那时候消失的。"

"是吗，所以才找不到啊。"时生一脸抱歉地转向哲夫，"不好意思，可能有点儿难说出口，这个地图……"

"哦，我知道我知道，你拿走就好，反正这种老地图也没什么用。不过下次再来的时候，你可要吃点儿什么啊。"

"非常感谢。"时生低头致意。

走出店门，两人走向荒川屋。途中有家香烟店，一个男人正在使用那里的公用电话。从这个男人身旁走过后，时生歪着头说："好奇怪啊……"

"怎么了？"

"就是刚才在香烟店打电话的那个人，我总觉得在哪里见过。"

"香烟店？"拓实回过头，那里已经没有人了，"是错觉吧？这种地方怎么可能有你认识的人？"

"嗯，所以我才觉得奇怪。"过了好一会儿，时生仍是一副不太高兴的表情。

荒川屋是一家小当铺，入口两侧摆放着玻璃陈列柜，里面既有宝石、贵金属和钟表，也有全新的家电，还有乐器和日用杂货。

两人推开入口的门。正前方就是柜台，后面坐着一个白发男人，正在拨弄算盘。两人站到柜台前时，男人才第一次抬起脸，看起来已经年过六十岁。

"要当东西吗？"他淡淡地问道。

24

拓实把竹美借给他们的照片摆到店主面前。白发店主眼珠一转，抬头看着他。

"这是什么？"

"这个姑娘来过吗？就是这边的这个。"拓实指着千鹤的脸。

店主连看都没看，只是狐疑地来回看着拓实和时生。

"你们是什么人？看着不像警察。"

"我们在找人。她可能来过这家店。喂，你倒是看看照片啊。"

当铺的店主像把东西赶走一样，用手掌将照片推回。"我家不会牵扯这种麻烦事，你们回去吧。"

"你就看一眼不行吗？只要告诉我们她来没来过就行。"拓实的声音粗鲁起来。

店主摇了摇头。"来我这种店的客人，都不想让别人知道。我要是说了太多，就没有信用了。要是和什么案件相关,去找警察就好。和警察一起来的话，我也不是不能告诉你们。"

对方说得没错，但拓实无法就此退让。

"可能已经发生不得了的案件，而这个女人可能被卷进去了。

但是警察不都是那样吗？除非案件已经得到确认，否则是不会出手的。所以我们只能自己行动了。"

"你们干什么都好，但是请不要把我的店牵扯进去，会给我的工作招来麻烦的。请回吧。"这次，店主摆了摆手。

拓实拿过照片，递到对方面前。"你就看一眼吧，这个女人。前天她来过吧？"

"不知道。"店主扭开脸，推回照片，"没有其他事情就请回去，无论你怎么问，我都没法回答。"

就在这时，桌上的电话响了。店主立刻拿起听筒。"您好，这里是荒川屋……啊，您好。"店主满脸的皱纹悉数展开，和此前的冷脸截然不同，"这次又有什么？是又找到好古董了吗……哈哈，吉川英治的？……嗯，您要是能拿过来，我总能想办法的。我也认识懂旧书的人。啊，请您稍等，不好意思。"

店主用手遮住听筒，看着拓实他们，脸上连一丝笑意都没有残留。

"你们要待到什么时候？又不是客人，杵在这里真碍事！就不能赶紧走吗？"他做了个轰人的手势，随后再次把听筒放到耳边，"啊，不好意思……不是，没有客人，只有来乱逛的。"

看着店主堆笑的侧脸，拓实的血一瞬间涌遍全身。

"谁是乱逛的？你这个臭老头！"他毫无顾忌地朝柜台下方踹了一脚。

店主吊起了眼角。"闹什么闹？我叫警察了！"即使是在发怒，他也没有忘记用手遮住听筒。

"真有意思！你倒是叫给我看看啊！"

拓实正要越过柜台揪住店主，却被人从身后紧紧搂住了腰。是时生。"不行啊，拓实哥。"

"放开！"

"不行啊！"

拓实被时生拉扯着，拽到店外。

"放开我，你这混账！"

拓实的挣扎让两人一头摔倒在地上。路过的人们惊恐地看着他们。两人几乎同时站了起来。

"你适可而止吧！"时生怒吼道，"你就不能改改吗？就是因为你没耐性，才会把一切都搞砸的。现在好了，那家当铺什么都不会告诉我们了。你是自己堵住了自己的路，怎么就意识不到呢？"

"他那么说，怎么可能忍得了！"拓实迈开步子，也不知道是往哪里走。

"你去哪儿？"时生追在后面。

"我哪儿知道！"

"这附近没有其他当铺了，你明白吗？"

"真啰唆，我当然明白！"为了掩饰内心的尴尬，拓实大喊了一句，却完全无法决定接下来该怎么办。他不得不停下脚步，叹了口气。"没办法了，回那家伙那里吧。"

"那家伙？"时生皱起眉头，"你是说竹美小姐？"

"千鹤拜托过的就只有那个女人了，说不定什么时候会联系她的。"

"那可不好说。要是想联系，早就联系了，竹美小姐不是也说过了吗？"

"那还能有什么办法啊？"说到这里，拓实的目光停留在电话亭上。一个想法闪过，他立刻走过去打开门，拿过按照行业分类的电话簿。

"你想干什么？"

"你给我闭嘴！"拓实在电话簿上找到当铺，打开那一页，眉头却瞬间皱了起来，"可恶！怎么有这么多？"密密麻麻的当铺电话映入眼帘，拓实厌烦地吐出抱怨。

"你想在整个大阪的当铺中找？"

"废话！找到不就好了。"

"怎么找？明明什么线索都没有。"

"废话少说！从这附近开始找不就行了？这里是生野区吧？胜山南是在哪边？"他说出了在电话簿上随机看到的当铺。

"哎？包呢？"

"包？"拓实看向时生的双手，空空如也。随后他发现自己也是如此。"放哪儿了？"

"不知道啊，不是拓实哥你拿着吗？"

拓实瘪了瘪嘴，合上电话簿，走出电话亭，粗暴地关上了门。他立刻就明白了遗失背包的地方，很不情愿地开始沿来路往回走。

带着挨骂的心理准备，拓实打开了荒川屋的门。他已经下定决心，无论对方说什么，他都保持沉默，只要能把包拿走就好。

店主仍然在打电话。拓实料想对方必然会一脸厌恶地看向自己，但对方只是露出了稍显惊讶的表情。

"啊，那我再给您打电话……好的，那就这样。"挂断电话，店主瞟了一眼拓实。"是来找包的吧？"

拓实默默地点点头。用了多年的包就放在柜台一端。他不记得自己曾把包放在那里，大概是被店主移走的。

拓实双唇紧闭，拿过包，准备就此离开，但店主的声音却从他背后传来："你等一下。"

拓实回过头。店主戴上放在桌子上的眼镜，坐到椅子上，脸上并没有阴险可怕的神情。

"刚才的照片，给我看一眼。"

"什么意思？"

"行了，快给我看看。不是你想让我看的吗？"

拓实不明所以，但还是递出了照片。店主扶了扶眼镜，仔细地盯了片刻。

"嗯。"店主抬起脸，拍了两下后脑勺，"你带没带什么东西？"

"什么？"

"就像你看到的，我这里是当铺，收取抵押品，然后把钱借出去。另外，我也做收购业务。无论是哪种，如果能拿出什么可以换钱的东西，那你还就成了堂堂正正的客人。面对客人，我是不会那么不通融的。"

拓实没能立刻理解店主的意思，只是沉默不语。这时，时生从旁走了出来。

"那张照片里的女人来过这里吧？"

"谁知道呢？"店主露出狡猾的浅笑，刷地把照片推到了拓实面前。

"喂，怎么样？到底来没来过？"拓实气势汹汹。

"所以说啊……"店主故意慢慢地说，"如果对方是客人，我是不会那么不通融的。但若不是客人，我可就不会说那么多了。"

千鹤果然来过。这样的话，就要问出详情。简而言之，如果能在这里拿出什么值钱的东西，这个顽固的老头就会提供消息。虽然不知道他为什么会说出这样的话，但还是趁对方没有改变主意前促成这笔交易为妙。

"喂，有没有什么能抵押的东西？"拓实问时生。

"那种东西怎么可能有。"

"喊！真没用。"拓实脱下外套，放到柜台上。"这个怎么样？

可不是便宜货呢。"

对于这件肘部都要磨破的夹克衫，店主连看都没看一眼，只是挠着后脑勺嘟囔了一句："看来交易做不成咯。"

"你等等，我找一下。"

拓实把包放到柜台上，打开拉链，拿出里面的东西。脏毛巾、内衣、地图册、牙刷……

店主伸出手，拿起了那本漫画。漫画的名字是《空中教室》，作者是爪冢梦作男。微弱的光芒从店主的眼中闪过。

"是手工漫画书啊，还相当旧呢。你怎么会有这种东西？"

"别人给我的。"

"是吗？"店主唰啦唰啦翻着，"没听说过这个作者的名字，应该也没什么了不起的，不过有人专门收集这种东西，就是那种所谓的收藏家。好，我可以买这个。"

"那可不行。"时生并未面向店主，而是对拓实说道，"这可是重要的东西。"

拓实的视线却从时生移向店主。"你想出多少？"

"拓实哥！"

"这么多吧。"店主啪啪按了几下手边的计算器，将发光的显示屏冲向拓实，上面的数字是"3000"。

三千日元？这么破的手工漫画？两种想法在拓实脑海中交错：是赚到了，还是能要更多？

他的手指靠近计算器，按了几下按键。"这样呢？"

计算器上显示的数字变成了"5000"。

店主皱起眉头。"这位小哥，说句不好听的，这就是个涂鸦本，还不知道会不会有收藏家买呢。你觉得这种东西能值五千吗？而且你原本的目的也不是钱吧？就三千了，可以吗？"

对方斤斤计较的语气让拓实焦躁起来，他想赶快了结这件事。

"好，成交。你会告诉我那女人的事吧？"

"拓实哥，都说了不行！"时生从旁插了过来，想要抢走漫画，却被拓实拦下了。拓实揪住他的衣领，猛地一提。

"别没完没了的！那种东西，反正我也准备扔了。"

"你必须拿着。大叔，只有这本漫画请你放过，买点儿别的什么吧。"时生挣扎着想摆脱拓实的手。

"怎么办？那位小哥说不行。"店主慢悠悠地说道。

"你买走吧，我说可以就是可以——你这家伙，别给我碍事！"

拓实揪着时生的衣领，打开店门，猛地将他往外一推，然后快速关门上锁。时生砰砰地拍着玻璃门，拓实却视而不见，重新转向店主。

"我把碍事的人赶出去了，咱们赶紧完成交易吧。"

"你能先收拾一下吗？看见脏内裤什么的可真倒胃口。"

拓实收拾的工夫，店主拿出三张一千日元纸币，三张都是新票。拓实在收据上签上名字，然后推回给店主。

"那个姑娘……"店主摘掉老花镜，"是前天傍晚来的。她是第一次来，我记得很清楚。"

"她一个人吗？"

"进店的就她一个，但有个男人在外面等，就像那样。"店主朝门口努了努下巴。玻璃门的外侧，时生正一脸怨恨地看着拓实。

"是什么样的男人？三十岁左右的穷酸男人吗？"拓实一边回想哲夫的话一边问。

"是的，体型不算高大，明明都傍晚了，却戴着副雷朋墨镜。"

"雷朋吗……她拿来的是什么？"

"袖扣和领带夹，一共七件，货色相当不错，都是装在盒子里的新品，还附带保证书，感觉像是在国外买的礼物。"

果然是袖扣和领带夹，拓实想。

"是抵押吗？还是……"

"是收购，我出了这么多。"店主竖起一根手指。

"一万……不至于吧？"

"你是笨蛋吗？当然更高。"

根据哲夫的话，男人的钱包里装着不少一万日元纸币。要是装了十万日元，大概就会如此。

"她是东京口音吧？"

"是啊，和你一样。"

"你没问她要做什么或是住在哪里吗？"

"我为什么要问那种事？"

拓实咬住嘴唇。当铺的老头说得没错。

"但是……"店主狡黠一笑，"那孩子一定会再来。"

"为什么？"

"她确认了这里的营业时间，还问我都收什么东西。我告诉她这里基本什么都收，她显得很是满意。"

"她没说什么时候再来吗？"

"没有，所以也可能不会来。"

"我说大叔……"拓实两手撑在柜台上，"我有个请求。"

话还没说出口，店主就摆了摆手。"你要是让我看到她来了就通知你，我可不会答应。我这里做不到那个地步，也没那么闲。"

拓实咂了咂舌，但是没有让对方听到。他为自己的想法被看透而生气。

打开玻璃门，拓实来到店外，时生正蹲在窗前。他瞪着拓实站了起来。

"你想什么呢？你不知道那本漫画有多重要吗？"

"真啰唆。给我漫画的女人不是也说了吗，如果不需要的话扔了也行。"

"如果不需要，是吧？可是现在你需要啊。想要调查你的父亲，就需要那本漫画。"

看到时生准备再次进入当铺，拓实抓住了他的胳膊。"你想干什么？"

"我去拿回来，还用问吗？"

"行了，那本书是给我的，我想怎么处理就怎么处理，轮不到你插嘴。听到了吗？以后绝对别再提那本漫画，否则我揍扁你！"

拓实在时生面前握紧了拳头。时生立刻露出反抗的目光，哼了一声。"你倒是在杰西面前逞能啊！"

拓实吓了一跳，拳头松了下来。他放下手，深深地叹了口气。

"随便你好了。但我不想被你妨碍。"

时生面露悲伤，缓缓地摇了摇头。自己的想法无法传达的焦躁似乎让他绝望。看到那张面孔，拓实也无法再说什么。

他四下看了看，有一家小书店，于是向那里走去。

"你去哪儿？"

时生在身后问道，可是拓实没有回答，也没有停下。

书店的店面只有不到四米宽。拓实没有进去，而是拿起摆在外面的杂志，装成站在那里翻阅的样子。时生来到旁边，什么也没问，只是闹别扭般踢着地面。

"千鹤好像还会去那家店。"拓实看着杂志，下巴微微向当铺抬了抬。

"所以呢？"时生语气生硬地问道，"你要在这里监视？一整天？每天都来？肯定会被书店的大叔怀疑的。"

"那你说还能有什么办法？"

"可能没有吧。"时生说着离开了拓实，一步步越走越远。拓实慌忙追了上去。

"喂，你去哪儿？"

"我去散个步。"

"这种时候散什么步？"

时生猛一转身，正面直视着拓实，目光里明显透着怒意。拓实不禁向后一缩。

"有什么不行的。你随你的便，我随我的便，不是很好吗？这可是你说过的。"

拓实不知该如何回答。时生似乎从一开始就没有期待拓实有所回应，便再次迈开脚步。

这时，背后传来了拓实的声音："当铺六点关门，你六点前要回来啊！"

时生没有停下，只是轻轻抬了下左手。

25

正如时生所料，装成站在街边看书的样子进行监视并不简单。超过一个小时后，店里的大叔的确注意到了拓实。为了伪装，拓实读了一本又一本，但站着把店前的杂志打开从一侧开始按顺序读，可不是会让店里人高兴的事。拓实不禁想到，第二天就不能再用这个方法了。

要是有家带玻璃窗的咖啡厅就好了，但说到能吃喝的地方，就只有一家大阪烧店。就算坐进去，也看不见外面的样子。

两小时后，拓实自己也累了。他离开书店，慢悠悠地朝着当铺走去。走到门前时，他并没有停下，而是直接走过去了。他不时留意着后方，走出几十米远，又右转折回，再次走向当铺。就这样，他重复着走过当铺门前，然后前行几十米再折回的过程。如此走上三个来回后，他开始在意起别人的目光，双腿也僵硬起来。最终，他还是回到了那家书店外。

之后，他在自动售货机上买了果汁，又蹲在路边抽了会儿烟，想办法打发时间。这样的监视让他发现，当铺其实并没有那么多客人。在监视期间，进入荒川屋的只有一个看起来像家庭主妇的中年女性。

拓实正坐在电线杆旁边抽烟，一道影子出现在面前。抬头一看，是时生。拓实感觉自己得救了。

"你也太显眼了。"时生的声音毫无波澜。

"哎，是吗？"

"如果千鹤姐来到这附近，肯定会先注意到你，我敢打赌。"

"说这有什么用。"拓实挠挠头，无法反驳。

"算了，走吧。"

"走？去哪儿？"

"当铺。"

"还去啊。去干什么？"

"去把那个拿回来。"

"你又来了。适可而止吧。"

但是时生没有回应，迈开大步走向荒川屋。

一走进去，店主的脸色立刻阴沉下来。"怎么又是你们？"

"我想把那个买回来。"时生说，"给我开个价。"

"没头没脑的，什么意思啊？"店主似笑非笑地看着拓实。

拓实摇摇头，表示自己也不清楚。

"你给我报个价。我要出多少钱才能赎回来？"

"收购价是三千日元，你也听到了吧？"

时生看都不看拓实，对店主说："现在不是这个价了吧？"

店主挠了挠白头发，冷笑着靠在椅背上，抱着胳膊。"看来你已经知道了。"

"从一开始，你的目标就是那本漫画吧？我们把包忘在这里后，你擅自打开，发现了那个。"

"谁知道呢。就算是那样，把包落下也是你们的错。"店主脸上仍挂着冷笑。

"真狡猾。"时生瞪着这个刚步入老年的男人。

"喂，到底是怎么回事？我完全搞不懂了。"

"爪冢梦作男是个昭和三十年出道的漫画家，一共发表过五部作品，其中的代表作是《在空中飞的教室》。"时生说着看向拓实，"我想那本《空中教室》就是原型。"

"哦，调查得可真详细。"店主的话语中交织着佩服与嘲弄。

"没那么费劲。我去经手旧漫画的二手书店让人家一查，立刻就查到了。你也一样吧？给认识的做二手书生意的人打个电话，就能轻松确认爪冢梦作男的原画可以卖个好价钱。"

店主没有回答，用食指挠了挠脸颊。

"能卖个好价钱？那到底能卖多少？三千日元很便宜吗？"

时生露出悲哀的目光，摇了摇头。"完全不在一个层级上。"

"层级？"

"爪冢梦作男的作品数量很少，而且成名之前就从漫画界消失了，只有很少的狂热漫画迷想买。不过就是这很小的一部分人，把价格抬上去了。"时生走向柜台，"开个价，多少钱能赎回来？"

当铺的店主仍旧抱着双臂，摇了摇头，脸上的笑容已经消失。

"不好意思，不能赎回了。"

"为什么？"

"已经找到买家了，和中介也已经商量完毕，不可能再撤回。你们放弃吧。"

"可我们是原来的物主。"

"无论原来的物主是谁，现在那就是我们店的东西。卖给谁，怎么卖，都是我的自由。"

"可恶！太阴险了！"时生就像几个小时前的拓实一样，一脚踢向柜台。但是这次，店主并没有生气。

"要是有怨气，就撒给那边的小哥吧。只是我可告诉你们，别在这里打架，要打就到外面去。"

"你打算卖多少钱？我可以出更多。"时生说道。

"这不只是钱的问题，还关系到我的信用，我不能一物二卖。"

"你还有信用？！"

看到时生又想踢柜台，拓实阻止了他。

"别这样！算了吧。"

"算了怎么行？你什么都不懂。那本漫画是重要的线索，没了它就无法知道真相了。"

"管它什么真相！"拓实怒吼道。

时生眼睛圆睁，绷直了身体。

拓实像逮捕嫌疑人一样押着时生，转头看向店主。"你确实阴险，我都被你骗了。"

"你说什么都无所谓，这就是做生意。"

"我可是好好上了一课。但如果就这样了，不光我的同伴不答应，我也很不痛快。"

"你要说什么？"

"你卖掉那本漫画能赚不少吧？那样的话给我们些补偿也行。话说在前头，我可不是在说钱的问题。"

"哈哈。"店主鼓起腮帮子，"那张照片上的女孩要是来了，就通知你们，是这个意思吧？"

"别说你不愿意。"

"我倒是想说不愿意。"店主松开一直抱着的双臂，啪地一拍双腿，"我要联系哪里？"

拓实不知该如何回答。他们连今晚住在哪儿都还没有着落。

这时，时生从口袋里拿出了什么。看到那个东西，拓实也同意了。

"给这里打电话。"

时生拿出的是百龙的广告传单。

26

沾满酱汁的大盘子一下子就被运来十几个。拓实用手臂擦了擦脸颊上的汗水。他一个劲儿地洗，却怎么也洗不完。水池中的脏餐具堆成了山。

"你能再利索点儿吗？我们接下来正是最忙的时候，这点儿程度就累了怎么行。"哲夫在一旁说道。他头上缠着毛巾。

"我这不是在努力洗嘛。"

"只会努力的话，连小孩儿都能做到。时间就是金钱，你的手能给我再快点儿吗？不过你可要洗细致了，我家的客人品位高，大都十分爱干净呢。"

品位高又喜欢干净的客人怎么可能来这么脏的店——拓实忍住内心的话，拿着海绵的手一刻不停。他不能惹恼哲夫。

当铺的店主问及联系方式时，两人把百龙的传单交给了对方，这正是失误的源头。拜这一举动所赐，拓实和时生已经无法脱离百龙。当他们跟哲夫讲明了事情经过，表明他想在店里等待当铺店主的联系时，哲夫最初是拒绝的。

"电话是我家联络生意的重要工具，怎么能把它借给你们这种可疑的家伙？本来让不消费的人坐在这里就是个大麻烦。"

哲夫说得没错。于是拓实想了个办法，就是在等待电话期间帮助哲夫洗盘子。哲夫稍加考虑后说："那样也行吧。"

拓实与时生商量，决定两个人轮流来洗。这一天的中午由时生负责，在石头剪子布中获胜的他决定先洗。他的选择是正确的，中午来吃内脏烧烤的人很少。可自从拓实开始洗盘子后，客人就增加了。

拓实瞥了一眼墙上的时钟，还有十五分钟到六点。盘子洗到六点即可，之后再在这家店等电话是没有意义的，因为荒川屋六点就会关门。

前一天晚上，两人住在哲夫介绍的位于上六的商务酒店。说是酒店，其实只是房间之间有墙隔开、门上有锁的便宜旅馆。房间内没有床，必须要自己铺好霉味扑鼻的被褥，浴室和厕所自然也是公共的。即便如此，店家还满嘴都是"check in""check out"这类用语，实在滑稽，甚至让人觉得这是不是大阪人特有的时尚。

睡觉前，时生提到了那个叫爪冢梦作男的漫画家，不过并未多说什么。

"总之是个满身谜团的漫画家，只知道是大阪人，连真名都不清楚。不过要是去找东京的出版社调查一下，或许能查出什么。"

"我可没兴趣。"拓实倒在被褥上冷淡地说。他想表明自己并没有调查那种信息的意愿。

"我明天会去高江看看。"时生说。

"那个地方已经没有了吧。"

"只是改了名字，地方又不会消失。去了也许就会发现什么。"

"随便你。"拓实蒙上被子，背对时生。

正如前一天晚上所说，洗完盘子后，时生就出去了。拓实不知道他要在高江干什么。那本漫画既然已经出手，应该就没有任何可以称之为线索的东西了。

到了六点，哲夫走了过来。"好，辛苦了。"

"当铺好像没打电话过来啊？"拓实擦了擦手，把刚才卷起的衬衫袖子放了下来。

"没有。托这个的福，明天你们也能免费帮我洗盘子。"哲夫一脸讪笑。

"明天就变更联系方式，我要找个咖啡厅等。"

"不行不行，这一带的咖啡厅可不会放过那种一待就是好几个小时的客人。在这里边洗盘子边等就好，还能吃内脏。"

"都吃烦了。"拓实闻了闻自己衣服上的味道。

"烦了以后就会上瘾，这就是内脏。对了，有客人在等。"

"客人？找我的？"

"嗯，你去看看就知道了。"哲夫用大拇指指了指店内。

来到店里一看，上座率大概有一半。竹美和杰西正并排坐在角落里。看到拓实，她开心地挥了挥手。

"你们怎么来了？"拓实在他们身旁的空位坐下。

"一看就知道吧，上班前过来吃个饭。"

"你是想带着这股味道去店里吗？"

"要是在意这种事，在大阪就过不下去了。"竹美吐出一口烟。她似乎已经吃完了，杰西还在继续烤五花肉。

拓实发觉可能正是这家伙带来了那么多要洗的盘子，不禁怒上心头。

"我从哲夫那里听说了，你们好像找到了有关千鹤的线索。"

"算是吧。"

"你这个想法挺好嘛。让这里当你的联系地点，然后帮忙洗盘子，真是个合理的提议，我很佩服。"

"别戏弄我了。"

竹美摇了摇头。"我是说真的。无论做什么工作都会立刻嫌弃的你，为了千鹤能如此拼命。"

对面的杰西竖起大拇指，露出白牙一笑。

拓实别过脸去。"对我什么都不了解，还真敢说。"

就在这时，柜台上的电话响了。哲夫拿起听筒。拓实和竹美四目相对。

"请稍等。"哲夫看向拓实，默默地点了点头。

拓实冲了过去，接过听筒，压低声音说道："是我。"

"小哥吗？我是荒川屋的店主。现在那女孩过来了。"店主的声音很难听清，似乎是在避免被千鹤察觉。

"什么时候来的？"

"就是刚才，好像是故意在关门前来的。"

"和男人一起吗？"

"不清楚，她一个人进来的。"

"你把她留住。"

"这可办不到。你想要抓到她，就赶紧自己过来。我挂了。"

"等等！"

电话啪一声挂断了。

拓实放下听筒的时候，竹美和杰西已经站了起来。他们似乎想问电话的内容，但是拓实已经没有时间说明了。他飞奔出店门。

刚冲到路上，拓实就撞到了别人。对方似乎也十分着急，冲击力让拓实几乎摔倒。他站直了一看，时生正跌坐在地上。

"啊，拓实哥，正好。我找到了！"

"千鹤吗？"

"不是，是家。"

"家？说什么不明不白的话呢！"拓实跑了起来。

途中经过了好几个十字路口，可拓实根本没看任何信号灯，只是一个劲儿地奔跑。终于看到荒川屋的招牌了，他一下子松了口气，连跑步的劲儿都没有了。

就在这时，一个女人从店里走了出来。她穿着连帽运动衫和牛仔裤，戴着墨镜，毫无疑问就是千鹤。她似乎没有注意到拓实，朝反方向走去。

拓实想要喊她，却放弃了。他觉得千鹤很可能会逃跑，于是小跑着跟在她后面。

一辆黑色汽车迎面驶来。千鹤靠向路旁，准备躲开。看到千鹤想要回头，拓实立刻低下脸。

下一秒钟，一声惊叫从前方传来。拓实抬头一看，两个男人正把千鹤往车里推。他们都穿着黑色的西服。

"你们想干什么？！"拓实再次开始全力奔跑。可是他已经跑了一路，身上的力气所剩无几。再怎么着急，身体也难以前进。

两个男人将千鹤塞进车后座，猛地发动了车子，差点儿撞到拓实。转身躲避的瞬间，拓实的目光和千鹤的碰撞到了一起。不，千鹤戴着墨镜，所以看不到她的眼睛，但她的脸确实就冲着拓实，表情看起来十分惊讶。

就在车子要开上大路的时候，时生和骑着自行车的杰西出现了。杰西的车后座上坐着竹美。

"拦下那辆车！"拓实大吼。

杰西想骑着自行车挡在汽车前方，但汽车撞掉了自行车的前轮，随即驶上大路，轮胎发出刺啦作响的摩擦声。拓实看到了车牌，但那里贴着什么东西，挡住了上面的字。

当拓实来到大路上时，汽车已经不见踪影。被撞倒在地的杰西和竹美正在拍打衣服，竹美的手肘出血了。

"拓实哥，那些家伙是谁？"

"我怎么知道。千鹤从当铺出来后，他们就突然把她掳走了，可能也是在某个地方监视着当铺吧。"

"那就糟了，得赶紧把她救回来。"

"我知道，可是怎么才能知道那些家伙去哪里了呢？"拓实抓着头发。好不容易找到千鹤，事态却反而更糟糕了。焦躁和担忧让他坐立不安，接下来又该如何是好？

杰西活动着粗壮的胳膊，用英语叫喊着什么。

"他说什么呢？"拓实问竹美。

"他很生气，说这笔账一定要算，伤害了我宝贝的斑比，以为这样就没事了吗——没关系，杰西。Don't worry."

杰西检查了竹美的伤口，目露悲愤，又叫喊了几句。

"刚才开车的那个男人，就是昨天那个。"时生冒出一句。

"昨天那个？"

"去荒川屋的路上，我不是说我见过那个在打公用电话的男人吗？就是他，肯定没错。"

"你确定吗？"

"确定。在更久之前，我应该还见过他一次。是在哪儿呢？"时生咬住下唇。

"喂，那个家伙是不是你们说过的人？就是那个叫什么石原的男人，一直在找千鹤的。"

"我觉得应该是。不过那些家伙是怎么知道这里的？"

拓实抱起双臂的时候，时生突然用右拳打了一下左手。"我想起来了！是电梯！"

"电梯？"

"你看，去 BOMBA 的时候，我们不是坐电梯了吗？我们刚进去，就有个男人也进来了。就是他。"

"对，是有这么回事。"

拓实也隐约有印象。他记得那是个瘦弱的男人，但记不清长相了。

"那些家伙也去了那里吗？为什么他们总会出现在我们去的地方？"

时生不解地摇摇头。

这时，竹美开口了："很难认为这是偶然吧？要是那样，能想到的可能只有一个。"她先后指向拓实和时生，"你们应该是被跟踪了，从离开东京的时候开始。"

"我们？怎么会？"

"不，也许真是这样。"时生说道，"所以那时他才会慌慌张张地坐上电梯。如果只在楼外监视的话，就不可能知道我们进的是哪家店。"

"那他之后也一直在跟踪我们吗？我们在咖啡厅的时候，在 BOMBA 外面等着的时候，那些家伙都在某个地方监视我们吗？"

"只怕不止如此。我们跟踪竹美小姐的时候，他们也一直跟在后面。"

"这种混账事……"拓实想说"怎么可能"，却还是把这半句话吞进了肚子里。他想起了出租车司机的话——那辆车从刚才起就一直跟在后面，怕是和你一样，都在追那个女人……

"那是辆皇冠吧？"竹美问。

"嗯，我觉得像是。"

那就没错了。那个司机说的是对的。他们追在拓实二人身后，那天晚上恐怕也在监视竹美的公寓。拓实他们去百龙时，那些家伙也在尾随。

"可是那些家伙为什么会在这里？如果是在监视我们，那不应该待在百龙附近吗？为什么要监视当铺？"拓实没有针对某个人提问，只是喃喃自语。

"因为他们掌握了千鹤姐出现在当铺的消息，所以已经没必要再尾随我们了。"

"他们是怎么掌握的？是那个当铺的老头透露的？"

时生摇摇头。"只要昨天监视过我们就能明白。拓实哥一边装成在书店门前站着读书的样子，一边盯了当铺好几个小时。无论是谁，都能预想到千鹤姐会去那里。"

你也太显眼了——拓实想起昨天时生曾经这样指出。他沉浸在监视当铺的行动中，根本就没想过会有人监视他。

拓实握紧了右拳。他很想揍人，但这里没有合适的对象。他只能注视着自己落在沥青路面上的影子。

27

当铺的店主抬头看到突然闯入的四人组，惊得猛地向后一仰。

"哇，你们这帮人干吗？已经关门了，没看见外面的牌子吗？"

拓实走上前。"你跟其他家伙说她的事了？"

"又是你啊。事情已经办好了吧？我不是按照约好的给你打电话了吗？"

"她被其他家伙半路劫走了。"

"真可怜。但那和我无关，我联系过的人只有你。"

店主看起来没有撒谎。果然是因为那些家伙一直在监视。

"千鹤……她没告诉你联系方式之类的吗？"

"昨天我就说了，我怎么可能管客人一个个要联系方式？那样就没法做生意了。"

"是啊，那样小偷就不会把赃物拿来了。"竹美语带讽刺地说。

店主瞪了她一眼，随后似乎和杰西对上了目光，害怕地缩了缩脖子。

"她今天拿什么来了？还是领带夹吗？"时生问道。

"很多种类呢。"店主淡淡地说。

"你说清楚，她是来卖什么的？"拓实的身体探过柜台。

店主为难地回看了拓实一眼，不情不愿地从脚边拿起一个纸袋。"全部都在这里。"他把里面的东西一个接一个摆到柜台上，有手表、手包、墨镜、打火机等，确实有很多种。

"这个手表，是劳力士，而且是带盒子的新品。"竹美打开盒子，开始把手表往自己的手腕上戴，"买一块要花好几十万呢。"

"喂，别随便碰。"店主慌张地说。

"我也不太懂，不过看上去全都是高级货啊。今天你花了多少钱收的？"拓实一边扫视物品一边问。

"我不能告诉你具体的，但是比上次多。"

上次出了十万日元，那这次是二十万日元吗？

"这个手包是路易威登啊，妈妈很想要呢。平民可买不起。大叔，这都是正品？"竹美这次拿的是手包。

"是真货。一下子拿来这么多，我也很警惕。我说这位姐姐，你就饶了我吧，弄脏了可就全浪费了。"

拓实无法像竹美那样轻易伸手。每件物品都散发出上流社会的威严、风度与姿态，让他连触摸一下都十分犹豫。

"千鹤那家伙，为什么有这么多这种东西？"拓实嘟囔道。

"所以说是和她在一起的那个男人的。他们需要资金逃走，才卖掉的。"时生回答。

"男人会有这种包？而且全都是新品。这到底是怎么回事？"

"那个男人该不会是做走私生意的吧？"竹美说。

"走私？"

"就是把从不正当渠道买来的商品以低价卖出的家伙。"

"喂，你们能不能别胡说八道。不只物品，连店招牌都要被你们毁了。"店主的表情凶恶起来，"没别的事了吧？赶紧给我离开。这位姐姐也是，这个包你要抱到什么时候？还是说要买？"

"不就是看看嘛。嗯，不愧是路易威登，做工真精致。"

竹美无视提心吊胆的店主，打开手包，开始确认里面的样子。

"啊！"她从里面拿出一张纸，看了一眼便递给拓实，"找到线索了。"

那是一张小票，上面有"鹈鹕喫茶店"的字样，日期就是今天。

四人决定去坐出租车。按竹美说的，四个人搭乘电车的费用与出租车费差不多。拓实说他和时生两个人去就好，但竹美摇了摇头。

"千鹤都被掳走了，怎么能交给你们这些外地人？这可是争分夺秒的事。"

竹美给母亲打了电话，说今天可能无法去店里了。在陪着拓实他们一起寻找千鹤这件事上，她看起来是认真的。

有竹美在当然好，但是连杰西也一起行动，未免让人有些无奈。杰西太显眼了，拜他所赐，他们接连被两辆出租车拒载。坐在车里也很辛苦，负责指路的竹美坐在副驾驶席，这就意味着狭窄的后座必须要坐三个人。拓实和时生被挤得紧贴在门上。

"去中之岛。"竹美告诉司机。随后她借来道路地图，查找起印在小票上的地址。

"大概是在府立图书馆那边。"她得出结论。

出租车司机也帮忙寻找。当车子终于驶入相应的街道时，司机指向前方说："啊，是不是那个？"

鹈鹕形状的木招牌立在入口处的灯下。可是，那道光芒随即从他们的眼前熄灭了。出租车上的时钟正好显示八点整。

"糟了，要关门了。快点儿！"

竹美跳下车，时生和杰西紧随其后。最后剩下的拓实不得不留下来支付车费。

店门上已经挂出了"准备中"的牌子，但是拓实毫不在意地拉开了门。收银台就在眼前，一个穿着白色围裙的女子似乎正在算账。看到拓实，她睁圆了眼睛。

"不好意思，今天已经打烊了。"

"我知道，就是有点儿事情想问你们。"

女子闻言，不安的目光立刻投向店内。店内并不宽敞，摆着四张用圆木切割制作的桌子，然后是吧台。一切都是木制的，还摆放着不少观叶植物，这种装潢让人联想到亚洲的雨林。拓实看向墙上的饮品单，发现这里是红茶专卖店。

穿着白色衬衫的中年男性走了出来。他的鼻子下方留着胡须，和头发一样，都已经花白了。

"有什么事吗？"他语气平稳，周身散发着悉心冲泡红茶时，那种气定神闲的感觉。

"突然打扰很抱歉，我们在找人。这是这里的小票吧？"

这个像是店长的男人隔着一段距离看了看拓实递出的小纸片。

"嗯，是的。"

"这个姑娘今天是不是来过？"拓实又拿出了千鹤的照片。

收银台那里的女子从旁瞟着照片，她应该是这里的服务员。拓实注意到他们是一对父女，温柔的眉眼十分相似。

"这张照片……不是近期拍的吧？"

"没错没错。"

女子立刻点了点头。"是的，我看见她了。她说话时的重音和这边的人不一样，所以我有印象。我以为她是来旅行的。"

"她是一个人来的吗？"

"不……"

"和男人……和一位男士一起吧？"

女子微微一点头。

"大概几点？"

"应该是下午两点左右，点了锡兰肉桂茶。"

"他们俩坐在哪里？"

"就在那里。"女子指向的是靠窗边的一张桌子，桌旁的飘窗上装饰着鲜花。

拓实脑海中浮现出一对男女在那里相对而坐的样子。其中一方是千鹤。她是不是在笑呢？看起来是不是很幸福呢？

"你还记得他们说过什么话吗？"

"我们可不会听客人谈话。"女子一脸意外地摇了摇头。旁边的店长也不快地紧抿着嘴唇。

"哪怕一两句也行。"竹美从旁插话，"听到的几个词也可以。我们想找到照片上的姑娘。"

女子为难地考虑了片刻，开口道："他们住在哪里我也不知道，但我觉得应该不太远。"

"为什么？"拓实问。

"结账的时候，男方好像发现忘带钱包了。但他并不慌张，最后是女方代付的。如果是从很远的地方来，应该早就发现了。"

拓实看了看时生和竹美，两人都用目光表示认同。

28

"我们在寻找朋友。她一周前离家出走，完全没联系过我们。听别人说在这附近看到过她，所以我们正在挨个问这边的酒店。"

竹美向酒店前台服务员出示了自己和千鹤的照片，演技逼真地说出台词。梳着整齐偏分头的服务员似乎没有看穿她的谎言，认真地凝视着照片。

"哎呀，我们这里没有这样的客人入住。"服务员回答道，语气中带着几分同情，"我们这里的客人几乎都是来出差的，没有这样的年轻女士……"

"她应该是和男人在一起，是个三十出头的男人。"

"要是一对男女，印象应该会更深才对，但我不记得见过那样的。"服务员满脸疑惑。

竹美向对方道谢，走出酒店。这是一家位于淀屋桥站旁边的商务酒店。已经打听了四家，但仍然没有找到千鹤他们的踪迹。

"我觉得那个人说得没错。一对男女要是住进商务酒店，肯定会特别显眼。如果正在被人追踪，应该不会那么做。"

"难道是情人酒店吗？"拓实说。

"如果只有一天，倒是可能。可这两三天里他们恐怕都住在同一个地方，住情人酒店的话也太不方便了。"

竹美的推测听起来无懈可击。

"既不是商务酒店，也不是情人酒店……那到底是怎么回事？"

四个人沿着堂岛川前行。人行道各处都装点着花坛，对于散步来说再合适不过。即使过了晚上十点，也时常会和穿着运动服的人擦肩而过。

"拓实哥，后面就交给警察吧。"时生说，"千鹤姐被带走的样子怎么看都是绑架，是明明白白的犯罪行为。还是对警察实话实说，等待专业调查最好。"

"真啰唆，你给我闭嘴！"

"为什么要做到这个地步？到头来不就是个甩掉了你，跟其他男人远走高飞的女人吗？"

拓实停下脚步，一把揪住时生的前襟。时生丝毫没有畏怯，而是回瞪着他。拓实握紧了另一只拳头。

"别闹了。"竹美嫌弃地说完，瞥了一眼杰西。杰西立刻站到两人之间，拓实只能松开手。

"斑比小姐，你也跟这个人说点儿什么吧，让他别无休止地追在甩掉他的女人身后，看着真寒碜。"时生摩挲着脖子说。

"确实寒碜，一点儿都不潇洒。但是现在，还是让我当一阵子这个人的伙伴吧。救出千鹤是最重要的。"

"所以应该交给警察。"

"警察可不见得管用。"竹美挑起一侧的眉毛，"要是知道被带走的女人是酒吧女招待，他们立刻就会置之不理。总之，他们只会认为是黑社会带走了想逃跑的女人。要是等到警察行动起来，恐怕千鹤的尸体已经从大阪湾浮上来了。"

听到尸体一词，拓实立即看向了竹美，但竹美并不是在夸大其词。她目光锐利地点了点头。

"而且……"她继续道，"如果盲目搭上警方，事情可能会变得麻烦。在我们还不明白千鹤到底在做什么的时候，我不想声张。她说不定会被逮捕。"

"千鹤姐要是犯了罪，那被警察抓到就是她自作自受。就算她和斑比小姐你是再要好的朋友，都不应该帮她。"

"这么帅气的话应该放在小学的道德课上说。"竹美像是躲避时生一样扭过脸，走开了。杰西跟在后面。

"混账，要是不想再陪我们，就随你的便吧！"拓实对时生说。

"不是的，我没那么说，只是觉得这么冒险没有意义。反正你和她不会结婚，你的对象会是别的——"

时生还没说完，拓实的右手就挥了过来，只不过他不是出拳头，而是用手掌轻轻拍向时生的脸颊。但竹美还是闻声回过头说："我不是说了，别闹了。"

"你懂什么？你又算老几？诺查丹玛斯①吗？"

"我……我都知道的。"

"你就胡说吧。"拓实一转身，走向竹美他们。

时生小跑着追了上来。"我知道了。我会帮忙的，但希望你答应我一件事。等搞定千鹤姐的事，我希望你和我一起去一个地方。今天我找到家了，和那本漫画里描绘的风景完全一样，拓实哥，你出生的家就在那里。"

闻言，拓实停了下来。"你怎么知道那就是我家？"

"因为有活着的证人。"

---

① 法国籍犹太裔预言家。

"活着的证人？是谁？在哪里？"

"那个……我现在不能说，希望你们能直接见面。"

"真无聊。"拓实再次迈步。

"为了你的未来，你就听一听我的愿望吧！拜托了！"

"我知道了，真啰唆。等救回千鹤后，哪里我都跟你去。但是从今以后，你绝对不能再抱怨我的行动，不愿意的话就别跟着我。"

"OK，没问题，我也不是不想救千鹤姐，只是不希望拓实哥你做危险的事。"

"自己的女人被掳走了，还谈什么危险不危险的。"甩出这一句后，拓实才注意到"自己的女人"这一表达并不合适。但时生对此什么也没说，可能是已经开始遵守"不能抱怨"的约定了。

四个人默默地继续前行。没过多久，道路左侧出现了一幢带有欧式风格装饰的建筑，可以看到"大阪皇冠大酒店"的招牌。

最初停下脚步的是竹美。"这样啊……"

察觉到了她的心思，拓实哼了一声。"这是超豪华酒店吧？去过当铺的千鹤他们怎么可能住在这种地方。"

"不，我觉得就在这里。"竹美转向河道，指了指河对岸，"看，如果从这里出发，到刚才那家鹈鹕也很近，过了桥就是。"

"就凭这点儿根据吗？"

"还有一项——路易威登。"

"那个包怎么了？"

"鹈鹕的小票是从路易威登的包里找到的吧。也就是说，千鹤用过那个包。劳力士什么的都是新品，为什么只有包用过呢？理由就是她很在意外表。所以，千鹤住在一个必须注意外表的地方。"

"所以就是高级酒店……吗？"

竹美说得很有道理。拓实不得不点点头。

"我想你可能不知道，这种高级酒店里也会有高级餐厅。出入那种场合时，女人不仅要穿洋装，还得在首饰和手包上花心思。"

"我明白你的意思，但千鹤他们正被人追踪，住在这么有名的酒店里不危险吗？"

"那里正是盲点。追他们的人应该也没想到，他们就住在大阪最中心的一流酒店里。这应该是千鹤的主意吧，她可是有她的大胆之处的。"

"这里还不见得就是呢。"

四个人走近酒店。一辆出租车正要停到正门前，车门打开，一个胖男人下了车，身穿的灰色西服看起来做工精良。紧随其后下车的，是一个穿着浅粉色连衣裙的妇人，也胖得让人觉得她整天都在吃山珍海味。衣着夸张的门童恭恭敬敬地接过两人的行李，将两人带进酒店。

"那些门童连看都不看我们一眼。"拓实说。除了刚才那个，还有另外两个门童。

"他们肯定觉得正经客人是不会走路来的，而且我们的打扮也有问题。"

"说得也是。"拓实看着玻璃上映出的自己的穿着，表示赞同。

四个人穿过两道自动玻璃门，进入大堂。巨大的吊灯从天花板垂下，照亮了精心打理过的地板。四周亮如白昼，高雅的男女们正在谈笑风生。大堂深处的前台旁，刚才那对胖胖的夫妇正在办理入住手续，接待他们的前台服务员的动作如机械一般，没有任何多余的举动，一切都精准无误，大概很少犯错。前台桌子的角落里摆放着显示汇率的牌子。

"看那样子，在商务酒店时用的法子估计行不通了。"拓实小声说道。

"是啊，他们绝对不会轻易透露客人的信息，毕竟这个档次的酒店，信用是第一位呢。"

"怎么办？"

"嗯……"竹美抿住双唇，不知为何抬头看了看杰西。杰西看起来并不知道竹美是什么意思，眨了两三下眼睛。

"我不知道能不能顺利，要不要试一次？"

"你有什么好办法吗？"

"我都说了，也不知道好不好，不过确实有一试的价值。"

在一根粗粗的立柱背后，竹美说明了计划。大部分都是用英语说的，因为成败在于杰西。

"明白了吗，杰西？"竹美最后用日语确认道。

"OK，交给我。"杰西拍了拍胸脯。

拓实和时生把杰西夹在中间向前走去，竹美依旧藏在柱子背后。按照计划，她是不能露面的。

也许是因为时间已晚，前台现在没有客人，四个人走近用英文写着"接待处"的牌子。一个戴眼镜的服务员站在牌子后面，疑惑地看着拓实和时生。不知是不是因为中间有个黑人，他的眼中浮现出些许紧张。

"三位刚到达吗？"长着一张黄鼠狼面孔的服务员问拓实。

"不，不是的。其实他是从美国来的游客，说有日本的朋友就住在这家酒店，所以我们就带他来了。"

"哦……"服务员抬眼朝杰西一瞥，目光又回到拓实身上，"只要联络那位客人就可以了吗？"

"是的，但是他好像忘记朋友的名字了。"

"不知道名字？"

"是的。"千鹤他们肯定使用了假名，"但听他说有照片。Hey,

picture please."如此简单的一句英语，已经让拓实腋下冒汗。这是他高中毕业以来第一次说英语。

杰西拿出那张照片，指着千鹤说了句什么，应该是"这个姑娘"的意思。为了演出这一幕，竹美藏了起来。如果和千鹤同在照片上的她也出现在一旁的话，"不知道名字"这一点就讲不通了。

服务员拿过照片，只瞟了一眼就立刻放下了。"非常抱歉，只凭照片可能很难，毕竟我们这里的客人太多了。"

这是预想中的回答。于是拓实说出了商量好的台词："那请把这个情况告诉他。我们的英语不太好。"

"啊，好的。"

服务员开始和杰西交谈起来。真不愧是一流酒店的服务员，英语流利，拓实完全听不明白。

杰西回应了一句。他语气粗暴，服务员面露怯懦。

"喂，他说什么呢？"拓实问道。

"啊，他说好不容易从美国来一趟，难道想把他赶回去……"

"你冲他说'赶回去'之类的话了？"

"没有没有，怎么可能。我是想尽量说得礼貌些的……"

杰西又叫喊起来，一个劲儿抢着粗壮的胳膊。服务员说着什么，一脸拼上性命的表情。

"这次是什么？"拓实问。

"他说因为他是黑人，我才不告诉他的。我说没有那回事。"

"你能想办法帮他找到照片里的女人吗？"时生说。

"就算这么说，只凭照片也……我们这里的年轻女客人尤其多，而且这位女士是一个人住吗？没有和男士一起吗？"

"大概是和男人一起。"时生回答，"三十岁左右的。"

"那就更不清楚了。在那样的情况下，办理入住手续的大都是男士，我们很少与女士面对面。"

"请你这么告诉他。"拓实用大拇指指向杰西。

服务员开始手舞足蹈地进行说明，然而杰西不但没有冷静下来，还越来越愤怒，连大堂和休息处的客人也开始接二连三地看向这里。

"哎，真是没办法了，该怎么说明才好呢？"服务员不知所措。

"你到底跟他说了什么？"拓实问道。

"就和刚才说的一样，若是和男士在一起，是不太可能会和我们面对面的……"

"但他看起来很生气，火气比刚才还要大。"

"不知道哪句话得罪了他啊。"

杰西还在叫喊，甩动着双臂。差不多是时候了——拓实计算着时机。他咬紧牙关，向前迈出一步。按照设计的情景，杰西的手肘正好打中他的脸，他则会故意仰面倒下，制造骚动。但不知是因为时机不对，还是因为杰西演得太过投入，巨大的黑色拳头结结实实地击中了拓实的面部。拓实的意识瞬间飞到了九霄云外，等他清醒过来时，人已经在地板上躺成了"大"字形。有人正在啪啪地拍打他的脸颊，是时生。四周已经围满了人，长着黄鼠狼面孔的服务员惊慌失措。

慌乱的门童们聚集过来，抬起拓实。杰西仍在大声说着什么，随后便有一个酒店管理者模样的人过来跟他谈话。杰西这才老实下来，跟在拓实后面。

结果，三人被带到了前台后方的办公室，接待他们的是跟杰西搭话的头发灰白的管理者，看起来非常老到。

"您的伤已经没事了吗？"他问拓实。

"嗯，请不必在意。"拓实用湿毛巾按着右眼回答道。

"是我们的员工说明得太不清楚，惹恼了从国外前来的客人。听说是在找一位女士？"

"是这位女士。"时生拿出照片，"这好像是两三年前的照片了。"

"哦，那有没有其他特征呢？如果知道和她在一起的那位男士的情况也可以。"

"好像年过三十，身材瘦小。"拓实试着说出了从百龙的哲夫那里听到的信息。

灰白头发的管理者歪头思索。"仅凭这点的话……"

"他还说，他们不只在今天住宿，昨天，还有前天应该也住在这里。"

"也就是连住三晚，这样也许能缩小范围。"

"也可能时间更长。"

"好的，请稍等。"

过了几分钟，管理者回来了，手里拿着一张纸。"连住三晚以上且是两人入住的，只有两组客人。"

"能给我们看看吗？"

拓实伸出手，对方却刷地收回了资料。

"非常抱歉，这上面有客人的个人信息。"

"按照他说的……"时生瞥了一眼杰西，"那位朋友应该是从东京来的。"

"哦。"管理者的目光落在资料上，"两组客人都一样，在住宿登记卡上署名的那位都住在东京。"

真是最坏的结果，拓实忍住咂舌的冲动。

"只是……"管理者说，"其中的一对夫妇，恐怕不是各位正在寻找的人，那位男士已经六十五岁了。"

"另一对的男士呢？"时生探身向前。

灰白头发的管理者犹豫片刻后答道："是三十三岁。"

拓实和时生四目相对。年龄是相符的。

"那里没有写女士的名字吗？"时生问。

"嗯，只有男士的名字，姓宫本。"

"宫本？"拓实起身从管理者手中抢过资料。

"您这样我很为难！"管理者小声惊呼道。

那是住宿登记卡的复印件，名字一栏写着"宫本鹤男"。字迹很熟悉，无疑是千鹤写的。是她办理的入住手续。

将房间号码记在脑中，用目光向时生示意后，拓实把资料还给管理者。"抱歉，看起来不是在这家酒店。"

"是吗？"管理者明显松了口气，"那这位先生能接受吗？"他看向杰西。

"我们会让他接受的。给你们添麻烦了。"拓实拍了两下杰西的肩膀，站了起来。时生也站起身，最后慢吞吞起身的是杰西。

"谢谢。"杰西用带着大阪口音的日语说道。

留下哑口无言的管理者，三个人走出了办公室。

29

一回到大堂，竹美立刻快步走了过来。"看你们的表情，似乎很顺利呀。"

"圆满完成任务。一二一五号房间，肯定没错。千鹤果然在这里，你真是厉害。"

"哎？你也会表扬人哪。"竹美意外地睁圆了眼睛。

"杰西的演技发挥了作用。"时生称赞道，"能得奥斯卡奖。"

"很棒啊，杰西！"

杰西咻咻地笑着："请给我奥斯卡奖。"

四个人坐上电梯，来到十二层。走廊里铺着厚重的茶色地毯。他们一边看房间号码一边走，托地毯的福，脚步声完全被消除了。

来到一二一五号房间门前，从这里开始，就该竹美登场了。另外三人分散到房门两侧，身体紧紧贴住墙壁。

竹美敲了敲门，没人回应。正当她想着冈部是否正好外出时，开锁的咔嚓声响起，门开了。

"来了。"是个男人的声音。防盗链依旧挂着，门只开了一道十厘米左右的缝。

竹美就站在那道缝前面。

"今晚突然打扰，实在抱歉。我是坂田竹美。"

"坂田？"

"是的，我是千鹤的朋友。你没从千鹤那里听说过吗？她来到大阪的那天，我们见过一面。"

"你是在宗右卫门町开酒吧的那位？"

"是的，没错。"

"哦。"男人声音中的警惕感消失了，"是千鹤告诉你这里的吗？"

"说来话长。"竹美含糊地说道，"其实是我有事想说。千鹤还没回来吗？那……"

"啊……请稍等。"

门关上了，随即响起了取下防盗链的声音。竹美瞟了拓实他们一眼。拓实点点头，抓住门把手。

门被推开的同时，拓实猛地一拉，男人惊呼一声，朝门外打了个趔趄。拓实随即推着男人进了屋，竹美和时生他们紧随其后。

"啊！你们是什么人！"男人尖声喊叫到。他又瘦又矮，苍白的脸颊有些憔悴。尽管如此，金边眼镜后的一双眼睛还是虚张声势般瞪着他们。

"你是冈部？"拓实问。

"你们是谁？你们是什么人？"男人看向竹美。

"不用担心，我们不是敌人。"

"我再问一遍，你是冈部？"

男人看了拓实一眼，僵硬地点了点头，苍白的脸颊上带着一抹红晕。

想揍对方一顿的冲动在拓实心中翻腾。就是这个男人夺走了千鹤。这么一个穷酸的小个子男人，在这张双人床上拥抱着千鹤……

"拓实。"竹美仿佛看穿了他的想法，"别乱来，现在不是冲这个人发火的时候。"

拓实看向她。别乱来——竹美用目光这样说着。拓实咬紧牙关，右手用力推了一把冈部的胸口。冈部呻吟了一声，倒在床上。

"你干吗？"

"真啰唆！我不知道发生了什么，但你竟然把千鹤卷了进去。"

冈部一脸不明所以的样子，求助般抬头望向竹美。

"千鹤今晚不会回来了，被那些家伙带走了。"

"什么？"冈部睁大了眼睛，"被那些家伙找到了？"

"从当铺出来时被掳走了。我们想救她，但晚了一步。"

"他们怎么会知道那里……"冈部一头雾水。

因为我们被人跟踪了——拓实没能说出口。

"你刚才说自己是千鹤的朋友，是假的吧？"冈部问竹美。

"不是假的。我坂田竹美，真真正正，是千鹤的朋友。"

"那这个人呢？"

"这个嘛，我也不太了解，但好像是千鹤的男朋友呢。"

冈部胆怯地转向拓实。"那就是浅草的……"

"看来千鹤告诉过你。"

"她只说过曾经有那样的男朋友，但已经分手了……"

"我可没记得我们分手了。"话音落下，拓实才察觉到自己说了句很是凄凉的台词。他黯然神伤地低下了头。

"拓实哥，看这个。"时生招呼道。他正在查看靠在墙边的巨大行李箱，里面放着大大小小各种盒子。"都是手表和首饰之类的，好像全是新品。"

"那是什么？"拓实问冈部，"把千鹤掳走的家伙是什么人？"

"和你们无关，是大人物之间的事。"冈部扭过脸。

"你这混账，以为自己高人一等吗？那你为什么把千鹤卷进来？"拓实揪住了冈部 POLO 衫的领口。

"冷静点儿！"竹美将两人分开，"冈部先生，那些家伙还没有联系过你吗？"

"没有。"

"也就是说，千鹤还没有交代出这个地方。冈部先生，到底是怎么回事？"竹美继续对沉默的冈部说，"千鹤被抓已经超过四个小时了。在这期间，为了问出你在哪里，他们应该对她采取了很多手段。但那边没有联系你，说明千鹤还在坚持，想要保护你。这样你还打算装作什么都不知道吗？你还算是个男人吗？"

冈部别过脸去，面色发青。

但是，拓实受到的伤害也许比冈部还深。一想到千鹤正在经受的折磨，他的身体就颤抖不已。而且千鹤是为了保护这个小个子男人，这一事实让拓实备受打击。

30

拓实在狭小的房间内来回踱步，不时发出呻吟或低吼。时生抱膝倚墙而坐，冈部龙夫跪坐在他前方。竹美盘腿坐在床上，杰西躺在她身边。时间已过午夜零点，但谁都没有要回去的意思，更不打算睡觉。

"真烦人，别像动物园里的熊那样转来转去的。"竹美用手指夹着香烟说道。她的目光投向电视，那里正在播放深夜电影，看上去是一部很老的黑白片。

"都这种时候了，你还真能悠闲地看电视啊。"

"像你那样乱转也不能解决问题吧？还是说你有什么办法？没有吧？我们只能等对方来找。"

"只要千鹤不说，那些家伙就找不到这里。"

"千鹤会说的。无论再怎么忍耐，也是有极限的，她不可能挨到天亮。"竹美的语气与其说是平静，不如说是冷酷和透彻。

拓实没有回应她的话，而是抓住冈部的肩膀。"你这混账，差不多该交代了吧？为什么要带上千鹤？那些家伙的目的是什么？为什么要追你们？"

"我不是说了很多遍吗？原本和千鹤无关。我因为工作上的麻烦，需要在大阪躲一阵子，就把她带来了。就是如此。"

冈部是因为光顾堇而渐渐和千鹤熟悉起来的。他们一起吃了几次饭，冈部开始被千鹤吸引，想要认真交往。就在这时，工作上的麻烦发生了。

关于一起来大阪的事，千鹤最初说要考虑一下。两三天后，千鹤给出了回复，表示可以同行。在新干线里，千鹤坦白自己曾经有男朋友，但已经决定和他分手。她没有说出具体的理由，冈部也没有再问。

"所以说那个麻烦是什么？你这混账是干什么的？"

一涉及这个问题，冈部就闭口不言，连自己的名字都不说。拓实他们翻找了他的随身物品，终于发现了驾照。但仅凭一张驾照，只能让他们知道冈部龙夫这个名字，以及他的住址、籍贯、生日和取得驾照的时间。他似乎已经把名片都处理掉了，一张都没有。

"千鹤正在遭受什么，你明白吗？"拓实怒吼道。

"我很心痛。但怎么做才好？我也不知道她被带到哪里去了。"

"掳走千鹤的那些家伙到底是什么人，你倒是说啊！只要知道了身份，就算他们有藏身处，或许也能找到。"

冈部摇摇头，额头上泛着油光。"就算知道了，对你们也没有任何好处。对方不是普通人，也没有固定的藏身处，这和黑帮电影可不一样。"

"你怎么说得这么悠闲！"拓实揪住冈部的领口提了起来。冈部皱起眉头。

"拓实哥！"时生喊了一声，从背后抓住拓实的双肩，"就算揍这家伙也没用，还是不会让千鹤姐回来。"

"我就想消消气，你就让我揍吧！"

"我都说了不行！"时生绕到拓实身前，"这也太没风度了吧。千鹤姐是自愿跟着这个人的。"

"那只不过是这家伙自说自话。"

"千鹤姐不是留下便条了吗？上面的内容和这个人说的不矛盾。"

拓实瞪了时生一眼，松开了手，目光扫过屋内的所有人。

"我知道了。这家伙既然什么都不说，那我也有我的办法。"

"你想怎么办？"竹美回以锐利的目光。

拓实翻了翻夹克衫的口袋，找出一张便条，上面写着一串号码。他看着时生说道："这是石原裕次郎的电话号码。"

"你想联系石原？"时生瞪大了眼睛。

"不是联系，是做个交易。"

"对方可是专业的，咱们主动去接触不太妙。那些家伙还不知道我们找到了冈部。如果他们从千鹤嘴里问出来，肯定会想利用千鹤叫出冈部，到时候就是机会。"

"我不管什么专业不专业，磨磨蹭蹭可不是我的性格。我会按我的方式去做，你们别拦我。要想拦，就给我立刻拿出能找到千鹤的办法来。"拓实用手指依次指向竹美、时生、杰西和冈部。

"我知道了。这也是个方法，我同意。不过在那之前，我们最好推敲一下细节。"竹美告诫道。

"一个个都这么啰唆。我不是说了吗？照我的方法做，别多嘴。"拓实走近床头柜，拿起电话听筒。

"拓实哥！"

时生想要阻拦，却被竹美制止了。"不要紧，反正这里暴露只是时间问题，就让这个男人随性发挥吧，碰碰运气。"

拓实一边听着她的话，一边按下了电话号码。

电话接通了。"喂！"对方语气粗鲁，是个年轻男人的声音。

连拓实也能听出这人不是石原。

"石原在吗？"

拓实的声音也很年轻。对方似乎察觉到了这一点，恐吓道："你谁啊？"

"不用管我是谁。我想和石原通话。"

"没有名字吗？上面吩咐了，没有必要和来路不明的家伙通话。我挂了。"

对方似乎真的要挂断电话。"等等。"拓实说，"我是宫本。"

"哪里的？叫宫本的一扫一大堆呢。"

"浅草的宫本，宫本拓实。你这么转告他，他就明白了。"

"宫本啊，知道了，我会转达的。你的电话号码是多少？"

"我现在就想和他通话。"

"你在开玩笑吧？也不看看现在几点了。我这边会打给你的，号码告诉我。"

"我有重要的事。石原说过，关于这件事，什么时候都可以联系他，并且告诉了我这个电话号码。别废话了，你赶紧让石原接电话。他应该还没睡吧？你要是不老实传达，可是会被他揍的。"

对方停顿了几秒。"是什么事？我要先去转达。"

"是冈部的事。你只要这么说，石原应该就会明白。"

对方再次陷入了短暂的沉默，似乎在思考冈部这个姓。

"你别挂。"没过一会儿，他说道。

拓实捂住听筒，做了个深呼吸。腋下已满是汗水。时生紧张地注视着他。竹美拿过酒店的便笺，正在思考什么。

电话另一端传来有人接听的动静。

"已经联系好了，现在就帮你接通。"话音过后，传来物体轻轻撞击的响动，随后又是接电话的年轻人的声音，"好了，能说了。"

"喂？"拓实试着开口。

"宫本先生吗？好久没联系了啊。"熟悉的声音传来，只是音量有点儿小。

"是石原吧？"

"是啊。不好意思，你能再大点儿声吗？现在是把两个听筒放在一起接听的。我不在东京。"

"我知道。"拓实说，"你在大阪吧？"

嗤笑声响起。"这可真是奇妙。双方都在大阪，却特意往东京打电话，还要用听筒传声。"

"跟踪我们很累吧。毕竟我们还去了一趟名古屋。"

"我手下的年轻伙计还抱怨，说真是服了你们，没想到还会去和果子店。"

"那家和果子店和千鹤无关，也和冈部没关系。"

"我知道。那么，关于冈部的事……"

"是你们掳走了千鹤吧？"

"我在说冈部。"

"不是一样吗？千鹤没事吧？要是不能确定这一点，话可就没法继续了。"

石原的回应并没有立刻传来。拓实以为他在沉默，却并非如此。仔细一听，对方正在低声嗤笑。

"这位小哥，你竟然还这么在意，也太奇怪了。那女人不是已经投向别人的怀抱了吗？她的安危已经和你无关了吧？"

"回答我！千鹤没事吧？"

"那你要先回答我，关于冈部的事。"

拓实吐了口气。他想让对方先说，却无计可施。

"我找到冈部了，现在他就在我旁边。我正在监视他，以防他逃走。"

"嗨！"电话那端的声音到这里就消失了。这次是真正的沉默，石原似乎正在思考什么。不一会儿，他说道："如果确实是冈部，那真是了不起。"

"是真的，身高刚过一米六，干干瘦瘦，脸色苍白，戴着金边眼镜，像个书呆子。驾照上写的住址是——"拓实读了一遍，"怎么样，你认为是假的吗？"

"怎么听都像是真的啊。"

"这次该你回答了，你没对千鹤做什么奇怪的事吧？"

"这个嘛，我可不太清楚，毕竟我把那女人交给年轻手下了。"

拓实的胸口一阵刺痛，千鹤因痛苦而表情扭曲的模样浮现在他眼前。

"你给我告诉那些年轻家伙，再怎么伤害千鹤都没用。接下来我们会带走冈部，就算你们顺利撬开了千鹤的嘴，来到这里，冈部也已经不在了。"

"嗯，所以呢？"

"我想做个交易，交换冈部和千鹤。你们的目标是冈部吧？这应该是个不坏的提议。"

石原冷哼一声。"确实不坏。"

"那就成交？"

"好啊，速战速决，现在我们就把那女人带过去。"

"事可不能这么办。要是一告诉你们地点，你们就会开始行动，那我们可招架不住。在其他地方交换吧。"

"这么不信任我们啊。算了，也行。那你说去哪儿？"

"这个……"

拓实正在琢磨，一旁的竹美在便笺上写了几个字递给他看——

"道顿堀那儿的戎桥上"。拓实皱起眉头。道顿堀？在那么热闹的地方？但是竹美却自信满满地点了点头。于是拓实心一横。

"去道顿堀。你把千鹤带到那个巨大的格力高广告牌旁边的桥上，我也会带冈部去，就在桥上交换怎么样？"

"道顿堀啊，我明白了。"石原似乎正在苦笑，"那时间呢？"

"时间……"拓实看向旁边的竹美。竹美在便笺上写下了"明天早上九点"。

拓实盯着那几个字，一言不发。

"喂，怎么了？"石原催促道，"几点？喂，小哥，听不见吗？"

"听得见。"

"怎么了？到底几点？"

"一个小时后。"拓实回答。他能感觉到竹美张大了嘴。

"一小时后在道顿堀，我知道了，到时候见。"

确认对方已经挂断，拓实也放下了听筒。

"我说你，到底想干什么？"果然，竹美质问道。

"怎么了？"

"你以为我指定戎桥是为了什么？只要周围人多，那些家伙就没法乱来。我就是瞄准了这点，你改成深夜不就没意义了吗？"

"那还要等九个小时啊，你也替千鹤想想！"

"我也担心千鹤。就是为了这点，我们才一定要让交易成功，不是吗？所以要选尽量安全的时间段。既然可以交换冈部，那些家伙就不会再伤害千鹤。"

"哪儿来那么多废话，我都说了，我要按自己的方式来。"拓实从捏扁了的烟盒里抽出一根烟叼上，拿起酒店提供的火柴。但是火柴怎么也擦不亮，试了三次才好不容易成功。

"你觉得那些家伙会那么干脆地还回千鹤吗？"冈部开口了。

拓实瞪着这个戴金边眼镜的瘦弱男人，似乎在问"你这是什么意思"。

"那些家伙可没那么单纯。"

"要是能拿你交换，他们也不得不放人吧。"

冈部摇了摇头。"他们当然想把我抢过去，但不一定愿意交还千鹤，因为他们可能会认为千鹤已经知道了秘密，也是相关的人。"

"啰唆什么呢！"拓实朝着冈部的胸口踹了一脚，"是你把千鹤卷进来的吧？我不知道你是搞砸了什么才逃走的，但是都到了那个地步，你竟然还劝女人和你一起走。"

倒下的冈部捂着被踢到的地方支起身体，重新戴好眼镜。"确实是我轻率了，但是我想找一个心灵的支撑。"

"开什么玩笑！什么心灵的支撑？别胡说八道了。"

拓实想再踢一脚，但时生站到了冈部身前。拓实心神不定地抽了口烟，然后把烟蒂按灭在烟灰缸中，走向门口。

"你去哪里？"竹美问。

"去外面，马上就回来。"

"最多十分钟。"

拓实并没有回答，径直离开了房间。他沿着走廊来到电梯前，按下电梯的上行按钮。不一会儿，时生从后面追上来了。又是这家伙，拓实想。

"你要去哪里？"

"我不是说了去外面吗？"

"那必须下行。"时生按动了下行按钮。

"我不去下面。我要去楼顶。"

"楼顶？那可不行。这种酒店去不了楼顶。"

"为什么？"

"能去楼顶的只有大人物。"

下行的电梯先到了。时生走了进去，对拓实招了招手。拓实虽然不愿意，还是进去了。

"真让人不爽。"

"什么？"

"连这种地方也算计着把人分成三六九等。穷人都给我到下面去，有钱人才能上到顶层，对吧？"拓实用大拇指的指尖指向地面，又指指天花板。

时生只是缩了缩肩膀，什么也没说。

走出酒店，跨过面前的道路，眼前就是堂岛川。左右可以看到巨大的桥梁，风中略带着湿气。

"喂，你怎么想？千鹤为什么要跟那人走？那种垂头丧气的混账到底有什么好的？"拓实问时生。

"这……"时生歪头思索。

"我啊，觉得她到头来还是选择了那种东西，就是所谓安定或是前途之类的。你看到冈部手头的东西了吧？西服也看见了吧？都是高级货。那个人怎么看都是个精英。千鹤应该是经过了各种计算，觉得还是跟着那种男人更合适。无论说什么，这个世界看的就是学历和出身，出生在好地方的少爷就会遇到好事。"

时生长叹了一口气。"你又来这一套。竹美小姐不是已经说过了吗？拓实哥你手里的牌并没有那么糟。"

"那家伙又不了解我。"

"你差不多该丢掉这种无谓的固执了吧？要是那么纠结，去调查一下自己是怎么被生下来的不就好了？这次的事情处理好后，就和我一起去你出生的那个家看看。"

"又是这件事，论固执你也不差。"

"说定了。"时生的目光中带着平时没有的认真。

拓实挠了挠后脑勺，轻轻一点头。说实话，他现在并没有余力思考那件事，只是这个来历不明的年轻人的话语中确实有种能触动他内心的东西。

"差不多该回去了。"时生率先调头。

"喂。"拓实朝他的背后说道，"你就跟我坦白吧。"

时生停下脚步回过身。"坦白？坦白什么？"

"你到底是什么人？真的是远房亲戚？不会是在骗我吧？"

时生的目光有一瞬间飘向了远方，神情中失去了往日的柔和。他直直地注视着拓实。

"正如你所料。我不是你的什么亲戚。"

"果然如此。那你到底是——"

"我啊……"时生露出真挚的目光，"是你的儿子，宫本拓实先生。我来自未来。"

31

"再过若干年，你会结婚生子，生下一个儿子。你给那个孩子取名叫时生，'生在时间中'的'时生'。那个孩子十七岁时，由于某个原因回到了过去。那就是我。"

面对目瞪口呆的拓实，时生语气平淡地继续讲述。

"其实，我现在的样子是借来的，借用了某个生在这个时代的人的身体。我也不知道为什么会变成这样，再怎么琢磨可能也没用。而且我有一件必须要做的事，就是和你见面。线索是花屋敷，仅此一项。但那已经足够，毕竟真的见到你了。所谓命运，还真是完美呢。"

一口气说完，时生终于露出了笑容，他似乎对拓实的反应饶有兴趣。

拓实呆住了。要是平时，这么愚蠢的话绝对不会入他的耳，但现在他却在不知不觉间听进去了。不，不仅是内容，讲述这些内容的时生的表情同样吸引了他。

回过神来，拓实猛地咽了下嘴。

"都这种时候了，还说那些无聊的话干吗？难道有人命令你讲那些梦话吗？"

时生笑着挠了挠头。"你果然不可能相信。"

"当然了，就算是小学生也不会觉得有意思。"

"那就没办法了，还是只能当远房亲戚了。"时生指了指酒店，"回房间吧。"

两个人刚回到房间，竹美就歇斯底里地喊了起来。要完成这类交易，理论上应该提前到达现场，确认周围的状况。

"那种事我也明白，别唠唠叨叨的。"

"丑话说在前头，要是错过这次机会，也许就救不回千鹤了。"

"我都说了我明白！真啰唆！"拓实拽住冈部的胳膊，"来，走吧，快站起来！"

冈部在众人的包围下走出酒店。拓实和竹美把冈部夹在中间，三人坐进一辆出租车，向道顿堀驶去。时生和杰西则搭上了另一辆。

"为防万一，话先说好了，就算交易很顺利，你们也要小心点儿。那些家伙肯定怀疑你们已经从我这里问出了情况。"

"什么情况？是你说的工作上的麻烦？"

"算是吧。"

"我们问出情况了又能怎样？对我们一分好处都没有。"

"这世上可是有好多不能让普通人知道的情况呢。"

"难道你不是普通人？"

"我是……"冈部用食指推了推眼镜，"我们是棋子，将棋的棋子。你们接下来将要见到的也是棋子。我们连普通人都不是。"

冈部苍白的脸上又蒙上一层青色。

出租车沿御堂筋大道南下。到了心斋桥，竹美让司机停车。

"道顿堀不是在更前面吗？"

"不用，就到这里。来，下车。"

三个人站到路边，跟在后面的出租车也停了下来，时生和杰西下了车。

"我觉得就像这个人说的，"竹美看着冈部，"那些家伙不会那么简单地还回千鹤，至少不会把千鹤带到桥那里。"

"那该怎么办？"

"我们也用同样的手法。一开始去交易场所的只有我和拓实，时生和杰西带着冈部一起在别的地方等着。"

"别的地方？你的店里吗？"

竹美摇摇头。"对方知道我的店。我有朋友在这附近的酒吧工作，那里比较合适。"

"OK，就那么办。"

能认识竹美真是太好了——拓实再次想道。如果没有她，类似作战计划的东西恐怕他一个都想不出。当然，依照目前的心境，感谢的话语是说不出口的。

竹美用英语对杰西说了句什么，大概是让他们在那家酒吧等待。杰西和时生相视点了点头，带着冈部走了。

"那孩子真奇怪。"竹美低喃道。她似乎是在说时生。

"是吗？"

"刚才你离开房间后，他不是追了上去吗？你猜他出去前说了什么？"

"我哪儿知道。"

"'看到那个人过分幼稚的样子，心里很难受'。那个人是指你吧？真是奇怪的说法。你明白是怎么回事吗？"

"谁知道呢。"拓实歪了歪头。

沿着人烟稀少的心斋桥大街前行可不是什么好主意——这是竹美的看法，因为对方必然在监视。既然如此，不如沿着御堂筋大道走，一旦发生什么还能立即跳上出租车。拓实不愿表现得太过任人摆布，但他也知道竹美说得没错，便表示赞同。

时间已近午夜两点，人行道上仍然有很多人来来往往，其中也有不少醉鬼。等着拉客的出租车司机呆滞地站在路边。人多当然安心，可是一想到敌人也许就混迹其中，紧张感也油然而生。

两人平安无事地到了道顿堀。毕竟是这个时间，桥上人影稀疏，霓虹灯大都也熄灭了。流浪汉铺着席子睡倒在栏杆旁。

"差不多该到敌人现身的时刻了。"

"按照你说的，不是早就该来了吗，而且还在监视我们。"

"大概吧。"

拓实环视四周。可疑的男人们时而从某处出现，时而消失在狭窄的小巷中。在这个时间段，不正经的人占了大多数。对于无视竹美的指示，选择如此深夜进行交易，拓实多少有些后悔，如果现在周围的所有人都是敌人，自己就真的无计可施了。

"啊，是他们吧？"竹美用下巴指了指河对岸。

拓实转过脸去，那里站着两个身着黑色西服的男人，其中一人无疑就是石原。石原正带着一脸刻薄的笑容看着他们。

32

拓实瞪着石原。他的视线左右扫视，却找不到千鹤的身影。竹美说得没错。

拓实开始慢慢过桥，竹美默默地跟在后面。真是个了不起的女人，拓实的脑海中不由得浮现出那个文身。

除了石原，还有一个高个子男人。他眉间皱纹深邃，目光锐利，但是显然比石原年轻得多。拓实在他们面前停下脚步。

"千鹤在哪里？你们没带她来吗？"

石原冷笑着，目光在拓实他们身上移来移去。

"你们不也是空着手吗？"

"你们要是把千鹤还回来，我们就交出冈部。"

石原仍然在笑，眼神里却透出阴险。

"小哥，你们能保证真的控制住了冈部吗？"

"我可不会撒谎。"

"你是江户人，我愿意相信你，奈何这里是大阪。入乡随俗，不讲策略是没法做交易的，特别是那边还有个看起来不好对付的姐姐呢。"石原朝竹美笑了笑。

"你们才是，真的把千鹤带来了吗？"

"小哥，你也真是缠人哪。我们不是都说了吗，你的女朋友对我们没用。哎呀！"石原捂住嘴，"现在已经不是女朋友了，那要叫前女友吗？"

石原愉快地看着拓实紧咬嘴唇的模样，然后说了句"跟我们来"，便迈开步子。

来到御堂筋大道，石原停下了脚步，用下巴指了指路对面。"在那里。"

对面停着一辆黑色皇冠车，驾驶席上坐着个年轻男人，后座上有一个熟悉的侧影。驾驶席上的男人率先注意到了这边，朝后面说了句什么。于是千鹤也朝拓实这边看过来，惊讶地张大了嘴。

拓实想冲到路对面，石原的部下却抓住他的胳膊阻止了他。况且，无视信号灯横穿路面宽阔、车流不息的御堂筋大道，原本就是不可能的。

"好了，我们的牌亮出来了。接下来该你们了。"石原说。

"把千鹤带到这里来。"

拓实的话音刚落，笑容就从石原脸上消失了。

"开什么玩笑，小哥，我们已经一忍再忍了。"

拓实长长地叹了口气，转身看向竹美。"联系时生他们，让他们把冈部带过来。"

"我知道了。"竹美瞥了一眼石原，快步离开了，似乎是要去打公用电话。

"那可是个好女人啊。"石原看着竹美的背影说，"交换一下怎么样？那样就不用再这么麻烦，全都解决了。之前我也说过，会好好感谢你的。"

"那家伙有男朋友，是个大块头的美国人。"

"啊，是吗？我倒是听手下伙计说了，是个大麻烦。"

"那家伙会把冈部带过来。想要不还千鹤就把冈部抢走，没门儿。"

"别担心，我们不会那么小气。不过话说回来，你们还真有办法找到冈部啊。"

"因为我的这里和你那些喽啰的不一样。"

拓实指了指自己的太阳穴，高个子男人立刻双眼充血向前迈出一步。"算了算了。"石原笑着劝道，"这位小哥他们帮忙找到了冈部，我们可不能抱怨。"

高个子男人不快地将视线从拓实身上移开了。

拓实望向路对面，千鹤正不安地看着这边。别担心——拓实在心中呼喊——马上就去救你。

另一辆车在皇冠车旁停下了，这次是一辆黑色的天际线。石原朝驾驶席上的男人点点头，似乎打算用这辆车把冈部带走。拓实并不关心冈部将会被带往何处。

"真慢，他们在干什么呢？"石原看了看手表。

拓实也看向竹美刚才消失的地方。就在这时，高个子男人大喊一声："啊！是他们！"

在路对面，几个男人开始缠斗在一起。仔细一看，其中一个正是杰西。他打开了皇冠车的后门，想救出千鹤，埋伏在附近的石原的部下则全力阻拦。但对方毕竟是杰西，试图从正面接近的人当场就被打得飞了出去。

皇冠车没有启动，是因为司机和竹美正在车窗处扭作一团。在竹美身后，一个男人正向她扑去。

石原冲着拓实瞪圆了眼睛。"敢骗我们？"

"我可不知道！到底怎么了？"

怎么看都是竹美和杰西突袭了皇冠车，但他们为什么要这么做，拓实完全摸不着头脑。他们为什么没有带冈部过来？时生又在哪里？

"走了！带上那家伙！"

石原刚一说完，高个子男人的拳头就击中了拓实的胃部。拓实呻吟着弯下腰。他的注意力被竹美他们吸引，结果大意了。而且高个子男人的拳速很快。这家伙也是专业的啊——拓实一边想，一边忍耐着让自己不要蹲下。

回过神来，拓实已经被推进车中。双臂背在身后，手腕已经被什么东西绑住。当他察觉到那是手铐时，脸被布蒙住了。车子很快便开了出去，开始猛烈加速。

"这算什么？啊？以为能骗得了我们？"声音从前面传来，石原应该就坐在副驾驶席。

"我不是说了不知道吗？我也吓了一跳啊……"拓实的话语伴着呻吟声。

石原陷入了沉默，似乎在琢磨拓实的话究竟是真是假。

"你们真的找到冈部了吧？"

"找到了。那家伙和千鹤一起住在酒店，皇冠大酒店。"

"中之岛的那个？"

"是啊。"

"哦，原来在那种地方。"

石原没再说话，他的部下们也一声不吭。

不知开到了什么地方，也不知开了多久，车停了下来。车门打开，石原等人走下车。

"快下来！"高个子男人揪着拓实的衣领说道。

这里像是一个工厂或仓库，四周空无一人，光线昏暗，连脚下都看不太清。拓实被人推着前行，能模模糊糊地看到围墙，墙外传来大海的气息。

走进建筑内部，沿楼梯往上。建筑本身似乎已经荒废很久，到处都落满了灰尘。

楼梯上方有一间小办公室，里面只有一张会议桌和几把椅子，桌上放着电话和看起来像是录音机的东西。旁边还有三个烟灰缸，全都堆满了烟头。

拓实依旧戴着手铐，被推到椅子上坐下。石原也坐了下来，高个子男人和驾驶天际线的、没有眉毛的年轻男人站在旁边。

电话响了起来。无眉男人拿起听筒，说了两句便递给石原。

"是我。那个女人怎么样了？……是吗，那些家伙呢？……我知道了。你们回这里来……嗯，没关系。"

挂断电话后，石原看向拓实。"小哥，你的同伴们的突袭失败了，真遗憾啊。"

"千鹤呢？"

"别担心，过一会儿就能见到了。"

竹美他们似乎没能抢走千鹤。

电话又响了。这次是石原自己拿起了听筒。"是我……啊，听说了。你那边怎么样？……哦，那就没办法了。先去那些家伙的公寓看看吧，虽然可能没什么用……嗯，就那么办。"

放下听筒后，石原拿出烟。无眉男人想要帮忙点上，石原却摆了摆手，自己用打火机点燃。

"竹美和杰西逃走了吧。"拓实说。

"逃走也无所谓。要是联系不上你，他们也一样头疼，何况我们手里的牌还增加了。"

无眉男人噗的一声笑了。石原瞪了他一眼。

"我会把冈部交给你们的。我不知道发生了什么，但我会去和他们谈。"

"当然，我们也是这么打算的。"石原抬头看着无眉男人，"你去给宗右卫门町的酒馆打个电话，是叫 BOMBA 来着吧。"

电话一接通，无眉男人就把听筒递给了石原。

"喂，你好，还在营业真是太好了。这么晚打电话真抱歉，你是竹美小姐的妈妈吧？我姓石原。对，就是石原裕次郎的石原。"石原一边说话，一边不时瞟一眼拓实，"如果你的女儿联系你了，希望你能把我接下来要说的这个电话号码告诉她……你只要这么说，她应该就能明白。"石原说出了一个七位数的电话号码，又说了句"那就拜托你了"，随即挂断了电话。

"接下来只要等着就好。"

"竹美不一定会联系你，也许她正要去报警。"

"那个大阪的姐姐才不会那么做，一看她就是一副深谙世事的样子。就算……"石原猛地吐了一口烟，"万一警察出动了，我们也无所谓，只要把你和你女朋友还回去就行了。那样一来，冈部也不得不现身。不过冈部什么都不会对警察说，到头来无法立案，警察就会放手不管。到时候我们再把冈部弄到手，就足够了。"

"警察要是能痛痛快快地放手不管就好了。"

"当然会的，这个社会就是如此。"石原意味深长地笑了笑。

拓实感觉到了，有一股巨大的力量正在背后运作。

"那个冈部到底是干什么的？"

"你们没问吗？"

"那个混账不肯说。唯一知道的就是他把我的女人抢走了。"

拓实并非在说笑，三个人却都哈哈大笑起来。这次，石原没有再呵斥部下们。

"小哥，你真有意思。我很喜欢你呢，这么有耐性，还很顽强。

像你这种人只是游手好闲，什么都不做，真是这个国家的损失。"

"什么啊，突然这么说。"

"我是真这么想才说的。我没有恶意，等这件事了结后，你可要认真工作。人最重要的就是踏踏实实。"

"还轮不到你来说我。"

"是啊，这也要等那个大阪的姐姐干脆地把冈部交给我们再说了。要是再耍什么花样，我们可不会忍气吞声了。"石原的目光里透出一丝冷酷，"让我们共同祈祷一切都能顺利解决吧。"

"什么都还不明不白的，我怎么可能放手不管。事已至此，我就奉陪到底！"

"还是那么爱逞能。"石原苦笑道，"什么都不知道最好，我这也是为了你好。什么都不知道的人才能长寿，这个世界上最强大的就是笨蛋了。"

拓实从折叠椅上站起来，立刻被高个子男人挡住了。

"听到别人说你是笨蛋就气急败坏了吗？那我就告诉你一件好事吧。"石原没用烟灰缸，而是在桌面上按灭了烟头。他靠在椅背上，跷起二郎腿。"就连我，也不是很清楚这次的事有多重要。至于这两个人，更是什么都不知道，只是听令办事罢了。但我们没有任何不满。人啊，只要抓住一两个关键的东西，剩下的时候当个笨蛋就行了。"

拓实瞪着对方，想起冈部曾经也说过同样的话。

下方传来声响，高个子男人立刻走出房间。

"好像是你女朋友回来了。"石原说，"那姑娘也真够倔的，只是威胁的话根本就撬不开她的嘴。"

"你们对她做什么了？"

"没做什么特别的。我想你刚才也看见了，她脸上没有伤吧？看你担心，我就告诉你一句，我也没让他们在那方面对她下手。不过对你来说，冈部已经玩过了，我们再出手或许也没什么区别。”

“你以为我会信吗？”

“如果你没打来电话，那就不好说了。嘴再严的女人，我们也有绝对能让她开口的方法。也许已经用了那招儿，你知道吗？要用荧光灯。”

“荧光灯？”

“把荧光灯塞进那里，然后猛踢小腹，荧光灯就会在里面爆开，听说是像地狱一样的痛苦，那可是我们男人体会不到的。”

拓实呻吟了一声。愤怒充斥着大脑，让他说不出话来。

有人上楼的声音传来。门开了，进来的是高个子男人。

“那女的呢？”

“关在隔壁房间了，有人看着呢。”

“我知道了。”

“等等！让我和千鹤说句话！”拓实说。

石原厌烦地皱起眉头。“别那么丢脸啊。等事情了结，想说多少就能说多少。”

“我有一些话只能现在说。而且等事情结束了，她可能就不会再见我了。”

“哟，事到如今总算要放弃那女人了吗？”

拓实紧咬嘴唇，忍受着对方的揶揄，同时也察觉到正如石原所说，自己心中放弃的情绪正在不断高涨。其实，他在更早以前就已经察觉到了，却选择了视而不见。

石原思考了片刻，点点头。“好吧，但只有十分钟。可以吧？”看到拓实同意，他向高个子男人耳语了几句。

高个子男人把拓实带到了隔壁的房间。房间有六叠大小，屋内空无一物，只有一个狭小的换气口，连窗户都没有。一个电灯泡从天花板上垂下，布满灰尘的地面上有被什么东西摩擦过的痕迹。一想到千鹤或许曾在这里痛苦得满地打滚，愤恨与悲伤就不断增加。

没过多久，屋外传来响动。屋门很快开了，千鹤被一把推了进来。她的双手也被拷在身前。和在当铺前被掳走时一样，她仍然穿着连帽运动衫和牛仔裤。

"千鹤……"拓实唤道。

千鹤往墙上一靠，随即滑落下去，跌坐到地上，没有要看拓实的意思。

"千鹤，你没事吧？"

千鹤舔了舔嘴唇，一言不发，只是微微地点了下头。

"看着我啊！说句话吧！我们只有十分钟！"

千鹤像在调整呼吸似的，胸口上下起伏了好几次，终于吐出了一句话，但拓实并没有听清。

"哎？你说什么？"他站到千鹤身边，弯下腰。

"对不起。"她低喃道。

"道什么歉啊。"拓实踢了一脚墙壁，"到底是怎么回事？你倒是说清楚啊。为什么要和那种混账一起消失？为什么你会遭遇这种事啊？"

千鹤胆怯地缩紧了身体，双手抱着膝盖。"对不起。"她再次道歉，"我没想给阿拓你添麻烦，我没想到事情会变成这样。"

"我都说了，别再道什么歉了。你告诉我，到底是怎么回事？我完全不明白。"狭窄的房间里回荡着拓实的声音，"那个姓冈部的混账是什么人？为什么有人追他？为什么千鹤你要陪着他？"

千鹤没有回答，只是把脸埋进曲起的双膝间，甚至让人觉得她不想听到拓实的声音。

"千鹤，你为什么不告诉我？你可能是看上了别的男人，但是也不能这样吧？至少要给我个理由，让我心服口服。"

无论拓实怎样在耳边怒吼，千鹤都不抬头。拓实又是踢墙，又是跺地，可什么用都没有。

不一会儿，门开了，无眉男人探头进来。"十分钟到了。"

拓实叹了口气，再次俯视千鹤。"到底是怎么回事啊……"

无眉男人拽住拓实的胳膊。就在这时，千鹤终于开口："放心，阿拓，我绝对会救你的。"

"千鹤……"

"已经到时间了。"拓实被无眉男人拽出了房间。

回到旁边的办公室，拓实再次被摁到刚才的椅子上。

"怎么样，满意了吗？不过看你这表情，好像不太顺利。"石原说道，"别那么消沉，女人多得是。"

拓实抬起脸，正想回答什么，桌上的电话响了。无眉男人拿起听筒。"喂？"他低声应了一句后，神情立刻严峻起来。"是和黑人在一起的女人。"他捂住听筒，告诉石原。

"等的人来了吗……"石原似笑非笑，把手伸向听筒。

33

"我是石原。这位姐姐，你真是好胆量。你的黑人男朋友是哪一级的？……次重量级吗？那可不得了。还请他手下留情，我这边的年轻伙计不少都弱不禁风哪。那接下来怎么办？……嗯？……啊，我明白了……没关系，那个浅草的小哥也老实着呢。"用堪称和颜悦色的态度说完这些，石原笑眯眯地把听筒递给了拓实。"你可要把事情给我谈好啊，我们也不想动粗。"

手铐被摘掉后，接过听筒的拓实开始怒吼："喂，怎么回事？"

"别那么大声。"旁边的石原皱起眉头。他戴上耳机，耳机线连着电话后面，一旁还有磁带录音机在转动。

"没办法啊，我无论如何都想把千鹤救回来。"

"那把冈部那混账带来不就好了。"

"他不在。"

"不在？冈部吗？"

"杰西去厕所的时候，冈部就消失了。"

"消失了？那时生呢？"

"时生也一起消失了。"

"啊？怎么回事？为什么连那家伙也一起不见了？"

"你这么说我也很头疼啊。总之冈部不在，对方也就不可能交还千鹤吧。于是我就和杰西商量，决定先强夺试试。"

"为什么事先不告诉我一声？"

"哪儿有时间说啊，你不是和那个石原大叔在一起嘛。"

被称为大叔的石原在一旁露出苦笑。

"真是乱来。要是能救回千鹤也行，最后不还是让他们跑了？"

"我没想到他们还有同伙藏在那里。我是觉得他们并没有交出千鹤的意思。我们即便交出冈部，千鹤也会被原封不动地带走。那些家伙阴险着呢。"

"喂，别什么都说出来啊。"

"这个电话正在被监听吧？我知道，正因为知道才要说，那些家伙都是名副其实的下三烂。"

石原张大了嘴，不出声地笑了起来。

"你也是在道上摸爬滚打过来的，至少该明白那些家伙都不是能轻易对付的人。居然还是搞砸了。"

"什么叫搞砸了？反应慢的是你吧？还什么前拳击手，那么轻易就被抓走了，我能有什么办法。"

拓实没有回答，只是握紧了听筒，结果被石原一把夺走。"姐姐，是我，下三烂石原。我知道你气势凌人，所以你们能不能有建设性地聊聊？我这里也没有时间了。"说到这里，他立刻又把听筒还给了拓实。

"喂，那要怎么办？"拓实问。

"能怎么办？我们也不知道冈部他们去哪儿了。"

"你在哪里？"

"你是笨蛋吗？这怎么能在电话里说？"

说得也是，竹美和杰西正在逃亡中。

"总之，我们只能先去找找时生可能会去的地方了。"

"没有那种地方，我们可是刚来大阪。"

"是啊……"

就算想到了那种地方，也不可能在这里说出口。可以预见石原他们会抢先一步。

"竹美，十分钟后你再打过来。在那之前我会和他们谈妥。"

"谈妥？怎么谈？"

"行了，你就照我说的做。明白了吗？"

"明白是明白了。"

听到竹美的这句话，拓实挂断了电话。

石原摘掉耳机。"你想到好办法了？"

"没有。"

"那你打算怎么办？"

"我想你刚才也听明白了，我的搭档似乎带着冈部消失了。至于理由，我也不知道。但我希望你明白，我们没打算骗你们。"

"就算明白也没用。"

"我会把他找出来的。找到以后，我绝对会带他到这里。这样总行吧？"

"可是你也没有线索。"

"虽然没有线索，但是关于我搭档的事，我是最清楚的，能找出他的只有我。"

"哼。"石原挠了挠鼻翼，"要是找不到怎么办？"

"我都说了我会找到的。"

"这位小哥，我在问找不到怎么办。"石原坐在椅子上，双脚架在桌上，身体摇来晃去，椅子发出吱吱呀呀的响声。"喂，几点了？"

他问无眉男人。

"现在是凌晨四点左右。"

"四点啊。"石原点点头，看向拓实。"喂，你知道《奔跑吧! 梅勒斯》①吗？"

"知道。"

"我本来想给你二十四小时，但是我们等不了。就给你二十个小时吧，也就是说，今天夜里十二点就是时限，在那之前给我找到冈部。要是找不到，就放弃那个女人吧。我想你应该已经放弃了，那到时候就彻底死心吧。我们也不能在这种事上继续磨蹭了。一到十二点，我们就会离开这里，把那个女人也带走。那样一来，你大概就再也见不到那个女人了。"

"我会找到的。"拓实断言。

"好吧。不过，我是不相信梅勒斯的，所以不可能让你一个人去。喂！"石原招呼那个高个子男人，"跟着这位小哥，不管发生什么都别离开他。"

"我知道了。"

"现在几点几分？"石原再次询问无眉男人。

"四点。"

看到无眉男人没有看表，石原一脚踹飞了旁边的椅子。"你没长耳朵吗？我问你几点几分了！"

"啊……那个，四点零八分。啊，现在是九分了。"

"那就还剩下十九个小时五十一分钟。"石原对拓实说，"还是抓紧点儿比较好。那个大阪的姐姐应该就要来电话了，我替你接。"

"你别再难为那两个人了，他们和这件事无关。"

---

① 日本作家太宰治创作的短篇小说。主人公梅勒斯信守诺言，在规定的三天时间内克服重重困难换回作为人质的朋友，接受死刑。

"我明白。你要是顺利，一切就都会顺利。"石原冷冷一笑。

离开这栋建筑时，拓实被蒙上了眼睛。石原他们应该是不想让拓实记住这里。他被高个子男人推着向前走。一股好闻的气味传来，是饼干的香气。饥饿感袭来，拓实这才想起自己一直没吃东西。

坐上车后，车子开了一段时间。高个子男人就在旁边，开车的应该是无眉男人。两个人都一言不发。

"我饿了。"拓实试着开口，"先吃点儿东西吧。"

没有人回答。

车子停了下来，拓实的蒙眼布被解开。这是他熟悉的地方——之前被带上车时所在的御堂筋大道。

"那我等你联系。"开车的无眉男人说。

"嗯，我会每隔两个小时联系你一次。"高个子男人回答。

走下车，拓实伸了个大大的懒腰。空气中充斥着汽车尾气的臭味。黎明就要到来，街上仍有醉汉的身影。

"你要去哪儿？"

"这个……"拓实挠了挠下巴，上面满是胡茬，"你先告诉我你叫什么，没名字太不方便了。"

"我叫什么都无所谓。"

"无所谓的话，告诉我也没关系吧？还是说你想让我叫你无名权兵卫①？"

高个子男人低头瞟了拓实一眼，说了句"叫我日吉就行"。

"日吉？庆应的那个日吉？②"

"对。"

"哦。"拓实觉得怎么听都是个假名，大概是他有朋友住在日吉。

---

① 日语中常以此来指代没有名字或不知姓名的人。

② 指庆应义塾大学的日吉校区，位于神奈川县横滨市。

日吉看了看手表。"不赶紧行动的话，就没时间了。"他的语气毫无波澜。

"我知道。"拓实扬起一只手，一辆出租车立刻停了下来。

目的地是上本町的那家商务酒店，那里是拓实他们目前住的地方。他不认为时生会回到那个房间，但或许能找到什么线索。

不过，拓实猜中的是坏的那部分。房间里没有时生回来过的痕迹。他原本就没有行李，所以也没有理由回来。

"怎么？已经穷途末路了吗？"走出酒店，日吉冷漠地问拓实。

"真啰唆。你给我安静会儿。"拓实坐到路边的护栏上，摸了摸口袋，这才想起里面什么都没有。他抬头看向日吉。"你有烟吗？"

日吉默默地拿出一盒七星烟。拓实抽出一根，刚叼到嘴里，日吉便伸手用打火机帮他点上了火。拓实点头致谢。

日吉看着手表，大概是在计算定时联系的时间。

"你原来也是拳击手吧？"拓实试着问了一句。

日吉只是瞟了他一眼，没有回答，大概是习惯了不说废话。

"你这么高，应该是中量级或次中量级吧？"

"你还有工夫说废话？"

"我只是想多知道点儿你们的事。你想想，我明明一无所知，却摊上了这种事。"

日吉扭过脸去，一副毫无兴趣的样子。拓实叹着气吐了口烟。

时生为什么突然带着冈部消失了？拓实觉得时生不是因为去追逃走的冈部才离开的，否则肯定会联系他们。既然去厕所的杰西没有发觉，那就只能认为是时生主动把冈部带走了。

理由先放在一边。时生带走冈部是想做什么？他应该明白那样做会给拓实他们带来麻烦。他是准备稍后再联系吗？可是他要联系哪里？竹美还是宗右卫门町的 BOMBA？但是那些地方不可能没有石原布下的眼线，鹤桥的内脏烧烤店也一样。时生不可能没注意到这一点。

烟抽得差不多了，拓实踩灭了烟头。日吉在看他，表情像是在说"差不多该走了"。现在可不是再要一根烟的时候。

"你整理好思路了吗？"日吉依旧面无表情地问。

"我还在思考。"

"你一直和那小鬼在一起吧？不是应该有那种只有你们才知道的地方吗？"

"才没有呢。我想你肯定不会相信，我和他认识才没几天。"

日吉眉头一皱，十分怀疑地盯着拓实。"真的吗？"

"真的。其实我连他的来历身份都不太清楚。"

"别胡说了。"

"我没胡说。我知道的只有他的名字，而且情况和你们一样，连是不是真名都不清楚。"

"怎么看都不像。我一直以为你们是亲戚或家人。"

这次轮到拓实盯着日吉了。"为什么？"

"没有特别的理由。我一直在监视你们，不知不觉就这么想了。最初我以为你们是朋友，但后来就不像了。"说到这里，日吉皱起了眉头，把脸转向一边，似乎是觉得自己说得太多了。

"喂。"

"怎么了？"

"再来一根。"拓实做出手指夹烟的姿势。

日吉不情愿地把七星烟和一次性打火机扔了过去。拓实讪笑着摆弄了一下烟盒，却发现里面只剩三根了。

"你经常跟别人蹭烟抽？"

"不是啊。"

"不，你总是这样，有从别人那里讨要好处的毛病。一看就知道你是怎么长大的。"

这句话到底是把拓实惹火了。他扔掉烟，站起身，但日吉的表情几乎没变，只是一侧嘴角微微动了动，看起来相当自信。

拓实瞪着日吉，打算出拳揍他，但怒气在一瞬间急速消失了。毫无关系的想法突然闪过脑海。

一看就知道你是怎么长大的——

难道是在那里？

拓实的脑海中浮现出那本《空中教室》里的一格画面。此前，时生一直在凭借那幅画寻找爪冢梦作男的住处，他相信爪冢就是拓实的父亲。在千鹤被掳走前，他曾经说过他已经找到了那个家，还拜托过拓实，如果能够平安救回千鹤，就要去那个家看看，那里还有个活着的证人。

没错。拓实确信，时生想让他去那个家。时生不知道拓实已经被石原抓住，而是认为一旦冈部被带走，拓实肯定会拼命寻找，最终无疑会去那里。拓实不明白他为什么要采取如此强硬的手段，虽然他们已经约好，只要交出冈部、换回千鹤，他们就一起去。

"想到什么了吗？"日吉似乎察觉到了拓实的表情。

这个男人是个问题。时生应该认为拓实会一个人来。虽然不知道他是怎么控制住冈部的，但他们很可能待在一起。如果把这个男人带到那里，最坏的结果是冈部会被当场抢走。但是没时间了，只能赌上一把。

"回刚才的住处。"拓实说。

"那家破破烂烂的商务酒店？那里不是什么都没有吗？"

"我先打个盹儿。反正这个时间哪里也去不了，醒着也只会让人觉得饿。"

"那起来以后你打算怎么办？看起来像是有线索了。"

"现在我可不能说，要不然会让你们抢先了。"

"我劝你还是别说大话。不过也好，只要有办法找到冈部，就没什么可抱怨的。我要先汇报一下。"

日吉给石原打电话的时候，拓实被铐在电话亭旁边的交通标识柱上。他一边抱怨这简直就像狗一样，一边庆幸现在还处于没有行人的时间段。

回到商务酒店，拓实立刻躺成了一个"大"字形。日吉则靠墙坐下。

"你不睡吗？还是睡一会儿比较好。"

"你还有心思想别人？"

"那就随便你好了。"

拓实背对日吉。他困得不行，但又不可能真的睡着。

迷迷糊糊中，右手突然被抓住了。拓实吓了一跳，转头一看，日吉正在给他戴手铐。

"干什么？我还在睡觉呢。"

"以防万一。"

结果，拓实的双手被铐在了身后，双脚也被绳子绑了起来，最后连嘴都被堵上了。做完这些，日吉终于离开了房间，似乎是去厕所了。

拓实像条毛毛虫一样支起身体，在自己的包里一通摸索。由于只能背对着包，摸起来相当困难，不过他还是找到了想要的东西。

那是从百龙的哲夫那里得到的旧地图册。

应该是生野区没错，是生野区的哪里来着？高……好像是叫高什么。

拓实想不起来，但他已经找到了生野区那页，便艰难地撕了下来，又把地图册放回去，随后叠起撕下的那页，藏到裤子里。

当拓实恢复原来的姿势时，日吉开门走了进来。他瞪了拓实一眼，取下手铐和绳子，重新坐回原位。

"喂，我说你，肚子不饿吗？"拓实说，"你也有一段时间没吃东西了吧？"

日吉没有回答，只是抱起双臂盯着墙壁。

"你知道电影《红太阳》吗？是三船敏郎、查尔斯·布朗森和阿兰·德龙演的一个西部片。阿兰·德龙演列车大盗，偷了从日本来的特使带来的宝物。那是要献给总统的刀。布朗森演德龙的同伙，被日本的武士缠上了，武士让他带自己去找德龙。那个武士就是三船敏郎。怎么样，就像我和你之间的关系吧？"拓实继续说道，"旅途中，布朗森问武士：'喂，你不饿吗？'你猜那个武士是怎么回答的？"

"武士就算没饭吃，也要用牙签剔牙。"

"什么？"

"武士就算饿，也不会露出饿了的表情——是这么回答的吧。"

"你知道？"

"我不知道，但想象得出来。"日吉看了看表，"差不多该起了吧，否则今天就找不到冈部了。"

"嗯，差不多该走了。"拓实坐起身，伸了个大大的懒腰，"我也先去个厕所。"

日吉自然跟在后面。"我可是上大的。"拓实在厕所门口说，"话说在前头，我拉屎可臭了。"

"赶紧解决。"

走进隔间，拓实脱下裤子，打开刚才的地图，定睛识别起上面细小的文字来。关键字很快跳入眼帘。他想起来了，是高江。

拓实一蹲下，切切实实产生了便意。他悠然地花时间解决了问题，走出隔间。日吉仍然站在门口。

"这么臭，不好意思啊。"

"快点儿吧。"日吉果然一脸不快。

来到外面，街上的车流已经多了不少。社会又开始运转了。

日吉打了个电话，仍把拓实铐在交通标识柱上。拓实满心愤恨：为什么电话亭旁边总会有交通标识柱？现在行人很多，为了不让别人看到手铐，拓实很是费了一番功夫。

"你别老打电话，没什么可说的吧。"拓实对走出电话亭的日吉说。

"如果我不联系，老大就会判断是你做了坏事。那样一来，麻烦的是你吧。"

"倒也是。"

两人向车站走去。拓实一直在想怎么才能把日吉甩掉，但始终没有好主意。要是出拳揍日吉，恐怕会被他躲开。如果突然逃跑，应该也没法成功。跑步是拳击手的训练项目之一，先累垮的肯定是自己。就算顺利逃走，也只会让千鹤面临更多的危险。

两人来到售票处。

"不坐出租车吗？"

"很想坐，但不凑巧，我不知道该怎么告诉司机目的地，这地方背后有点儿隐情。"

这是实话。如今已经不存在高江这个地名，老司机或许还能明白，遇到新司机就麻烦了。刚才在厕所里，拓实已经记住了从车站出来该怎么走。

"你要去哪儿？"

"我还不能说。"

拓实买了到今里站的车票，从上本町过去只要两站。

两人坐上普通列车，在今里站下车。车站里挤满了上班族和学生。他们沿站前商店街前行，来到大路上后左转。拓实想拿出地图，但又不想让日吉看见。

兜兜转转走了大约十分钟，拓实停下了脚步。他记得眼前这个巴士站的名字。在旧地图上，这片街区应该就是高江。

《空中教室》描绘的场所就在附近的某个地方。根据时生所说，拓实出生的家应该也在这一带。如果拓实推理正确，时生和冈部就藏在那里。

"喂，怎么了？干吗停下？"日吉焦急地说。

"冒险从现在开始。"拓实说，"接下来只能靠我的直觉了。"

"啊？什么意思？"

"我是说我们只能边走边找，只有我知道那个标记。"

拓实准备迈开步子，肩膀却被日吉抓住了。"你不打算告诉我标记吗？有人支援，找起来也更容易。"

拓实甩开日吉的手。

"要是被你们抢先，我这边可就糟了。而且虽说是标记，却没法用语言说明，我也只是有个模糊印象。"

日吉皱起眉头。拓实一转身，再次迈步向前。

其实，拓实连模糊印象都没有，唯一的依据就是瞥过一眼的漫画。电线杆还算记得清楚，但那种东西到处都是。

拓实一声不吭地不断走着。无论走到哪里，都是相似的街景。如果有那本漫画——拓实不禁想——那样就能叫住附近的居民，询问画中画的是哪一带。他重新意识到了时生在他卖出那本漫画时愤怒的理由。

时间转瞬即逝，日吉联系了好几次石原。从日吉打电话的样子不难看出，石原一直焦躁难安。

"你到底打算走到什么时候？"日吉似乎已经难以忍受，"我看你已经在街区里走了几十圈了，你真的在找吗？"

"我可是很拼命的，但找不到也没办法啊。"

拓实也没想到需要花费这么多工夫，他一直觉得只要来到这里总会找得到。可是仔细一想，仅凭对一幅画的记忆就想找到一栋房子，真是难上加难。

为什么会觉得很容易找？

因为时生找到了。难道是他对漫画的热情比拓实更甚，所以记得更清楚吗？也许是有这个原因，但拓实觉得不止如此。

拓实已经不觉得饿了。曾经认为充裕的时间正一分一秒减少，渗出的汗水与其说来自走路时的体力消耗，不如说来自内心的焦躁。

"到联系的时间了。"日吉说着向公用电话走去。他已经不再去铐拓实，拓实也没有了逃跑的想法。

在日吉打电话期间，拓实伸开双腿坐到了地上。

有个东西进入了他的视线，是记录街区内住户的地图，连各户的姓氏都写在上面。

看这种东西也没用啊——正当拓实这么想时，"麻冈"两个字跃入了他的眼帘。

34

日吉打完电话，立刻注意到了拓实的表情。他摆好架势，盯着拓实的脸。"喂，你注意到什么了吗？"

拓实慌忙摇头。"不，什么都没有。"

但是拓实的演技并不管用。日吉锐利的眼神扫向四周，很快就注意到了一旁的住宅配置图。

"这个吗？"日吉点点头，继而哼了一声，"真是太糟蹋时间了。既没到哥伦布的鸡蛋①的程度，也不算是当局者迷。不就是看看地图的事吗？"他像看个笨蛋一样回头看着拓实。

"还不一定能找到呢。"

"随你怎么说。是哪家？"

"你觉得我会在这里说吗？"

"不说就赶紧带我去！"日吉抓住拓实的肩膀。

"好疼！让我再确认一下地图。"

---

① 哥伦布发现新大陆后，有人声称无论是谁都能取得同样的成就。于是哥伦布问众人是否能竖起鸡蛋，结果无人做到，最后哥伦布将鸡蛋的一端敲碎并竖了起来。比喻即使是简单的问题，也不见得从一开始就能找到解决的方法。

拓实一边看地图，一边琢磨能不能甩开这个男人。用拳头是打不过的，脚力上也没有胜算。

"丑话说在前头，你可别琢磨什么奇怪的事。要是让你逃走，我就完蛋了。我会拼上性命去抓你的。"日吉在背后说道。他似乎已经读出了拓实的心思。

"我没想啊。"拓实腋下直冒汗。

拓实放弃了逃走的想法，继续往前走着，但他又考虑起别的事来。麻冈——他已经很久没有想起过这个姓氏了。那是他真正的姓，他曾经是麻冈拓实。

尽管漫画不在手边，时生仍然能找到拓实的家，原因已经非常明确。他大概也看到了那张地图。这么说来，他确实说过找到了"拓实哥你出生的家"，还说"有活着的证人"。但拓实做梦也没有想到，麻冈这个姓氏还会留在这里。

活着的证人究竟是谁？离家越近，拓实不知怎的越发恐惧。

他停下了脚步。已经接近目的地是他停下的理由之一，但更重要的是，另一个带给他启发的东西进入了视线之中。

"怎么了？在这附近吗？"日吉问道。

拓实没有回答，只是目视前方。面前是立在街角处的旧电线杆，以及后方一片又小又老的民宅。拓实的印象中有这片风景，毫无疑问就是那本漫画里所描绘的。虽然只是瞥了一眼，但是风景已经完美地在他的脑海中复苏，与如今见到的景象完全重合。就在这时，某种情感在他的内心深处剧烈地骚动起来。这感觉究竟是什么？忧伤而悲切，还有一份怀念。

怎么可能！拓实试图消除内心的想法。自己居住在这里时，应该还是不记事的婴儿，什么都没见过，什么也不记得，心中涌出的怪异情绪不过是种错觉罢了。拓实试图让自己相信这一点，但是小小的街区散发出的气息似乎正在将拓实拉回过去，拉回到他自己也不知道的过去……

"喂！"

"真啰唆！"拓实甩给日吉一句，声音尖锐得连他自己都吓了一跳。

日吉想发作，但和拓实四目相对后，不知为何后退了一步。

拓实的情绪逐渐稳定下来，街区的空气仿佛已经完全穿透了他的身体，而且并没有让他感到不快。

"就在前面。"他说着迈开步子。

屋檐低矮的住宅一间连着一间，正面窄得让人难以想象内部的结构。到处都有腐朽的木材，每一家门前都像商量好了似的摆放着涂漆剥落的洗衣机，旧得让人怀疑其中究竟有几台还能正常工作。

尽管是这样的住宅，外面却都挂着名牌。写着"麻冈"的名牌明显是用切鱼糕的垫板做的，房屋则和其他住宅一样，看起来随时都会朽坏。

"这里吗？"

"我可不知道我的搭档在不在。"

"但是如果在，那就是这里吧？"

"嗯……"

日吉推开拓实，准备去开用胶合板制作的门，可是门上锁了。嘎啦嘎啦摆弄了一阵门把手后，日吉开始用拳头砸门。薄薄的门板眼看就要坏掉。

"没猜中吗？"拓实嘟囔了一句。如果不是这里，那就没有别的线索了。

"等等！"日吉后退了一步。

打开门锁的声音传来。在拓实他们的注视中，门缓缓地开了，一位瘦弱的老婆婆探出头来。她首先仰头看了看日吉，然后又看向拓实，一脸困惑的样子。

"请问，有什么事吗？"她声音嘶哑地问。

"这里只有老婆婆你一个人吗？"

"嗯，是的。"

"真的吗？住在这里的可能只有老婆婆你一个，但现在屋里还有别人吧？"

"你这话真奇怪，里面没有别人。"

"是吗，那就让我确认一下吧。"话音刚落，日吉便猛地拉开了门。老婆婆刚才似乎一直握着门把手，随即被拽得打了个趔趄，多亏拓实扶住了，她才没有跌倒。

"喂，别乱来啊。"

日吉没有回答，而是无视拓实二人走进屋中。

"老婆婆，你没事吧？"拓实询问老婆婆。

老婆婆嘴角微微一动，喃喃道："来了。"

"哎？"

"藏在里面的壁柜里。"

听到这句话，拓实明白了。时生果然在这里，而老婆婆正试图向拓实传达这一情况。

拓实轻轻一点头，跟在日吉后面走了进去。从脱鞋处进入屋内，面前是一间四叠半的和室，摆放着矮桌等家具。日吉正要打开通向里间的拉门。

拓实快速环顾四周，目光停留在空酱油瓶上。他用右手抓起瓶子，靠近日吉的后背。

就在拓实屏息凝神，将瓶子高举过头顶，用尽全力准备砸向日吉的后脑时，日吉刷地移开了。拓实刚在心里啊地叫了一声，日吉已经回过头来。他面无表情，只有身体做出了让人吃惊的敏捷动作。

在面部受到冲击的同时，拓实向后飞了出去，他的头部和后背猛烈地撞到了什么东西。回过神来，他发现自己正倒在脱鞋处。

"啊，拓实！拓实！振作点儿！"老婆婆想要扶起拓实。拓实一边听一边想：为什么这个老婆婆喊得出我的名字？

但现在不是思考这个问题的时候。轻松收拾掉拓实的日吉打开了里间的壁柜。

有人怪叫着冲向日吉，是时生。他自然不是日吉的对手，下一个瞬间就被打得撞到墙上，随即蹲了下来。

冈部也藏在壁柜里，被日吉拉出来时，双手还绑在一起，恐怕是时生绑的。

"捉鬼游戏之后又是捉迷藏吗，冈部先生？适可而止吧。"日吉冷漠地俯视着冈部。

"等等，别乱来。"

"我没打算乱来，只要你老实跟我走。"日吉揪着冈部的衣领，让他站了起来，随后看向拓实他们。"老太婆，电话在哪儿？"

"没有电话。"

"没有电话？"日吉皱起眉头，疑惑地环视屋内，并很快证实了这一点。老婆婆没有说谎。

日吉咂了咂舌，揪着冈部的衣领往外走。他穿上鞋，刚准备出屋，拓实从后面抓住了他的胳膊。

"等等，不是该用千鹤交换吗？"

日吉眯起眼睛盯着拓实。"我先把这个男人带回去，那个女人的事之后再说。"

"这算什么？也太阴险了。"

日吉微微一笑，甩开拓实的手，朝着他的胃部就是一拳，又趁他弯下腰时给了他的下巴一击。拓实实在忍耐不住，原地蹲了下去，连声音都发不出了，血腥味迅速在口中扩散，其中还混合着上涌的胃液的酸味。

日吉拖着冈部打开了门。就在拓实以为一切已经结束时，伴随着一声钝响，日吉的身体朝拓实飞了过来。没人明白发生了什么。

目光转向门口，只见一个大个子黑人正憋屈地想要进屋，身后还有竹美的身影。

"你们为什么知道这里……"

面对拓实的问题，杰西似乎无法从容回答。迅速站起身的日吉脱掉上衣，摆出准备战斗的姿势。而进入对峙状态的杰西，则露出了拓实从未见过的、属于拳击手的目光。

在所有人的屏息注视中，日吉率先动了起来。他一边使用前手拳连续进攻，一边缩短两人的距离，杰西则不断小幅度晃动上身进行躲避。

日吉使出了左右直拳连续进攻的招数，第二击擦到了杰西的下巴，随后他又从上向下猛攻。也许是直拳命中的手感给他带来了自信，他打算再用直拳挥向杰西胸前。

但是就在那一瞬间，杰西打出了一记右勾拳。日吉用左臂挡了下来，身体却在冲击中打了个趔趄。前职业次重量级选手没有放过这个破绽。随着咚的一声，一记左直拳毫无偏差地打中了日吉的正脸。

35

"真是可怜，你只会挨打吗？"

看到拓实用手帕擦掉嘴里流出的血，竹美的语气中带着厌腻。

"没办法，对手太强了。先不说这个，到底是怎么回事啊？你们怎么会在这里？"

"一言难尽。"竹美看向时生。

"啊，对了，你擅自把冈部带走，结果事情变得一团糟。快说清楚，你打的什么算盘？"拓实抓住时生的衣袖。

"我只能这么做。"

"所以我不是叫你说清楚吗？"

"你要是责备时生，那就大错特错了。"身后传来声音。拓实回头一看，屋门口站着一个男人。"多亏时生，事情在发展成最坏的结果之前解决了。"

男人走了进来。光打在他身上，清晰地照出了他的脸。拓实对这个人有印象。

"啊，你是……"

"看来你还记得。"

是高仓。拓实他们从东京出发前，曾经在锦糸町的堇见过他。

"当时不是约好了吗？一找到冈部，就赶紧联系我。我应该已经特意把电话号码写给你们了。"

"我们可没约好，只是你自己那么认为而已。"

"但如果你遵从我的指示，事态也不至于恶化到这个地步。"

"你是说能帮我们救回千鹤？"

"我的意思是交涉会更加顺利。你们对什么都一无所知，就那样卷入其中，是没有胜算的。"

"哼，你以为我会相信吗？"拓实把目光移到了时生身上。"你给这个男人打电话了？"

时生噘着嘴，目光低垂。

"为什么要擅自这么做？"

"因为事情似乎没法顺利进行下去了。"

"什么事情？"

"人质交换。我觉得很有可能变成只有冈部被抢走，千鹤姐也没有回来的情况。而且我也担心拓实哥。"

"说什么呢。事情进行得顺利着呢，捣乱的难道不是你们吗？"

时生侧过头，嘟囔了一句"是吗"。看到这一幕的拓实怒火更上一层，正要怒吼，一阵被刻意压低了的笑声传到耳边。是高仓。

"真是和时生说的一样，带着毫无根据的自信横冲直撞。"

"你说什么？"拓实瞪了高仓一眼，视线又转向时生，"喂，你说了那种话？"

"我告诉你，是他救了你。别让我重复。"笑容从高仓的脸上消失了，"接到他的电话时，我认为情况非常危险。就像他说的，你们只能看着冈部被抢走，却无法救回千鹤。所以，我命令他赶紧带着冈部离开那里。因为在新干线首班车出发之前，我都没法行动。"

能不能救回来，不试试怎么知道——拓实正想反驳，竹美却插嘴道："我在电话里也说过，周围埋伏着不少那些家伙的同伴。如果把冈部带到那里，他们肯定会用暴力强夺。从一开始，他们就没打算交换千鹤。"

听到这里，拓实无话可说了。他呻吟了一声。

"能找到这里真了不起。我问时生有没有什么地方是只有你们才知道的，他就告诉了我关于这个家的事。站在敌人的角度看，只能让你找到时生。至于你能不能来到这里，我们只有赌一把了。"也许是觉得之前太过贬低拓实让他显得有些可怜，高仓加了两句赞扬的话。

"哼，又不是多难的推理。"拓实语带不满地转向竹美和杰西。"你们又为什么知道这里？"

"杰西的夹克衫口袋里有一张便条，好像是时生趁他去厕所时放的，便条上写着这里的地址。不过我们是在没能救出千鹤之后才发现便条的。"

"那刚才打电话的时候，你们已经知道这里了？"

"算是吧。"

为什么不告诉我啊——拓实差点脱口而出，却又闭上了嘴。他想起他们的电话是被监听的。

拓实长长地叹了口气。他环视四周，目光最后落在高仓身上。

"你到底是什么人？把事情给我说清楚！还是说你也和石原一样，什么都不知情，只负责行动？"

"不，我想我是知道大部分情况的，无论是内幕还是表面。"高仓从脱鞋处走进屋内，盘腿坐下，从上衣口袋里取出名片，"总之我先亮明身份吧。"

拓实接过名片，上面印着"国际通信公司　第二企划室　高仓昌文"。看来高仓是真姓。

"国际通信公司？这是什么？"

"是有政府背景的特殊企业，管理以国际电话为代表的国际通信业务。因为是垄断企业，盈利金额相当高。"

"这种公司的人到底为什么……"

说到这里，拓实想起来了。董的女老板说听冈部讲过，他是"做电话方面的工作"的。

"那家伙也是同一家公司的人？"拓实指了指坐在隔壁房间里的冈部。冈部只是稍一抬脸，又迅速低下。日吉在他身边昏迷不醒，双手双脚都已被绑上。

"他是公司的职员。不，应该说是前职员。"

"那家伙干了什么？"

"这要先从一个月前位于成田的东京海关揭露的案件讲起。我们社长办公室的两名职员因为走私被逮捕了，两人都用低价买到了许多高级美术品和首饰。有政府背景的特殊企业的职员为什么会做出这种事？警方很是不解。当然，两人都声称这是个人行为。但买下的物品总价高达几千万日元，于是警方开始以公司集体犯罪为前提进行调查。另一方面，公司内部已经出现了巨大的恐慌，大家都在怀疑公司是不是真的在做那种事。我在事情刚刚发生时也一无所知，是副社长告诉我详情的。"

"副社长……"

"我们有两位副社长，如果用主流派和反主流派来指代，可能更容易明白。告诉我详情的是反主流派，也就是在公司里没什么权力的那位。"

拓实没有完全明白对方的话，但还是点点头。"然后呢？"

"他告诉我，那两人其实是在用公司的钱进行走私，而带头的就是社长。至于为什么做那种事，理由很简单。走私进来的物品都是礼品，是送给政治家的。"说到这里，高仓挤了挤一只眼睛。

"难道是贿赂？"竹美提问。

"正是。"高仓点点头，"搜查一旦进行下去，事情就会闹大，这是毫无疑问的。"

"那你又是在做什么？"拓实问道。

"现在公司内部正在偷偷销毁证据，和警方比速度。我的任务则是保护证据，也就是给警方帮忙。"

"你要背叛自己的公司？"

"我是怀着爱社精神在做的。我们公司需要自我净化，应该利用这个机会挤出毒脓。这是副社长的想法。"

"是那个反主流派的副社长吧？"

"没错。"

"他难道不是想要挤出毒脓，赶走社长，然后自己继任吗？"

高仓闻言，缩了缩脖子。"说是副社长，其实一样是上班族，不能去责备他想要出人头地的欲望，而且他又不是做坏事。"

"倒也是。对了，你还没提到冈部那混账呢。"

"接下来就要说正题了，之前的都是引子。在警方看来，这是少见的大案，不能只以违反关税法、违反物品税法之类的罪名糊弄过去，一定要想尽办法追踪礼品的去向。不过直接去抓社长并没什么意义，因为社长肯定会说他不清楚交际费等的使用情况。于是警方就盯上了社长办公室的主任，但是——"高仓的声音低落下来，继续说道，"在被警方传唤的当天，那位主任就跳楼身亡了。"

拓实咽了口唾沫。他一直漫不经心地听着，却发现话题突然转向了危险的方向。

"那真的是自杀吗？"竹美问。

高仓摇了摇头。"根据警方的声明，似乎没有可怀疑的余地。原本就是如此，只要没有目击者，很难判断是不是自己跳下去的。"

"真糟糕。"竹美说着，不安地看了看在场的每一个人。

"这位主任的自杀让警方很头疼，因为他正是公司与政界联络的窗口，负责管理走私物品的很可能也是他。但是，线索并没有就此中断，主任还有一个助手，因为身处别的部门，警方还没注意到。我想控制住那个人，但或许是察觉到了危险，那个人在某一天突然消失了。"

"我知道了，那就是——"

"对，就是坐在那边的那个表情悲戚的男人。"高仓冷冷一笑，看向冈部。

"把那家伙交给警察就行了吗？"

"早些时候这确实是最好的办法。"

高仓的说法引起了拓实的注意。"什么意思？"

"社长办公室的主任自杀以后，警方也慎重起来。就在那时，新的情况出现了。不仅是走私礼品，购买宴会券①等政界散财行为开始浮出水面。这自然给警方带来了压力。"

"这都是什么啊？都做到这一步了，还想把事情捂起来吗？"

"不，无论是公司还是警方，都不认为这件事会不了了之。公司这边应该会有若干人被逮捕，其中可能包括管理层。问题在于对政界究竟能查到什么程度。"

"看来那边是企图蒙混过关。"

高仓歪歪嘴，叹了口气。"我已经掌握了某些情况，但没法将对方定罪，证据也不够充分，很难立案，这就是我现在的想法。"

---

① 这里的"宴会"指"政治资金宴会"，即以募集政治资金为目的开办的宴会，参加这类宴会需要付费购买宴会券。

"也就是说，不会逮捕那些政治家？"

"是的。"

拓实"嘁"地咂了下舌。"真无耻。这种人用大阪话怎么说来着？"他看向竹美。

"下三烂。"

"对，真是下三烂。"

高仓轻轻摇了摇头。"我觉得这是个悲伤的话题。这个国家会变成什么样子呢？我不能坐视不管。如果证据不充分，就找到充分的证据，而关键就在那个男人。"他指了指冈部。

"这样啊。那个家伙是证人，所以才会逃走，不想被警方找到。"

"不是在躲警方，而是在躲主流派。得知社长办公室的主任死亡的消息后，他大概和这位小姐做出了同样的推测吧。"

"一旦发现，就会被灭口。"

拓实话音刚落，冈部一瞬间抬起了头。他尴尬地眨了眨眼，立刻又低下了头。

"石原是你们要对付的主流派的人吧？"

"他只是被雇来的。总之对于主流派来说，冈部是最危险的存在，就像定时炸弹一样，所以才要拼命抢在我们之前找到他。"

"结果被我们抢先下了手，很着急？"

"把冈部完全交给警方处理并不合适。从我刚才说的情况来看，他的证言恐怕会被选择性取舍。警方应该会根据今后出现的其他证据来决定如何利用他。"

"如果没有清晰的证据，对他的调查也会适可而止。"

"有可能不会那么严密。"

"那你打算怎么办？"

"先把他留在我们这边，然后根据情况，选择警方态度积极的时机推出他。到时候也可以利用媒体的力量。"

"这样啊。"拓实终于听明白高仓的打算,立刻看向他,"不,这样就糟了。如果不交出冈部,就没法救回千鹤。"

"问题就在这里。我们不能把冈部交给那些家伙,虽然冈部不至于被他们杀掉,但很可能会被藏在警方无法触及的地方。"

"可是千鹤……"

"我知道,所以我正在绞尽脑汁想办法。"高仓挠了挠下巴。

拓实走近冈部。冈部察觉到拓实的气息,抬起脸,脸上立刻挨了不重的一巴掌。

"你这混账,想逃就一个人逃,竟然把千鹤卷进来。"

"我一直觉得……对不起她。"

"这就完了吗?你为什么要这么远跑来大阪?"

冈部没有回答,背后随即响起了高仓的声音:"死掉的主任是大阪人,走私的物品也藏在大阪的某个地方。他应该是知道地点才来的。"

"然后你把那些东西一个接一个送进了当铺?"

冈部扭过脸。被触怒的拓实又打了他一巴掌,力气比刚才大得多。冈部狠狠地回瞪着拓实。

"你这眼神是什么意思?要是让石原抓住,现在怕是命都没了。你该感谢我们才是。"

冈部没有回答,赌气般再次别过脸去。

"揪着那个男人也没用,现在更重要的是必须想办法救回千鹤。"竹美说。

"可是我连他们的藏身处在哪儿都不知道,那时我的眼睛被蒙上了。"

"逼那个男人说出来怎么样?"竹美指了指日吉。

"那家伙不会说的，就算被杰西杀了也不会。"说到这里，拓实想起了一件重要的事，"对了，必须让那家伙定时联系石原，否则对方就会知道出事了。"

"宫本，你们约好要在几点前找到？"高仓问道。

"今天夜里十二点。"

"十二点……"高仓看着手表叹了口气，"只剩五个小时了……"

36

"不好意思，能占用点儿时间吗？"时生看向拓实。

"怎么了？"

"这种时候可能不太合适，但还是想给拓实哥你介绍一个人。"

"啊？"

拓实顺着时生的视线望去，不由得皱起眉头。这个家的主人，也就是那个老婆婆，正缩着身体靠在墙边。她抬头看了拓实一眼，又立刻垂下目光。

"既然找到了这里，那拓实哥你应该已经明白了这里是什么地方。所以，那位老婆婆到底是谁，你也……"

拓实的目光从老婆婆身上移开，转向了别处，他撅着下巴，用手挠了挠脖子。

"我们回避一下比较好。"竹美准备起身。

"不用，在这里就行，不是什么重要的话题。"

时生的话让竹美有些困惑。她和杰西似乎已经从时生那里了解了大致情况，两人都露出了疑惑的表情。

"久别之后难得重逢，还是好好打个招呼，而且这次的事情也是承蒙人家关照。"

"嘁！"拓实甩出一句，"要不是你逃到这里，我也不会来。"

"但是也没有其他可以碰面的地方了吧？这里可以说是我和拓实哥的约定之地。"

"你这是装哪门子腔！要是在这里会给人添麻烦，那我们现在就出去！高仓，我们到外面去商量对策。"

听到拓实这么说，高仓一脸不知所措。他看向时生，仿佛在说"我真是受够了"。

"拓实哥，这样可不像话。"时生说道。

"什么意思？"拓实瞪着他，"你真阴险。用这种手段让我过来，岂不是显得我蛮不讲理？我难道是坏人？"

"你不是坏人，而是像个小孩。"

"你说什么？"拓实回头看着竹美。

"不是挺好吗？打个招呼而已，毕竟是有血缘关系的。"

"都把我扔了，还什么血缘不血缘的。"

"怎么可能是扔了呢？那是为了你好，把你交给更有能力抚养你的人。"

"如果没能力养，那就别生。对吧？我说得不对吗？"

"要是没生，你现在就不存在。那也可以吗？"

"都没出生，也没有什么可以不可以了。"

竹美摇摇头，叹了口气。"真是的，没法和你争论。时生，这种傻子就别管了。"

"你从来都没想过出生在这个世上真好吗？"时生说道，"你现在喜欢千鹤姐吧？今后也一样，你还会喜欢上各种各样的人，那都是生在这个世上才能做到的。"

"我能活到现在，都是因为我的养父母，是因为宫本家。至于生了我就丢下不管的人，和我没有任何关系！连猫狗都做不出那种事，连它们都会一直照顾幼崽到能自力更生为止。"

拓实愤怒的声音让众人都沉默下来。在沉重的寂静中，能听到呼呼的风一样的声音。过了半晌，拓实才察觉到那是自己的喘气声。

就在他咬紧嘴唇的时候，老婆婆有气无力的声音传入了他的耳中："听说你去了东条家。"

所有人的视线都投向了老婆婆。

老婆婆跪坐在地，抬眼看着拓实。"非常感谢，这样须美子应该没有遗憾了。真的非常感谢。"她冲着拓实双手合十，低下头。

"拓实哥。"时生催促着他。

"真烦人。"

拓实站起身，快步从众人之间穿过，穿上鞋子冲出房门。

他一边用余光扫过一栋栋老房子，一边漫无目的地走着。他并不打算回忆，但那本《空中教室》中描绘的风景却自动浮现在他的面前。他开始喃喃自语："都说什么呢？没有人理解我，都把我当傻子……"

回过神来，拓实已经来到一座小公园前，孤零零的长椅上没有坐人。拓实在那里坐下，摸了摸口袋，想找根烟，却一无所获。"可恶！"他朝地上吐了口唾沫。

一个影子出现在拓实面前的地面上，呈现出人的形状。抬头一看，时生站在那里。

"又要对我说教吗？"拓实问。

"有个地方希望你也能一起来。"

"又是这样的话。这次是哪里？北海道吗？还是冲绳？"

"就在附近。"时生说着便迈开步子。

拓实没有立即起身。他认为如果他不跟上去，时生就会停步。

但是时生看都没看身后，只是继续前行，似乎已经下定决心：如果拓实不跟上去，那么一切就到此为止了。

拓实咂了咂嘴，从长椅上抬起屁股。尽管不情愿，他还是准备追上去。也许是注意到拓实跟了上来，时生也放缓了脚步。不一会儿，拓实就追上了他。

"你要去哪儿？"

"到了你就知道了。"

没过几分钟，两人就来到了宽阔的马路上，车辆川流不息。待信号灯变绿后，时生走过马路。路对面排列着一栋栋大楼，人行道也修整完备。时生在行道树边停下脚步。

"只是过了条马路，氛围就完全不一样了吧？"

"是啊。"

"你觉得这是为什么？"

"我怎么可能知道？我又没在这里住过。"

"据老婆婆说，这一带的土地都归某个大地主所有。能住在自己的土地上的人，只有那么一小撮。从马路到这边都是。但由于某件事，地主转让了土地，之后就建起了这些大楼。"

"某件事？"

"是火灾。"时生说，"以前这里也密密麻麻地建着很多民宅，但后来发生火灾，整个街区几乎全被烧毁。因为都是木造的旧房子，火势蔓延起来后完全无法控制，听说死了好几十人。"

"真是悲惨。不过这和我有什么关系？"

时生什么也没说，他把手伸进牛仔裤的口袋，掏出一个白色信封递给拓实。

信封上写的收件人是宫本邦夫，也就是拓实的养父。住址还是旧的，也是拓实长大的那个地方。

"这是什么？"

"你读读看。"

"太麻烦了。"拓实推了回去，"你已经读过了吧，给我讲讲不就行了。"

时生叹了口气。

"这是东条须美子女士以前写给你的信。那时她还没结婚，所以寄信人的名字是麻冈须美子。她原本是打算寄出的，但后来好像改变想法放弃了。根据老婆婆的话，信就放在衣柜抽屉的最里面。我也是刚刚才读过，给你讲讲也行，但没法全部传达，还是你自己读更好。"

他说了声"给"，又把信封推给拓实。

"没这个必要，反正肯定没写什么重要的事，只是借口之类的吧。"

"你在害怕什么？"

"你说谁害怕了？"

"你不是在害怕吗？觉得信上可能写着你不想知道的事，所以害怕得发抖了吧？要是保持现状，你就可以继续骂人，可如果读了信，也许就不能再那样了。这就是你的想法吧？"

"别胡说了，我才没发抖呢，只是不想看那个女人的鬼话。"

"是不是鬼话，你自己确认一下不就好了？你现在这个样子，在我看来就是在害怕。"

拓实来回瞪着信封和时生的脸。时生并没有躲避的意思，也没有收回信。拓实没有办法，伸手拿过信封。

信封里满满当当地塞了十张便笺，泛黄的纸上用蓝色墨水写着字。为了不引起时生的注意，拓实悄悄做了个深呼吸。第一张便笺上写着如下内容：

这是我写给拓实的信。如果时机已到，就请交给他看。如果认为无此必要，烧掉也无大碍。

然后，从第二张便笺开始，每一页上都密密麻麻排满了文字：

致宫本拓实：

　　拓实，你好吗？我是生下你的妈妈。但是，我没有资格被称为妈妈。在生下你之后不久，我就把你送到了别人家。我真的做了一件对不起你的事，因此被你憎恨也没有办法。我知道，无论怎么道歉，我都不会得到原谅。

　　只是有一件事我想告诉你，所以才会拿起笔来。那就是关于你的爸爸。你的爸爸叫柿泽巧。是的，他也叫作Takumi，我给你取了和爸爸相同的名字。①

　　柿泽巧和我们住在同一个街区，是一个漫画家。不过，你还没有看过他的漫画吧。而且你大概也没听说过爪冢梦作男这个笔名。这个名字是模仿手冢治虫先生的名字取的。当然，这个名字也包含着创造梦想的意思。只不过非常遗憾，他的作品销量还不到手冢先生的百分之一，所以并不为世人所知。但是，他的漫画真的非常出色。

　　我是他为数不多的读者之一，但我也不能太过自满。因为我并没有花钱买他的作品，而是从朋友那里借漫画杂志读的。

　　有一次，我读着他的漫画，发现了一件从来没想过的事：我居住的街区被原封不动地画了下来。那是一部名叫《空中教

_____

① 日语中，"拓实"和"巧"皆可读作"takumi"。

284

室》的漫画。我猜想爪冢梦作男可能就住在附近，于是给编辑部写了封信。不久，我收到了他本人的回信，信上的地址正是同一街区。他在信中写道："欢迎随时来玩。"

我下定决心，去了那个地址。爪冢梦作男的家与我家一样，都在古老而杂乱的民宅中。门口的名牌上写着"柿泽"，后面的括号里写着"爪冢梦作男"。我由此知道了他的本名。

柿泽巧当时二十三岁，他热情地欢迎了我。据说在那之前，从来没有读者到他家玩过。与此同时，见到他的我也受到了不小的打击。他无法正常行走，出生后不久的一场重病给他留下了后遗症，让他的腿无法再动弹。他的双腿就像晾衣竿一样纤细，双脚和年幼时的样子没有区别。因为家中贫穷，即使患病也没能去医院，因此耽误了治疗。这些都是他笑容满面地讲给我听的。

拖着这样的身体，他为我端上了茶和点心。仅凭双臂的力量，他就能在房间内自如移动。用他自己的话说，上厕所也不太费劲。事实确实如此。不过外出时，轮椅是必需的，而他一个人想要坐上轮椅有些困难。轮椅就放在玄关处。偶尔会有帮忙的人来，帮他打扫房间、洗衣和做饭，这比请那种每天都来的帮佣要便宜得多。我见过那人几次，是一位和善的大婶。

他出生在和歌山的农家，原本必须给家里帮忙，但这副身体什么都做不了，让他十分内疚。

在这样的境况中，他的生存价值就是漫画。就像他的笔名所示，他尤其热衷于手冢治虫的作品。不久后，他开始自己画漫画，然后给有名的漫画杂志投稿，作品不断入选，他也成为职业漫画家。

年满二十岁后，他来到了大阪。因为出版社的人曾跟他说，如果不来都市看看，就无法跟上今后的时代发展。原本他认为去东京更好，但周围的人都让他尽量离老家近一些，于是去大阪就成了妥协的结果。最初他并非独居，而是和比他大三岁的姐姐住在一起。但是后来姐姐结婚，他也就孤身一人了。当时，他的漫画家生涯刚刚开启，要是回和歌山就太可惜了。

第一次见面时，我确实非常惊讶，但很快就不再在意他的身体。不仅如此，在一次又一次见面中，我渐渐被他吸引了。他开朗、博学，总是聊着各种话题，一点儿都不会让我感到无聊。更重要的是，他对我的珍视深切地传达到了我的心里。那时，去他那里玩儿是我最大的快乐。但那是不能让别人知道的事。年轻姑娘独自去男人家里，在世人看来是不知廉耻的行为。更何况那个男人的身体状况不同寻常，更不知道会传出什么流言。我也没有告诉妈妈，因为肯定会被立刻禁止。我是在尽量不被别人发现的情况下偷偷去的。现在回想起来，那是我最幸福的时期。

不幸在一天早晨突然到来。我被母亲摇醒，听到了附近发生火灾的消息。那时还不知道起火的确切位置，但是从屋外传来的人声中，我知道了火势正在蔓延。

我和妈妈一起来到屋外。天色未明，街上却跑过不少看热闹的人群。看到他们奔跑的方向，我的内心生出一种不祥的预感。那是柿泽巧住的地方。我不由自主地跑了过去。

随着离火灾现场越来越近，我的不安也变成了绝望。着火的果然是他居住的那一带。灭火行动已经开始，但猛烈的火势似乎还是难以控制。

我不管不顾地冲向他家。但是火焰正在从正面迫近他家，让人无法继续靠近。我绕到背面，那一片都是分隔式住宅，背面是狭窄的小巷。

穿过迷宫般的小巷，我终于绕到了他家后面。周围火舌四起，烟雾弥漫，我呼吸困难，连眼睛都难以睁开。

我一边拼命呼喊，一边拍打窗户。窗户上安的是磨砂玻璃，看不到里面的样子。

不一会儿，窗户开了。我先看到了他的手，其次是他的脸。他是用尽全力起身开窗的。

"你来干什么？快逃！"他说。我回答："我要和你一起逃。"话是这么说，我却不得不承认那是不可能的。窗户上安装了很多根防盗铁条，而且就算没有铁条，我也不可能把已经成年的他从窗户里拉出来。留给我的路，只有在这里和他共赴死亡这一条。

他似乎察觉到了我的心思，悲伤地摇了摇头，说："求你了，趁现在赶紧逃，我不能连累你。希望你带着我的那份人生长久地活下去。一想到你能活着，即使是现在这样的时刻，我也能感受到未来。"然后，他又递出一个大大的茶色信封，说："带着这个快走吧，这是联结我们的幸运物。"后来我才发现，信封里是那本《空中教室》的原画手稿。

我哭个不停，喊着"我不要这样"。但是他却露出了温柔的笑容，随后便关上了窗户，还上了锁，不管我怎么推，窗户都纹丝不动。

我敲着窗户号啕大哭，但火苗已经近在眼前。闻到头发散发出烧焦的臭味时，我忍不住逃了出去。我丢下了他，选择了活下去的道路。

但是，从那天开始，我就陷入了痴呆的状态。失去他的悲伤和让他独自死去的悔恨从早到晚折磨着我。我连饭都吃不下去，几乎就要走向死亡，而将那样的我拯救出来的，正是拓实，是你。

发现自己怀上了他的孩子时，我觉得自己无论如何都必须活下去。那是我的使命。"即使是现在这样的时刻，我也能感受到未来。"我回味着他最后的话。我相信，他的未来就在我的腹中。但是，我绝对不能说出孩子父亲的身份。对此我顽固地闭口不谈，也对周围劝我堕胎的声音充耳不闻。然后，拓实，你就出生了。

接下来是我的辩解。如果你不愿读，我也无可奈何，毕竟我没有资格。但还是请你允许我把它们写下来。

我的梦想是把你养育成一个出色的人。无论发生什么，我都想要实现这一梦想。但是当时的我从年龄上看也还是个孩子，仅凭一己之力，还有很多事都无法做到。家里的收入很少，连保证你的营养都很困难。而且更不幸的是我不但体弱多病，母乳也少得可怜。

如果那样下去，你的生命之火可能就会熄灭。他的成长经历也在我的脑海中闪现：患重病时无法接受充分的治疗，导致落下残疾，那样的悔恨是怎么也无法释怀的。我希望你成为你父亲那样出色的人，却不希望你重蹈他的不幸，所以才在取名字时改变了用字。

宫本夫妇是我们的恩人，他们让你健康长大，无论怎么感谢都是不够的。

你可以忘记我，但请你一生都要好好对待宫本夫妇。然后，请你带着你去世的父亲的那份人生一起在未来的人生中好好生活。我的愿望只有这些。

麻冈须美子

拓实坐在护栏上读完了信。护栏硌得屁股生疼，但从中途起，他就感觉不到疼痛了。

这是他第一次知道父母的故事。自己为什么会出生，答案都在这封信中。

"读完了？"时生问。

"嗯。"

"怎么样？"

"什么怎么样？"

"我在问你感想。不可能没有感想吧？"

拓实撇着嘴站起身。他仔细地叠好便笺，放回信封，然后递给时生。

"没什么特别的。"

时生的目光严厉起来。"你是说真的？"

"你别激动。里面也没写什么新鲜东西，只是写了点儿那个漫画家的事，和我无关。"

"无关？"

"当然无关了。他已经不在这个世上了，也没给我留下遗产。"

"我说你，怎么就只会这么说话？"时生悲伤地摇了摇头。

"那你让我怎么说？你认为我读了会感动吗？感动得哭了才满意？很不巧，我没有那么天真。结果不都是一样的吗？一时兴起生下了我，结果养不了只能扔出去，信里不都写了吗？"

"你……你到底读的是什么啊！"时生皱起脸，一把抓住拓实的衣领，力气很大，"你以为你父亲是带着什么样的想法让你母亲逃走的？你没读最后的话吗？'即使是现在这样的时刻，我也能感受到未来'——你为什么不明白啊？"

"那只是临死前想要说句帅气的话吧。"

"你这浑蛋！"

伴随着时生的声音，拓实眼前一黑。冲击袭来的同时，拓实向后倒去。明白自己被打的时候，时生已经骑了上来，他揪住拓实的衣领猛烈摇晃。

"你怎么能明白临死之人的心情？别开玩笑了！火都烧到身边了，那种时候你能说得出未来之类的词吗？感受到未来什么的，仅凭一张嘴就说得出来吗？"

看到时生的眼里溢满了泪水，拓实丧失了反驳的气力。

"如果能够确信喜欢的人会活下去，那么在临死前也能看见未来。对于你父亲来说，你母亲就是未来。无论什么时候，人都能感知未来。无论是多么短暂的人生，哪怕只有一瞬，只要能切实感受到活着，那就有未来。我告诉你，未来并非只是以后。未来在心中，如此人就会幸福。正是因为有人告诉了你母亲这一点，你母亲才会生下你。而你呢？只会抱怨，什么都不去争取。你现在感受不到未来，这不是任何人的错，是你自己的错！因为你就是个笨蛋！"

面对用尽全力怒吼的时生，拓实无法移开目光。时生的一言一语像锁链一样缠住拓实的身体，让他动弹不得。

突然，时生像回过神来一样瞪圆了眼睛。他嘴巴半张，终于放开了手。

"对不起……"他低喃着垂下了头。

"心里……痛快了吧？"

时生一言不发地站起身，伸手掸了掸牛仔裤上的土。

"这原本不是我该说的话。无论我说多少，如果拓实哥你自己不明白，我也无可奈何。不过拓实哥，我觉得我能生在这个世上真好。"时生说着看向拓实，嘴角上扬，"因为你是在富裕的家庭出生的——你是想这么说吗？"

"不，"拓实只摇了一下头，"我不会那么说。"

"算了，我的事怎样都没关系。"时生把刚才的信放到依旧坐在地上的拓实的膝盖上，"我先回去了。"

拓实盘着腿，目送时生走过马路。

37

拓实回到老婆婆家里，发现众人仍坐在之前的位置。时生也抱膝坐在原位。大家抬头看了看拓实，又都避开目光。

拓实清了清嗓子。"嗯，怎么说呢，在我的私事上花了点儿时间，不好意思。我们来商量怎么救回千鹤吧。"他盘腿坐到时生旁边。

"还不知道她在哪里呢。"竹美嘀咕了一句。

"我觉得是在海边，有好多仓库。"

"就凭这点吗……"竹美拢起长发。

拓实一拍双膝站了起来，来到隔壁房间。日吉已经恢复了意识。他手脚被缚，倒在榻榻米上，尖锐的目光射向拓实。

"不定时联系没问题吗？"

日吉哼了一声。

"快说，那个藏身处在哪儿？"拓实抓住日吉的衣领。

"你刚才不是都说了吗，我是不会告诉你们的。"

"可是这样下去，你们也无法得到冈部，没关系吗？"

"反正你们也没有交出冈部的意思。"

"不知道你们在哪儿，我们想交也没办法。那个高仓好像不愿交出冈部，但我不一样。只要把千鹤还给我，我就不会抱怨什么。怎么样，想不想再做一次交易？”

日吉沉默不语。明显带有敌意的面色背后，是正在进行种种算计的内心。

“想想就能明白吧？要是保持现状，你们也达不到目的。难道不应该在胜算更大的方案上赌一把，没准还能抢走冈部？”

“那个人……”日吉用下巴指了指高仓，“会同意你的提案吗？”

“那个人想怎么办和我无关。重要的事只有一件，就是救回千鹤。你也一样吧？最重要的不就是带回冈部吗？”

“你想怎么办？”

“我已经决定了，就这么办。”拓实说着扶正了日吉的身体，开始解他手上的绳子。

“拓实哥！”

“等等，你要干什么？”

“我只能这么做。”拓实来回看看时生和竹美，同时又解开了日吉脚上的绳子。

手脚获得自由的日吉迅速站起身，背靠墙壁摆出架势。杰西立刻如同呼应般站了起来，也摆出了战斗的姿势。

“竹美，你让杰西别出手。我跟这家伙回他们的藏身处，带着冈部一起。”拓实回头看向日吉。“这样就没什么意见了吧？原本从一开始就是这么约定的。”

日吉舔了舔嘴唇，点点头。“好吧，但只有你能来，其他人不能跟着。”

“嗯，行。”

“拓实哥！”

“真啰唆！拓实哥、拓实哥的，你就只剩这一句话了吗？”

"一个人去很危险。"

"我当然知道。"拓实转向日吉,"我这里也有条件。别让人来接我,而且我也不想再被蒙眼睛了。"

日吉略一思考,缓缓点了点头。"好,我接受这个条件。"

"这可是男人的约定。"拓实一把拉起冈部,"来,走吧。"

日吉率先走向玄关。竹美和杰西极不情愿地让开了路。拓实跟在日吉身后,但是目光一和高仓的对上,他又停了下来。

"对不住了,但我只能这么办。"

高仓苦着脸点点头。"算了,没办法。"

"等我救回千鹤,就全力帮助你。"

高仓苦笑着挠了挠头。

几人穿上鞋,来到外面。日吉抓住冈部的手腕向前走,拓实正准备跟上,后面传来啪嗒啪嗒的脚步声。"等等。"是老婆婆的声音。

拓实停下来转过身。老婆婆递过来一样东西。"拿上这个。"

那是一个紫色的护身符袋子,上面印着"石切神社"。

"这是什么?"

"护身符,里面放了能帮你的纸符。"

"我不需要这种东西。"

"拿着。"老婆婆盯着拓实,"拿走吧。"

拓实接过护身符的袋子,打开一看,里面放着一张叠好的纸条。他展开纸条,上面用圆珠笔草草写着"捡到这个的人请尽快给以下号码打电话:06-752-××××　江崎商店"。

"看,"老婆婆微笑着,"能帮上忙吧?"

拓实咬着嘴唇,把纸条叠好装回袋子。"知道了,我会带着的。"

"喂!"日吉招呼他,"磨蹭什么呢?"

"哦,我马上就来。"拓实的视线回到老婆婆身上。"老婆婆,保重。"

"拓实。"老婆婆握住他的手,"多加小心。"

"我知道。"

竹美和时生走到玄关处,担心地望着拓实。拓实朝他们轻轻挥了挥手,便迈步离开了。

来到大街上,日吉拦下一辆出租车。三人坐进后排座位,冈部被夹在中间。

"去天王寺。"日吉对司机说。司机是个上了年纪的男人,低声应了一句,便发动了车子。

"天王寺?那里是你们的藏身处?"

日吉没有回答,直直地看着前方。

"嘴还真是严。"拓实咂了咂嘴,"要是在东京,管他是蒙眼睛还是堵耳朵,我大体都能猜出是哪里,可是在大阪就没办法了。"他戳了一下冈部的侧腰,"都是因为你这混账逃到这里。"

冈部皱起眉头,呻吟了一声。

"我觉得应该是在海边。"拓实观察着日吉的反应,"大概是在点心店旁边。"

"点心店?"日吉一皱眉,"你说什么呢?"

"我刚想起来,今天早上离那里时,我闻到了饼干的香味,是刚烤好的饼干。"

沉默了几秒钟,日吉扑哧一声笑了出来。"在关键的地方掉链子。就因为这样,自己的女人才会被这种男人抢走。"

"你说什么!"

"不是饼干,是面包。"

"旁边是家面包工厂,专门生产便宜面包。再告诉你一点儿,附近不是海,你完全猜反了。"

"哦……是吗，是面包啊。我可不太喜欢面包。"

出租车的速度慢了下来。"停在哪里呢？"司机问道。车子开到了一处繁华的路口。

"这里就行。"日吉从上衣口袋里掏出钱。

拓实的左手紧紧握住那个护身符，他想找机会交给司机。纸上写的江崎商店肯定是高仓他们等待的地方。如果司机能给他们打电话，他们便能知道拓实是在哪里下的车。那样一来，就有可能找到藏身处。

"喂，你干什么呢？赶快下车！"付完车费的日吉推着冈部，拓实眼看也要被推出去了。

"哎！啊，等一下啊！脚卡住了！"拓实做出一副要把座位下方的脚拔出来的样子，顺势将护身符丢到下面。拜托了，司机先生，请赶紧发现吧！

出租车开走后，日吉依旧站在原地，没有要走的意思。

"你愣着干什么？不是要去藏身处吗？"

日吉看着拓实，冷冷一笑，随即将目光投向远方，抬起手来。又一辆出租车在他们面前停下。

"坐上去吧。"日吉说。

"什么，还要坐？"拓实瞪圆了眼睛。

"少废话，快坐！要不然就晚了。"

三个人像刚才一样挤进车中。日吉语速飞快地说出了目的地，听起来像是"河内松原"。

"为什么不坐刚才的车去？"拓实不依不饶地问。

"以防万一。"日吉说。

"什么万一？"

"你们的同伴也许看到了刚才的车牌号，我可不想被他们查到目的地。"

"至于做到这一步吗？"

拓实假装平静地看向窗外，腋下却冷汗直流。既然换了一辆出租车，那个护身符就没有任何用处了。

车子沿着主干道前行，但是离市区越来越远。拓实完全没有方向感，不过知道他们现在身处郊区。

糟糕啊，他想。没有任何线索，就意味着无法期待有人前来相助。他心一横：只能凭自己的力量想办法了。

从主干道上拐了一个弯，日吉叫停了出租车。旁边可以看到形似工厂的建筑，隐约的饼干，不，是面包的香气飘了过来。

"快走，就在前面。"日吉催促道。

"你老大还在等吗？"拓实说，"定时联系已经中断，难道他不会觉得不妙，然后逃跑吗？至于你，扔下不管也没什么。"

"小看我们老大对你可没什么好处。"

"哎呀，是吗？"

前方的道路越来越暗，四周没有路灯，路边是绵延的水泥墙。在水泥墙中断的地方，日吉走了进去。拓实带着冈部跟在后面，似曾相识的光景在眼前展开。

"就是这里。"拓实说，"没错，那个仓库的二楼就是他们的藏身处。"

"很怀念吗？"日吉向那里走去，却因拓实他们没跟上来而停步回头，"怎么了？不赶紧过来吗？"

"我和这家伙在这里等，你把千鹤带来。"

"哼……"日吉盯着拓实的脸看了又看，缓缓点点头，"信不过我们？"

"很难相信你们。"

"确实。"日吉冷笑道,"看你这么有胆量,我就告诉你吧。"

"什么?"

"我家老大,是不打算交还那个女人的。"

"果然如此。"

"那个女人和那家伙一直在一起,也就是说,她应该知道所有不可告人的事。把那家伙控制起来,却让那女人逍遥在外,就没有任何意义了。"

"千鹤什么都不知道,真的。"冈部说。不知是不是因为很久没有说话,他声音嘶哑。

"那你倒是跟老大这么说啊。"日吉冷漠地丢下一句话,又看向拓实。"想要救回那女人,是要凭本事的。我不讨厌你这个人,但肯定也不会帮你。"

"我知道,你快把千鹤带来。"

日吉撇了撇嘴,整了整上衣,迈开步子。脚踩在沙砾上的声音渐渐远了。

"那个男人说得没错。"冈部说,"那些家伙没有交出千鹤的意思。你有什么办法吗?对方可不止一两个人。"

"不用你操心,那种事我清楚得很。"拓实说着解开了捆住冈部双手的绳子,"你对自己的脚有信心吗?"

"脚?"

"我是问你跑得快不快。"

"你突然这么问,我也……那个,就一般吧。"

"那你可要做好心理准备,我需要你跑起来。"

"啊?"

"我一示意,你就跑,要用尽全力。要是不想被他们抓住,你就照我说的做。"

"不拿我和千鹤交换吗？"

"我是想要交换，可对方看起来没这个意思。"

看到好几个人影从建筑里走出，拓实做好了应对的准备。来人有石原、日吉以及另一名手下，没有千鹤。

"哎呀，宫本先生，好像发生了很多事，我都听日吉说了。"石原朗声招呼道，"冈部先生，终于能见面了，大家都在找你呢。"

"我的话好像没有好好传达到，我说了要带千鹤来。"

"好了好了，别那么着急。喂，把冈部先生带上去吧。"石原命令手下。

两个男人走近拓实他们。拓实在冈部的耳边低语道："就是现在。"

"哎？"

"跑啊！"

冈部"啊"了一声，立刻向大路跑去。

"喂！你！"

"等等！"

石原的手下们也喊叫着追了上去。

众人都处于茫然之中，机会只有现在。拓实冲向建筑。立刻注意到的日吉上前阻拦，拓实却蜷起身体撞了上去。冲击让拓实失去了平衡，但他迅速调整过来。至于日吉怎样了，他已无暇顾及。

进入建筑物，跑上面前的楼梯，身后传来追逐的脚步声。楼梯的最上层放着纸箱和推车，拓实把这些东西都扔了下去。尖锐的金属声混杂着人的惨叫声，有什么东西咚的一声坠了下去。

二楼办公室的门打开，无眉男人走了出来。"干什么？你这混账！"他冲过来就要打拓实。

拓实躲过对方的拳头，挥出一记右直拳，正中无眉男人的鼻子下方，手上传来炸裂般的感觉。无眉男人大叫一声，捂着脸就地蹲下，鲜血啪嗒啪嗒滴落在地。

拓实冲进办公室，千鹤正一脸不知所措地站在那里。拓实关门上锁。

"阿拓……"

"快开窗户！"

千鹤打开旁边的窗户，拓实从那里向下张望。旁边紧邻的似乎是一家二手车中心，仓库屋顶就在眼皮底下。

"千鹤，跳下去！"拓实喊道。

"哎？"千鹤说着，反而远离了窗边，露出了恐惧的神色。

"笨蛋！你害怕什么？这是害怕的时候吗？"

"可是，从这种地方跳下去……"千鹤一个劲儿摇头。

门外传来咣当咣当的声音，大概是有人在搬开拓实扔下楼梯的东西。"混账！在这种地方干什么呢！"不知是谁在怒吼。被骂的大概是无眉男人。

"快点儿！"

拓实抓过千鹤的手，连拉带拽把她拖到窗框上。但是她仍然在摇头。"不行，绝对不行，我做不到。"

门锁打开的声音响起，拓实从背后推了千鹤一把。千鹤尖叫着掉了下去，滚落在仓库的屋顶上。拓实见状，也一脚踩上窗框。就在这时，门开了，日吉冲了进来。

"告辞了！"拓实扔下一句即兴台词，一跃而下，在仓库的屋顶上滚了好几圈。

"啊，阿拓，不要紧吧？"

"快跑！他们会追上来的！"拓实迅速起身，拉住千鹤的手。

"往哪儿跑？"

"从这里跳下去。"

"哎？还要跳？"

咚的一声，两人回头一看，日吉也跳了下来。或许是扭到了脚腕，他的脸扭曲起来。

"快！"

两人跑到屋顶边缘，拓实握着千鹤的手跳了下去。下方停着一辆二手丰田卡罗拉，两人落在车子的发动机盖上。伴随着响亮的声音，发动机盖嘭地凹陷了下去。

"快跑！"拓实拽起千鹤的手。或许是逃亡生活的疲惫和后来的监禁带来的伤害叠加在了一起，千鹤的身体显得十分沉重，而且她还穿了一双不适合跑步的鞋。

两人在密密麻麻的二手车中间穿行，可以感受到对方正在逼近。拓实不顾一切地向着前方奔跑，千鹤一蹲下来，他就用力把她拉起。

大路就在前方，但两人不得不放慢速度，铁丝网将他们与大路隔离开来。

"混账！"

拓实找到了出口，但那里大门紧闭，还挂着锁。

脚踩沙砾的声音从站在铁丝网前的两人背后靠近。拓实回过头，石原和手下们正悠然走来。

"宫本先生呀，我真是再次对你的勇敢和坚韧感到佩服，都想让我们这里的年轻人好好学一学了。这可不是客气话，我是打心底感动。"石原说着向前迈出一步。

"赞扬的话就不用了，你不能这样放过我们吗？"拓实上气不接下气地说。

石原露出苦笑。"如果我有决定权的话，也不是不能考虑。可是很不凑巧，我的权力没那么大。来，男人要懂得放弃，能把那个姑娘交给我们吗？"

"我不是把冈部交给你们了吗？已经约好要还我千鹤了。"

石原不耐烦地皱起眉头。"事到如今，就别再说那么幼稚的话了。你不是也知道那样行不通，才这么大闹一通吗？一路帅气到现在，那就坚持到最后怎么样？"

"好，我知道了。"拓实让千鹤站到身后，"那我就奉陪到底。想要抢走千鹤，先把我打倒再说。"

"哎呀哎呀。"石原挠了挠头，做出抬手的姿势，"我只是不想在无聊的事情上浪费时间。不过算了，既然本人没法接受，那也没办法——谁来当他的对手？"

石原一退到后面，日吉便接替上前。他瞪着拓实，脱掉上衣，左右晃了晃头。

"果然是你。"

"刚才我手下留情，这次可绝不会了。"日吉沉下腰，摆出底特律式姿势①。

拓实一边准备迎击，一边心想不妙。杰西不在，恐怕赢不了对方。但他不能不战而降交出千鹤。他决心要一直战斗到被击倒，不，被击倒也绝不放弃。

日吉蹭步向前，大概是自信满满。拓实稳住身体，准备防守。

就在这时，不知从哪里传来了吵闹的音乐声，音量大得与这黎明前的环境毫不相符。拓实的注意力瞬间被干扰了，日吉也惊讶地向后退了一步，似乎是在等待一切恢复到适合对决的寂静中。

但是，音乐声不但没有停下，反而越来越近。拓实注意到那音乐风格属于硬摇滚，而且摩托车的引擎声也混杂其中。

---

① 拳击中的一种姿势。右臂弯折向上，握拳于脸部斜下方；左臂微弯向下，握拳于大腿旁。

不一会儿，几十辆摩托车出现在大路上，一看就知道是暴走族。车队正中间是一辆装饰得花里胡哨的客货两用车，车顶安装了扩音器，硬摇滚乐就是从那里发出的。

他们在拓实等人的背后停下。看到车体一侧写着"BOMBA"，拓实立刻知道了他们的来头。

音乐声停下了，摩托车的引擎声也同时消失。车门打开，竹美走了出来。她穿着一身适合骑摩托车的皮衣，手里拿着根铁链，一边咔啦咔啦地耍着一边走了过来。

"久等了！"她朝拓实眨了眨眼。

"这些人是干吗的？"

"帮手。总之事出突然，找来这么多人真是费了不少力气。都是以前一起玩儿的伙伴。"

拓实看了看周围，都是些看上去难以对付的面孔。

"真是吓死我了。"

高仓和时生也从车里走了出来。高仓冲拓实点了下头，继而转向石原。"差不多可以到此为止了吧。事情要是闹大了，对双方都没有好处。"

"想带着这帮小鬼来威胁我？"石原冷笑道。

"不。我联系了你的雇主，事情已经谈妥。我们会把冈部交给你们，所以就放过这两个年轻人吧。"

"我可没听说这事。"

"这是刚刚决定的。你要是信不过，就听听这个，是我们的电话录音。拓实，你接一下。"高仓拿出一个小型录音机，从铁丝网上方扔了过去。

拓实一把接住，递给日吉。日吉又递给石原。石原按下按钮，贴在耳朵上开始听。

"你应该能确认雇主的声音吧？"高仓说。

石原关上录音机，皱着眉头噘起了下嘴唇。"冈部呢？"他问手下。

"抓到了。"

"是吗？"石原挠了挠下巴，缓缓走到拓实身边。他皱起鼻子，呼地从嘴中吐出一口气。"两败俱伤。"

"你要是这么认为，我也没意见。"

石原握起拳头，朝拓实胸口轻轻打了一拳，便猛一转身迈开步子。手下们紧随其后。最后留下的日吉一言不发地指了指拓实的脸，随后也离开了。

拓实往铁丝网上一靠，身体随即滑了下去。疲劳感突然袭来。

"拓实哥！"时生隔着铁丝网呼唤。

"哦，你们还真能找到这里。"

"老婆婆的护身符发挥作用了，回去后你最好去谢谢她。"

"护身符？可是我们换了出租车，那个不是就没用了吗？"

"打来电话的司机告诉我们了。"竹美说，"他说你们提到了要去面包工厂附近之类的话。时生一听，就说绝对是这里。"

"时生？"拓实歪过头看向身后，"你知道这里？"

"是充满回忆的地方。"时生说，"面包工厂旁边的公园……我来过一次。"

"公园？哪儿有公园？"

时生露出微笑。"现在没有，十年后才会建成。"

"说什么莫名其妙的话。你就是胡猜一通恰巧猜中了吧，毕竟面包工厂不是到处都有。"

拓实想要站起身，却因一阵剧痛而表情扭曲。这时他才注意到，自己的脚腕扭伤了。

38

医院位于国铁大阪环状线的桃谷站旁。这是一家综合医院，停车场格外开阔，还设置了出租车的候车处。穿过正面入口的玻璃门，就是宽敞的候诊室，左侧是气派的问询台，不同的窗口分别承担着办理入院手续和申请就诊等不同业务。

时生去办理入院手续的窗口询问千鹤的病房号，拓实则站在候诊室的一角看电视。屏幕上，南天群星乐队正在投入地演唱《亲爱的艾莉》。

时生回来了。"问到了，是五楼的五〇二四号病房。"

两人一起走向电梯。

"真是家又大又气派的医院，而且还是住单间。住院费岂不是要花一大笔？"

"高仓先生不是说了吗，他会想办法的。"

"话是这么说，可是就不能找家更便宜的医院，把差价换成现金给我们吗？"

"怎么可能，亏你想得出这种抠门主意。"

电梯来到五楼。两人穿过长长的走廊，五〇二四号病房是从最里面数的第二间。时生敲了敲门，从里面传来轻轻的一声"请进"，是千鹤的声音。

拓实打开门。六叠大的房间窗边摆着一张床，千鹤靠坐在那里，面前摊开着杂志。

"啊，阿拓。"她的表情明亮起来，"时生也来了啊。"

"我也叫了竹美，但她说她要参加乐队的排练。"拓实把带来的纸袋放到旁边的桌子上，"我买了冰激凌。"

"哇，谢谢。"

"怎么样了？身上还到处都疼吗？"

"已经没事了。高仓先生大张旗鼓给我准备了这种病房，但说句实话，我都有点儿无聊了。"

"反正是对方出钱，不是挺好吗？快吃冰激凌吧。"

千鹤"嗯"了一声，点点头，从纸袋里拿出一盒冰激凌。

"麻烦的手续已经都办完了吗？听说高仓的同伴从你这里问了很多事。"

"差不多吧，但是好像还不能放我走。毕竟对那些人来说，我似乎是他们的王牌呢。"千鹤舀起冰激凌放入口中，开心地说了句"真好吃"。

"真是卷进了无聊的事情里。什么贪污也好，走私也好，不是都和我们无关吗？"

千鹤闻言，停下了舀冰激凌的手，垂下眼帘。"我忘了道歉了。阿拓，谢谢你。时生也是。我给你们添了大麻烦。"

"用不着道歉。比起这件事，那个应该可以了吧？"

拓实的话让千鹤抬起了头。"什么？"

"应该可以说出你的真实想法了吧。你到底是打算干什么，才背着我消失的？是喜欢上冈部那混账了吗？那样也无所谓，但如果你不说清楚，我也下不了决心。"

"啊，那个……"千鹤再次低下头，捧着冰激凌的手一动不动。

"我去外面等吧。"时生说。

"不用。你要是不介意，就待在这里。可以吧，千鹤？这家伙也是因为你才被迫到处跑的，他有权听你说话。"

千鹤点点头，把冰激凌放在桌子上，叹了口气。"以前冈部先生就跟我说过，让我和他交往，我也不觉得讨厌，对他多少是有好感的。"

"千鹤……"

"但是，我们之间什么都没发生过。我已经有阿拓了，所以每次总是想办法避开这个话题。结果有一天，冈部先生对我求婚了。"

这句话就像是对拓实的一记反击。他的心脏猛地一跳，随即他咽了口唾沫。

"他让你和他结婚，你就答应了？"

"我当然立刻就拒绝了。但是冈部先生没有放弃，说会一直等着我。从那以后，他又说过很多遍，什么让我跟他结婚啊，他心里只有我一个人啊。"

"你没跟他说过我吗？"

拓实一问，千鹤微微一笑，睫毛动了好几下。

"我是个狡猾的女人。到头来，我在心里架了个天平。安稳的上班族冈部先生和无业的阿拓，我跟哪个在一起更好呢？跟哪个在一起对自己更有利呢？如果提到阿拓你，冈部先生或许会干脆地放弃，但我还想留着他那张牌。"

"真的吗？"

"理由有很多。我家里穷，所以不得不从护士学校退学，当女招待挣的钱也不得不寄回老家。说句实话，我太累了。就算这么干下去，我也无法幸福。我看不到未来。在那样的低落情绪中，冈部先生的求婚就像是难得的机会。"

"和我……不行吗？"

"要是和阿拓一起当然最好了。"千鹤带着僵硬的笑容看向拓实，"如果阿拓你能好好工作，能说出让我嫁给你……"

轮到拓实低头了。他注视着满是泥渍的鞋子，觉得自己没有权利去对千鹤的不安提出抗议。千鹤曾经一次又一次让他好好工作，而他一直在反驳。他连努力找份正式工作这一点都没有做到，还将自己被排除在社会之外的现状归咎于抛弃自己的人。明明如此，他还总是扬言要干大事，只会说些虚张声势的空话。

"那件事，是我最后的赌注。"千鹤说。

"那件事？"

"保安公司的面试，我说过让你去的吧？"

"嗯……"拓实点点头。对了，还有那件事，但感觉好像是很久以前了。

"你没去呢。"

"哎？"

"你没参加面试吧？"

"不，我，那个……"

"好了，不用糊弄我了，我都看见了。"

"看见什么？"

"我很担心，就往保安公司打了电话，说应该有个叫宫本拓实的人参加了面试，不知情况如何。结果对方说刚一提醒你不该迟到，你就气得走了。"

拓实咬住嘴唇。一切都被千鹤知道了。

"拓实哥……"时生从身后发出厌倦的声音，"你明明说你参加了面试，只是因为没有门路才没被录用。难道全是在说谎？"

拓实无言以对。他握紧了双拳。

"不过，起决定作用的并不是那件事。"千鹤说，"我去找你了，准备冲你发几句牢骚。我找了你可能会去的地方，包括小钢珠店和咖啡厅。结果不出所料，你就在仲见世巷子里的咖啡厅，你把一百日元硬币堆成一摞，正在玩《太空侵略者》。"

那时的情形也在拓实脑海中复苏了。原来那时，千鹤已经看到他了。

"阿拓，你那时注意到了我，然后就藏起来了吧？"

"嗯……"

"藏在桌子的阴影里，偷偷摸摸的……"

千鹤说得没错。拓实认为一旦被发现肯定要挨骂，所以就藏起来了。

"我下定决心就是在那个时候。我觉得这样下去是不行的。"

"这不像是男人该做的。"拓实喃喃道，"我真是丢脸。"

"我不在乎你现在胡闹，因为无论是什么样的人，都会随着年龄增长变得稳重。但是我不想看到那样的你。虚张声势也好，态度强硬也好，我都希望你能堂堂正正。"

"让你幻灭了吗？"

"不完全是。在那时的你身上，我看到了自己的模样。生活走不上正轨，做什么都不顺利，不知不觉就变得低三下四。你变成那个样子，也肯定是因为我。我觉得我们俩已经没法在一起了，也许已经到了各自重新开始的时候。"

"所以你就选了冈部？"

"在面试的前几天，冈部先生曾邀请我一起去大阪，说等处理好大阪的工作就结婚。我犹豫了，所以我才说保安公司的面试是我的赌注。你没被录用也没关系，如果你能认真参加面试，我就会明确拒绝冈部先生。"

拓实叹了口气。"是我自己抽到了让自己输掉的那张牌。"

"那时我觉得那样做最合适，"千鹤缓缓摇了摇头，"但真是上天的惩罚。我从没想过冈部先生在做那种事。他来到大阪后才告诉我详情，可那时已经没有退路了。他看起来很痛苦，我们也只能走一步算一步。这真是用天平衡量别人后受到的惩罚啊。"她抬起头，又一次露出微笑，"我做梦也没想到阿拓你会来救我。"

"千鹤……"

千鹤的目光投向桌子。"冰激凌都化了……"

"接下来你打算怎么办？"

"不知道。他们暂时应该不会放我自由，我也想趁这个机会好好休息。我无处可去。等事情平息后，我大概会回趟老家吧。"

千鹤垂着肩膀。看着她的侧脸，拓实拼命把"我们重新开始吧"这句话咽了回去。他觉得千鹤不会接受，而且也知道这不是他们应该选择的路。

"我知道了。"拓实走近床边，伸出右手，"那……多多保重。"

千鹤盯着他的手看了片刻，随即深深地垂下头，纤细的肩膀微微颤抖起来。在颤抖中，她也伸出了自己的手。"你也多保重。"

拓实用力握住千鹤的手，但是她却伸出了另一只手，温柔地将拓实的手推开。她抬头看着拓实，双眼充血，眼泪就要夺眶而出，却仍然露出了笑容。

"对于很多事情，我都要谢谢你。"

拓实默默地点点头，随即转身离开。时生跟了上去。拓实忍耐着想要回头的冲动，离开了病房。

走出医院后，拓实一时无言，时生也一直保持沉默。在桃谷站买好车票，来到站台上，拓实点上一根烟。夜幕已经降临。

"我真是个笨蛋。"拓实低头看着轨道喃喃自语，"失去了重要的东西，才意识到它有多重要，可是已经晚了。"

"我还以为你们会重新开始。"

"是吗？"

"因为当时的气氛是那样的。"

拓实吐出烟来。"我可不会连着出丑。"

"我倒不认为那是出丑。"

列车进站了。拓实想把烟头扔在脚边，却改变了主意，扔进了旁边的烟灰盒里。时生一脸惊讶。

"我也不会永远都胡闹。"拓实说着笑了。

列车开动后不久，拓实又开口了："喂，去那里看看吗？"

"哪里？"

"东条家，我想再去一次。当然，你要是不愿意，我不会强求。"

原本望着车窗外的时生转过头凝视着拓实，使劲点了点头。

39

　　来到近畿铁道难波站的检票口前，拓实停下脚步。他转身看向跟在后面的竹美和杰西，点头致意。"就到这儿吧，各方面都承蒙照顾了。"

　　"想来的时候再来玩。还是说已经厌烦大阪了？"竹美笑眯眯地说。

　　"我学到了很多。等我安定下来，会再联系你的。"

　　"嗯。"竹美点点头。

　　"杰西也帮了我大忙。"拓实仰头看向这个高大的黑人。

　　"要多保重。"

　　说完这句，杰西跟竹美耳语了几句。竹美扑哧一声笑了出来。

　　"他说什么？"

　　"他说你最好还是别打拳击了，没这个天分。"

　　"真啰唆。"拓实冲着杰西做了个挥拳的姿势。

　　"时生，这个男人就拜托你了。要是不管他，都不知道他会乱来到什么地步。"

　　"交给我吧。"时生拍拍胸口。

312

"你把我当成什么了！"拓实露出不满的表情，随即恢复了认真的样子，对竹美说："我有件事要问你。"

"什么事？突然这么正经。"

"你是怎么原谅你妈的？"

"哎？"竹美的目光说明拓实的问题令她措手不及。

"你妈杀死了你爸，以伤害致死的罪名坐了牢吧？那时你的辛苦应该是非同一般的，就算恨你妈也不奇怪。但是如今，你和你妈却关系那么好地一起经营酒吧。你是怎么才能原谅她的？"

"哦，你是想问这个。"竹美垂下目光，有些害羞似的，表情放松了下来，"没有什么原谅不原谅的。我们是母女，所以我不能逃避。对方如果已经心生歉意，我没必要再计较，不是吗？"

"嗯……"

"不满意？"

"不，又受教了。"拓实注视着竹美的眼睛，"谢谢。"

竹美吓了一跳似的，张开嘴，连眨了好几下眼睛。

"拓实哥，差不多到时间了。"

"噢，那我们走了。"

"多保重啊！"

拓实和时生穿过检票口，走向通往站台的楼梯。下楼梯时，拓实往检票口一看，竹美和杰西依然站在那里。他挥了挥右手。

"她可真厉害。"拓实一边下楼梯一边嘀咕。时生点点头。

从大阪到名古屋，搭乘近畿铁道特急列车需要两个多小时。一路上，两人几乎没有交谈。拓实眺望着窗外的景色，思考着与东条须美子的再会。时生则一直在睡觉。

这家伙到底是什么人？拓实看着时生的侧脸想。

时生自己说是远房的亲戚，但拓实至今还是不明白两人之间到底存在怎样的联系，时生也没有要去弄清楚的意思。至于时生为什么一直没有离开，拓实也毫无头绪。

"我啊，是你的儿子。"时生曾经这么说过。他还说他来自未来。拓实既觉得那是胡话，又觉得那是最合理的答案。从未来回到过去，只为支持无能的父亲——实在是个好故事。拓实甚至想过要真是那样就太美好了。

算了，这家伙到底是什么人，他早晚会说出口，无须着急。能够确定的是，只要和这个家伙在一起，自己就能慢慢发生改变。当然，是变成认真的人。有这点就足够了。

一到名古屋，两人和之前一样搭乘名古屋铁道前往神宫前站。到达时，天色已经暗了下来，下起了淅淅沥沥的雨。不知不觉间，日本列岛已经到了梅雨的季节。两人都没有带伞，只能冒雨前行。

春庵藏青色的门帘已经清晰可见。拓实停下脚步，做了个深呼吸。

"怎么了？"时生问道。

"紧张。"

"哎？"

"走吧。"拓实迈开步子。

两人穿过门帘。也许是因为夜色将至，还下着小雨，店内没有客人。东条淳子和上一次一样待在里面，还是穿着和服。看到两人进来，她站起身，默默地走了过来。

"你们真的来了。"

"你知道我们会来？"

"麻冈家的婆婆白天打电话来了。"

"啊……"

拓实推测这应该是竹美的安排。他并没有告诉那个老婆婆今天会来这里，肯定是竹美说的。

"您要去见继母吗？"

拓实踌躇了片刻，回答道："要。"

两人被带到了上次那间茶室里。

"能在这里稍等一下吗？我先去泡茶。"东条淳子说着就要离开。

"请等一等。"拓实说，"在见她之前，我必须先道歉。"

东条淳子不解地歪了歪头。

拓实重新坐好，双手撑在榻榻米上，深深地低下头。

"对不起，我把那个弄丢了。"

"那个？"

"从你……从您那里得到的书，就是那本漫画。明明那么重要，我却弄丢了。不，不是弄丢了，是我把它卖给了当铺。那本漫画究竟有多么重要，我这个傻子当时还一无所知。我真的不知道该怎么道歉，您打我踢我都没关系。总之，真是非常……对不起。"拓实的额头贴到了榻榻米上。

东条淳子一言不发。拓实不知道对方现在的表情。他已经做好准备，无论对方怎样责骂，他都会接受。

吐气声传来，拓实明白他要挨骂了。然而接下来听到的声音却平和沉稳："请稍等一下。"随后是她走出房间并关上拉门的声音。

拓实抬起脸，看着时生。"她生气了吧？应该是过于生气，反而说不出话了。"

"我倒没看出来。"时生并不赞同。

"不会是去拿菜刀了吧？"

"怎么可能。"

"无所谓，该来的总会来，我会老老实实挨刀的。"

"我都说了，怎么可能会发生那种事。"

走廊里传来脚步声，拓实慌忙摆好和刚才一样俯身低头的姿势。拉门打开，拓实能察觉到对方坐到了对面。

身旁的时生发出"啊"的一声，拓实吓了一跳。

"请抬起头。"

拓实稍微抬起了头，但眼睛依旧闭着。

东条淳子扑哧一声笑了。"也请睁开眼睛。"

拓实依次睁开了双眼。看到摆在面前的东西，他"哇"地张大了嘴。

他的面前正是那本《空中教室》。画是手绘的，无疑是拓实卖给鹤桥当铺的那本。

"哎？这个为什么会在这里……"

"是大阪的同行通知我的，说发现了爪冢梦作男的手绘作品。我们一直拜托那位同行，只要出现爪冢的作品，就立刻联系我们。这是母亲的指示。手绘作品应该很难找到，我就想会不会是这本，结果果然如此。"东条淳子微笑道。

"非常抱歉。"拓实再次低下头，"这背后发生了很多事情。"

"请不要在意，是我让您自由处理的。而且我很高兴您理解了这部作品的意义。"

拓实只能垂首以对。回想自己的一言一行，他感到无地自容。

"拓实先生，我可以重新把这本漫画交给您吗？"

"交给我？可以吗？"

东条淳子点点头。"除了您，没人有资格拥有它。"

拓实把手伸向漫画，那份触感明显与第一次碰到时不同，一股暖意传到了心里。

"对了，我也有必须给您看的东西。"拓实打开书包，拿出信封。那是须美子曾想寄给他的信。他把信递给了东条淳子。

东条淳子看到收件人，点了点头。"我听继母说起过这封信，内容我也听过了。"

"请您读一读吧。"

"不，这是继母写给您的信。"她把信封放到拓实面前，"如果知道这封信也顺利交到了您手里，继母肯定会很高兴的。"

"那个……她的身体情况怎么样了？"

东条淳子略一歪头。"应该说是时好时坏吧。那么接下来就……"

"我去见她。"拓实盯着东条淳子的眼睛。

拓实跟着东条淳子走过长长的走廊。和果子的香气浸透了整座房子，这是拓实上次来时没有注意到的。

来到走廊尽头的房间门前，东条淳子跪坐下来，打开拉门，然后抬头看向拓实，点头示意他可以进去。

拓实向屋内望去。东条须美子躺在那里，仍然双眼紧闭。旁边坐着一位白衣女士，还是之前那位。

"夫人。"白衣女士唤道。须美子的眼皮缓缓睁开了。

"是拓实先生。"东条淳子呼唤。但是须美子没有反应。

"请进。"东条淳子说道。拓实踏入房间，在离床铺有一段距离的地方坐了下来。

"请再靠近一点儿……"东条淳子说。

拓实一动不动，目不转睛地注视着须美子。须美子眨了好几下眼，又合上了眼皮。

"不好意思。"拓实舔了舔嘴唇，"能让我们两个人单独待一会儿吗？"

"哎？可是……"白衣女士困惑地抬头看向东条淳子。

"可以的。"东条淳子立刻答道，随后看向白衣女士，"短时间的话没关系吧？"

"嗯，应该可以……"

"那我们出去吧。"

白衣女士犹豫片刻，瞥了须美子一眼，随即站起身来。两位女士走出房间后，时生也跟着离开了。

房间里只剩下两个人后，拓实仍然坐在原位，须美子也一动不动。

"那个……"拓实开口了，"睡着了吗？"

须美子的眼睛依旧紧闭。拓实清了清嗓子，稍微移动身体，向床铺靠近了一些。

"也许你睡着了，但我来这里是有事想和你说，我就先说了。你可能听不见，但是也没办法。"他挠了挠脸，又清了清嗓子，"怎么说呢？总之上次对不起了。很多事情我当时也还不知道。还有……"

说到这里，他皱起眉头，抓了抓头发，又拍了下膝盖，然后再次注视着须美子。

"不是你的错。"

就在这一瞬间，须美子的睫毛似乎动了一下。拓实凝视着她。但是她的眼睛没有睁开，身体也没有动弹。

拓实咽下唾沫，吸了口气。

"不是你的错。"他又说了一遍，"虽然发生了很多事，但不是你的错。这是我的人生，必须由我自己来把握。我不会再归咎于你了，我想说的就是这点。哦，还有一件事，就是谢谢你生下我。谢谢你。"

拓实双手撑地，低下头去。

须美子没有回答，似乎还在睡着。但是没关系，在这里像这样低下头，就是拓实今天过来的目的。

拓实呼了口气，站起身来，打算去叫东条淳子。但是看到须美子的睡脸，拓实猛地一怔。

他感觉有什么东西在他的胸中破裂了。他像石像一样一动不动，拼命忍耐着，不让那东西化作声音喷涌出来。

不知做了多少次深呼吸，拓实全身的力量都已消散。他把手伸进裤子的口袋里，就那样靠近床铺，然后又抽出了手。

握在他手里的是一条皱皱巴巴的手帕。他颤抖着，将手帕伸向须美子的脸。

他轻轻擦了擦须美子湿润的眼角。

40

"喂，宫本，你仔细看看，是桥本多惠子女士吧？你这不成了多惠予女士了吗？"

班长指出错误，拓实也察觉到了。

"啊，真的。对不起，我弄错了。"

"我说你，倒是再动动脑子啊，哪里会有多惠予这种名字。"

我是想着"多惠子"去选活字的，可就是弄错了嘛——拓实想要反驳，但拼命忍住了。

"对不起。"他摘下帽子，低头致歉。

"真是的，拜托你用心点。"班长唠叨着走了。

拓实咂了咂嘴，重新戴好帽子。他的面前排满了放置活字的架子，边看手头的记录边选活字是他的工作。这是一家位于向岛边缘的小型印刷公司，员工只有他和另外两人。他是来打工的，现在正值暑假，公司贴出了招工广告。从开始工作到现在过了一个星期，挑选细小的活字这项工作并不适合拓实，他接连不断出错。他还被分配了搬运大量纸张、将完成的印刷品送至客户手中的工作，这类工作体力消耗很大，但是拓实觉得做起来轻松愉快。

“宫本，有你的客人。”秃头社长从办公室探出头来。

“客人？找我的？”

可能是时生吧。时生在摩托车店工作，据说是负责搬运摆放二手摩托车，也属于短期工，今天就结束了。或许是早早完成，才带着看热闹的心情前来找他。

但是拓实来到办公室一看，发现等在那里的人完全出乎了自己的预料。

“哟，看起来很精神啊。”高仓在衬衫外面套了件白色夹克，脸被晒得黝黑。

“啊，好久不见。”拓实低头致意。

“能不能借用五分钟十分钟说个话？”

“可以，请稍等。”

拓实得到了社长的许可。他的工资是计件制的，中间离岗也不会被抱怨。

两人走进印刷公司对面的咖啡厅。拓实点了冰咖啡。附带《太空侵略者》游戏的位置几乎已经坐满，拓实二人坐的是普通的木桌。他有点儿手痒，但还是将目光从那些玩游戏的客人身上移开了。千鹤的话至今仍然牵扯着他的心。

“你选了个相当规矩的工作。”高仓点起烟，一脸疑惑。

“在印刷公司工作，可能会显得聪明些。”拓实直率地回答。

高仓笑了笑，弹落烟灰。再抬起头时，他的笑容已经消失了。

“关于国际通信公司的那件事，总算看到了解决的希望。所以我也想跟你报告一下。”

“是吗？其实你不用特意过来跟我说。”

“别这么说，我这边也有自己的做事方法。抽一根吗？”

高仓递来红色的云雀烟盒，于是拓实说了句“那我就不客气了”，随即抽出一根。工作的地方堆放着大量纸张和印刷用的溶剂，是禁止吸烟的。

"国际通信公司的社长应该会以挪用公款购买私人用品的罪名被逮捕。也就是说，冈部他们从国外买的东西会被当作是中饱私囊。而冈部也会以同样的罪名被处理。"

"这可没有中饱私囊那么简单吧？不是还到处贿赂送礼了吗？"

高仓点点头。"已经曝光了邮政部门两名官员的名字，那两人将会以受贿罪被起诉。邮政省也没法再置身事外，因此就牺牲了那两人。不过他们将来肯定会再找别的机会捞一把，因此完全没必要同情。"

"那政治家呢？背后肯定有黑幕吧？"

高仓噘着下嘴唇摇了摇头。"很遗憾，警方的搜查没有进行到那一步。应该说是没有被允许进行到那一步。其实，有个大人物的名字已经若隐若现了。那些钱以宴会券、招待和礼物等形式送到了那人手中，这点已经得到证明，但是无法判定为贿赂，只能放弃立案。该怎么说呢，这是必然的，是计划中的结果。在我们无法触及的地方，有人进行了某些交易，于是事情谈妥了。就是这么回事。"

"真肮脏。"拓实歪着嘴，喝了一大口冰咖啡。

"给你们添了大麻烦，却什么赔偿都没有，真的很抱歉。"

"你没有必要道歉……千鹤怎么样了？"

"她的事顺利解决了，她不会被起诉，已经认定她是受到冈部的欺骗，因此也是受害者。话说回来，你和她分手了？如果是这次的事情导致的，那真是让人难过。"

拓实用力摆了摆手。"这次的事情确实是个导火索，但我觉得我们迟早会走向同样的结果。请不要在意。我和千鹤都曾经是一无所知的小孩，借这次机会，我们终于能试着变成普通的成年人，让一切全都重新来过。"拓实说到这里略一停顿，"但是，我们现在也许还不是普通的成年人。"

高仓笑着点了点头。

"高仓，你今后打算怎么办？"

"大概还会在现在的公司待一段时间吧，毕竟还有很多没办完的事。但我总有一天会离开的。先在这里跟你透露一句，我有成立新公司的计划。"

"真厉害啊！什么公司？"

"当然是通信公司。今后，信息会成为最大的商品，所以通信手段应该也会不断发展，比如车载电话之类的。"

"车载电话？是在车里安装电话吗？"

"计划已经启动了。"高仓一边喝热咖啡一边点头，"我们会在各个地方修建基站。那将会是无线电话。"

拓实感觉自己听过类似的话题，并且很快就想到了是谁说的。

"车载电话确实很厉害。"他说，"如果能够做到，那么很快就会发展成人手一部电话吧，或许可以叫便携式电话。"

正要把咖啡杯端到嘴边的高仓停下了手，露出了饶有兴趣的表情。

"你可说了件有意思的事。正是如此，总有一天会变成那样。不过问题在于能否把电话机缩小到可以携带的程度。"

"很快就能做到的。不只是日本，海外的制造商应该也会竞相开发。"这也是从时生那里听到的。最近，拓实从他口中听到了很多梦话一样的事情。他并没有太当真，却依然留下了印象。

"要是变成那样，通信业应该会更进一步发展吧。"

"你知道电脑吗？"

"你是指个人电脑吧？我不会用，但大概知道是怎么回事。"

"用电话线把电脑连起来，或许就能交换信息。"

高仓闻言瞪大了眼睛，一个劲儿地盯着拓实的脸。"没想到你这么了解这些。你说得对，但这件事几乎没多少人知道，毕竟是去年才开发出来的新技术。是有人告诉你吗？"

"不，怎么说呢……是在报道上读到的。"

"原来你对通信技术这么关注。然后呢？"

"如果能用电话线让人们相互交换电脑上的信息，那么就会有更多人购买电脑，世界各地的电话线都会因电脑而相连。现在的电话线只能传递声音，可如果传递的是电脑中的信息，那么影像和图片传输就会成为可能。那样一来……总觉得会发展成不得了的局面。"

"你接着说。"高仓探身向前。

"啊，我也不是有什么特别想说的，只是把想到的东西说出来而已。"

"好了，继续说吧。"

听到高仓的催促，拓实挠了挠头。他有些后悔：事情朝奇怪的方向发展下去了。

"像那样使用电话线，就会有大量信息被交换，进而形成信息网，电话本身也将发生改变。刚才说到的便携式电话将会普及，而且不仅能够通话，还会具备简易电脑一样的功能，无论是谁，都能边走边获取全世界的信息。到了那时，世界将一举变成一个整体。"拓实说着摇了摇头。他已经不知道自己在说什么了，毕竟一切都是从时生那里现学现卖的。"那样的时代应该快要到来了吧。"

高仓目不转睛地盯着拓实，开口道："你在写小说吗？科幻小说之类的。"

"我？怎么可能。"

"我想也是。刚才那些话，你跟很多人都说过吗？"

"没有，这是第一次。"

"是吗？"高仓露出思考的表情，继而笑眯眯地说道，"真是独特的想法。都设计起移动式电话了，还不像是一时兴起乱说的。宫本，你真厉害。"

"是吗？"

"我想让你见一个人，下次请务必留出时间。"

"时间倒是有的是。要见谁？"

"将会成为新公司社长的男人，我想让他听听你说的这些话。"

"就这种话？"

"谁听了都会吃惊的。就这么定了。"高仓指了指拓实的脸。

结束这天的工作，拓实回到公寓，时生已经先回来了。他正在看日本地图，旁边倒着一个方便面的空碗。

"工作结束了？"拓实问。

"嗯，已经拿到了工钱。"

"明天要怎么办？又要开始找工作吗？"

"明天……"时生盯着地图回答，"已经不用考虑了。"

"说什么呢？什么意思啊？"

"拓实哥，可以和你商量件事吗？"

"和我吗？真稀奇。"拓实在时生身边盘腿坐下，叼起烟。

"假如啊，存在一种时间机器，然后你通过它回到了重大事故发生前，你会怎么办？"

"你这问题还真是奇怪。"拓实抽完了一支烟。ECHO烟果然比不上云雀烟，他想。"怎么可能有时间机器。"

"所以说是假如。你会怎么办？"

"既然知道要发生事故，那就想办法避免它发生。"

"但是那样就会改变过去。如果事故不发生，现实或许就会发生巨大变化，自己可能将不会出生在这个世上。"

"啊？什么？完全不明白你的意思。"

时生叹了口气。"应该不会明白吧。"

"你在耍我吗？"

"没有，不明白是理所当然的。"时生摇摇头，目光再次落在地图上。

"你刚才说的我不太明白，但便携式电话和电脑我可明白。今天我也和那个高仓说了，吓了他一跳。"拓实讲述了白天的事。

时生认真地听完，点了两三次头。

"你最好按高仓的话做，肯定会顺利的。不过这可能也不需要我说，因为过去的事是不会改变的。"

"怎么又是过去？你有点儿不对劲。"

拓实说到这里，传来了敲门的声音："宫本先生，有电报。"是个男人。

"电报？"拓实第一次收到这种东西。他一边感到意外，一边打开门接过电报。

看到电报上的文字，拓实瞬间倒吸一口凉气，他茫然地站着，一动不动。

"是东条女士寄来的吧？"时生问道。

拓实回头看着他。"你怎么知道？"

时生露出悲伤的微笑。"因为今天是七月十日。"

拓实没有听懂时生的意思，但他已经无暇再去思考。电报的内容让他受到了打击。

那是一份通知：东条须美子过世了。

41

第二天午后，拓实和时生一起从东京站坐上了大巴。给须美子守夜就在今晚，明天则是葬礼。拓实还没有决定是否要以家人的身份出席。事到如今再以儿子自居，似乎有些太任性了。

"坐大巴，你还真想得出来。"时生说道。

"因为新干线太贵了。从今以后，我也要注意节约。"

"嗯……我是打算如果你提出坐新干线，我就说坐大巴。过去果然是不会变的。"

"你从昨天开始就很奇怪，不会是热糊涂了吧？"

大巴准时出发了。前些日子坐新干线是人生第一次，这次的大巴对拓实来说也是初体验，他连东名高速公路都还没有见过。

拓实一边眺望和新干线车窗外不同的风景，一边想东条须美子的事。她的死让拓实受到了打击，但那并不是悲伤。硬要说的话，那是一种失望的感觉。到了现在，他开始觉得还有更多的事应该和她说。这一想法已经不可能变成现实，拓实感到后悔万分。唯一的安慰，就是在最后一次见面时，拓实对此前的言行表示了歉意，并感谢她生下自己。拓实不知道自己的想法传达出了多少，但看到她的眼泪，拓实相信她已经听到了。

时生一直沉默不语。他闭着眼睛，却不像是在睡觉，皱纹不时在他眉间堆起。他看起来正在犹豫什么。拓实跟他搭话，也只得到了含糊的回答。

大巴里有厕所，但还是在足柄服务区停下，要休息十分钟。拓实催时生起身。

"你发什么呆，不舒服吗？"

"没什么不舒服的。"

"那怎么了？"

"什么事都没有。"

两人向厕所走去。但是走到一半，时生突然停了下来。他的视线转向停在路旁的摩托车。

"在摩托车店工作过，所以就突然迷上摩托车了？"

"钥匙在上面。"

"哎？"

"那辆车的钥匙还在上面。"

仔细一看确实如此。

"哼，真是粗心。大概是觉得在这种地方不会被偷吧，还是说尿憋不住了。"

时生对拓实的玩笑毫无反应。真是个奇怪的家伙，拓实想。

"反正你也不会骑。"拓实说道。

"我在摩托车店旁边的空地上稍微练习过。"

"那又怎么样？走吧，我憋不住了。"

拓实迈开步子的时候，时生"啊"了一声。"这次又怎么了？"拓实回过头。

时生的视线前方停着一辆红色的丰田卡罗拉，三个女人正要坐进去。其中一个人扎着马尾辫。

"全是美女，你也喜欢吧？"

"不是那个意思。"

"那是什么意思？是你认识的人？"

"不。"时生摇摇头，"现在还不认识……"

"现在还？"

红色卡罗拉很快伴随着轻快的引擎声发动了，从两人眼前驶离。

"走吧，美女们走了，我们也赶紧吧。磨磨蹭蹭的话，会被大巴扔下的。"

但是时生一动不动。他做了个深呼吸，转向拓实，眼中带着认真的目光。

"怎么了？"拓实有点儿紧张。

"拓实哥。"时生咽了口唾沫，"我们就要在这里告别了。"

"哎？"

"到此为止了。虽然时间很短，但是我很开心。"

"你说什么呢？"

"只是跟拓实哥在一起，我就很幸福。不，从我们在这个世界相逢前，我就这么想了。在见到现在的拓实哥前，我就已经足够幸福，觉得能出生在这个世上真好。"

"时生，你……"

时生像是在忍耐什么似的咬住嘴唇，然后缓缓摇了摇头。

"过去或许是无法改变的，但我不能在知道会发生什么的情况下坐视不管。"他说着便冲了出去，跨上刚刚那辆摩托车，发动了引擎。

"啊！喂，你干什么？"

拓实慌忙跑过去，但时生已经启动了摩托车。

"喂，时生！"

听到他的呼喊，时生的目光转向了他，可只有一瞬间。摩托车并没有减速，直接驶入了高速公路的主路。

拓实惊慌失措地四下张望。大巴司机正在缓步走来。

"喂！快开车！"

司机被拓实的气势吓得一退。"你是什么人？"

"我是乘客，快开车！"

"还有两分钟。"

"不就两分钟吗？我这边赶时间！"

"那怎么行。要等所有乘客都到齐了才可以。"

拓实跟着司机上了车，人还没到齐。他在座位上坐立难安。

"你旁边的客人呢？"乘务员问道。

"那家伙坐别的车了。他不会回来了，你们随时可以开车。"

对方露出惊讶的神色。

大巴终于发动了。拓实目视前方，但是追上好几分钟前就已离开的时生是不可能的。

拓实不明白时生的行为。他为什么会说那样的话呢？改变过去——他总是把那种事挂在嘴边。那到底是什么意思？他骑上摩托车又打算干什么？为什么突然要告别？

拓实唯一能确定的，就是悲切的情绪已经在心中激起旋涡。这是不是源于可能再也见不到时生，拓实也不甚清楚。

大巴继续开了一阵子，速度突然降了下来，像急刹车一样。拓实一下子向前扑去，额头差点儿撞到前方的座椅靠背。其他乘客也发出了惊呼声。

拓实望向前方，车辆已经连成了串，发生严重的交通堵塞。大巴的速度越来越慢，最终停了下来。

"到底怎么回事？"拓实咂了咂嘴。不满的声音也从其他乘客口中传来。

"请稍等，我们正在调查。"乘务员试图安抚乘客。

拓实十分担心时生，目不转睛地盯着前方。但是他只能看到排列起来的汽车尾灯，完全不知道发生了什么。

乘务员握住了麦克风。"各位乘客，根据刚刚收到的消息，前方的日本坂隧道内发生了严重火灾。详细情况还不清楚，但是目前我们预测已无法通过隧道。"

乘客们纷纷叫嚷起来。

"什么啊！"

"那会怎么样？"

"从这里就不能动了吗？"

乘务员和司机交谈了几句，再次拿起麦克风。

"我们会在接下来的静冈出口离开高速公路，沿国道前往名古屋。请准备在静冈下车的乘客提前告知，我们会经停静冈站。"

好几名乘客都提出了申请，拓实也在其中，但这并不是因为他想尽早到达名古屋。

之后又过了几十分钟，大巴才终于开动，而到达静冈站则是两个多小时后的事了。夜幕已经完全降临。

通过站内的电视，拓实终于知道发生了什么。日本坂隧道内发生了车祸，进而引发了火灾。现在，留在隧道内的车辆仍在燃烧，完全无法预测大火何时能被扑灭。

拓实往东条家打了个电话，告诉对方今晚恐怕无法到达。东条淳子已经通过新闻了解了事故，得知拓实平安，她似乎松了口气。

"真是太糟糕了。拓实先生，今晚您要住在那边吗？已经找到住处了吗？"

"我会想办法的。明天我坐电车过去。"拓实说着挂断了电话。

他并没有住酒店的打算，而是准备在静冈站待上一晚。如果时生还没到日本坂隧道，那他必然也会来到静冈。如果他已经过了隧道，那就和事故无关了。至于时生就在隧道里的假设，他连想都不愿想。

不过，拓实想起了时生昨天的话。他简直就像预见到了事故的发生。难道他是想阻止事故，才会骑着摩托车冲过去吗？

怎么可能？

静冈站里，被困住的人越积越多，似乎都是没找到住处的。拓实坐在装有丧服的包上，确认着来往的人们。他没有发现时生。

随之吸引他目光的，是坐在那辆红色卡罗拉里的三个人。他清楚地记得那个梳马尾辫的女人。三人都是满脸疲态，正蹲在那里。

拓实犹豫着想要打招呼，但又不知道该如何开口。

深夜到来，车站里依然人满为患。拓实最终就那样等了一夜。可是到了清晨，首班列车开出的时候，时生还是没有出现。

42

拓实最终没有赶上东条须美子的告别仪式。等他赶到时，火化都已经结束了。东条淳子匆忙在里屋布置好祭台，让拓实能够上香。照片里的须美子年轻而充满活力，面容和拓实记忆中的相同。如果那时能再多说几句话——可是后悔也来不及了。

"没有您那位朋友的名字。"拓实上完香，东条淳子递来报纸，看起来是晚报。

拓实展开报纸，首先映入眼帘的是"流通的动脉'东名'被切断"的标题，下方是"死亡六人，烧毁车辆一百六十辆"的字样，以及日本坂隧道火灾的报道。修复工作恐怕需要数日才能完成，事故原因是六辆汽车连环追尾。载有易燃物乙醚的卡车起火导致火势蔓延，大约一百六十辆车接连爆炸燃烧。现场过高的温度让灭火工作无从开展，只能任其燃尽。报道称，这是高速公路史上最严重的交通事故。

拓实读着报道，不由得起了一身鸡皮疙瘩。如果时间稍有偏差，自己恐怕也会卷入其中。

死者的身份已经查明，其中确实没有时生的名字。他们所乘的车也已得到确认，就算时生这个名字是假名，也一定不在其中。

拓实暂且松了口气。

不过，时生到底去哪儿了呢？拓实在静冈站等了一整夜，时生也没有出现，所以不排除他已经在事故前穿过隧道的可能。可是，他也没有来东条家。

我们就要在这里告别了——他是这么说的。为什么他会下决心在那里告别？他打算做什么？

不，拓实想道，原本就不知道时生到底是什么人，也不知道他为何出现，又为何消失。

拓实询问东条淳子自己是否可能有远房亲戚，时生最初就是那样自我介绍的。但是东条淳子带着一脸不可理解的表情疑惑道："麻冈家那边没有那样的人。"

她的回答正如拓实所料。拓实始终认为时生是在撒谎。他肯定是因为有什么隐情，才无法表明自己的身份，而且必须在隐瞒身份的情况下接近拓实。问题就在于隐情中的真相。然而无论怎么思考，拓实都找不到能够让人接受的答案。

东条淳子说不用着急走，但拓实还是立刻离开了东条家。他隐约有种预感：今后大概还会再来这个家好几次吧。不过现在他担心的是时生。

回到东京，时生仍没有出现。拓实没有办法，只能回到在印刷厂工作的生活中。拖着疲惫的身体回到公寓时，已经没有任何人在等他了。虽然在时生出现之前，拓实就过着这样的生活，可如今他却感到极度空虚。

读到那则新闻报道，是在日本坂隧道事故发生后的第十天。隧道似乎已经可以双向通行，但报道中说严重的拥堵仍在持续。

自从事故发生以来，此前不怎么读报的拓实开始经常翻看报纸。不过那当然不是他自己买的，而是放在工作场所的，他时常利用休息时间借来翻阅。他觉得可能会找到新的遇难者，但万幸的是，报纸上并没有关于死者增加的消息。

就在隧道事故的相关报道越来越少的时候，一天，拓实的目光停在了社会版面的一个角落。那里刊登了时生的照片。照片上是时生的正脸，下面写有"溺亡者川边玲二先生"的字样。报道的标题为"失踪两个月的遗体今被发现"。拓实读了报道。

在静冈县御前崎海岸发生了不可思议的事件，两个月前被冲上岸边的溺死者遗体一度去向不明，如今在同一地点重新被发现。死者为城南大学三年级学生川边玲二（二十岁），五月初驾驶帆船出海时遭遇风暴，因帆船倾覆而落海溺亡。当时与他同乘的帆船部成员山下浩太郎（二十岁）亦遭不幸，两人的遗体被同时冲上海岸，随后被附近居民发现。但是在居民报警期间，川边先生的遗体莫名失踪，警方和海上保安本部以遗体可能再度被水冲走为前提进行了搜索，但毫无结果。事发两个月后的本月十二日凌晨，遗体在同一地点被发现，由随身物品判断为川边先生，家属也已确认。川边先生的遗体几乎没有损伤，也没有腐烂。警方认为两个月前被冲上岸时，川边先生尚处于假死状态，苏醒后前往某地生活，如今又遭水难。然而从衣着与两个月前相同等方面来看，本事件依然谜团重重。

拓实屏息凝神，一次又一次确认照片。虽然像素很低，不太容易看清，但那就是时生无疑。

两个月前——

拓实想起了与时生相遇时的情形。那正是在两个月前，而告别则是本月十一日，也就是川边玲二的遗体即将被发现的时候。

怎么可能！苏醒的川边玲二以时生的名字与拓实一起生活——怎么可能会有这种事？拓实根本就不认识川边玲二这个人。

这篇报道在拓实脑海中挥之不去，他甚至想往报社打电话询问川边玲二家的地址，然后偷偷摸摸去看看情况，但最终没有付诸行动。拓实认为这一定是偶然，但是又害怕得出"时生的真面目是溺死遗体"这一结论。在拓实心里，是希望时生依然活在某处的。

事故发生大约两个月后的一天，拓实独自坐上了大巴，因为日本坂隧道的下行线终于全面恢复通车了。在那之前，东条淳子联系了拓实，说有好几件须美子的遗物想交给他。拓实回答，等到隧道全面恢复通行后，他会在第一个休息日前来。

坐上大巴，等待发车时，有个似曾相识的女人独自上了车。拓实思索片刻，想了起来。在隧道事故发生前不久，他曾在足柄服务区见过她，事故发生后又在静冈站见过。那时她梳着马尾辫，但这次她披散着头发，穿着深灰色的连衣裙。

女人坐在拓实的斜前方。大巴开出后，她一直在读一本文库本。每当她的脸有要转动的迹象，拓实便立刻移开目光。

大巴和那天一样驶入了足柄服务区。拓实回过神来，发现自己的目光一直在追逐着那个女人。她要去哪里？如果和她搭话，会不会太过唐突？

不一会儿，大巴从足柄服务区离开了。拓实有些犯困。他清醒过来，是因为有乘客提到了日本坂隧道。

离隧道似乎很近了，拓实想要看看这场大型事故留下了什么样的痕迹，但是当他的目光先转向那个女人时，却不由得屏住了呼吸。她正紧紧握着一串念珠。

大巴离隧道越来越近，路旁堆积着多辆已经烧焦的汽车残骸，让地面上的白线显露出一种奇异的鲜活。有乘客发出了不知是呻吟还是叹息的声音。

女人将念珠夹在指间，双手合十。拓实目不转睛地盯着她。

大巴接下来停车的地点是滨名湖服务区。看到女人下了车，拓实也站起身。

"那个……"他心一横，开口道。他已经做好了被忽视的心理准备，可是女人抬起头时，目光里却没有惊讶的神色。

"嗯？"

"在那场事故里……在日本坂隧道事故里有谁遇难了吗？朋友之类的。"

女人不好意思地低下头，似乎察觉到自己双手合十的一幕被人看见了。

"我是觉得你和你的朋友应该没有遇险，虽然当时的情况可能很危急。还是说那辆红色的卡罗拉被烧了？"

女人闻言，惊讶地瞪大了眼睛。

"那时我在足柄看见你们了，我那天也是坐大巴。你们开了一辆红色的卡罗拉吧？"

女人露出恍然大悟的表情，微微点了点头。"你记得真清楚。"

"是我的同伴注意到了你们，后来我在静冈站也看见你们了。事故发生后你们去了那里吧？"

"嗯，我们刚一进隧道，就动弹不了了。"

"真的？那真是糟糕。"

"我们差一点儿就被卷进大火，于是弃车逃出来了。那是朋友的车。"

"真是不幸。不过你们都没事，太好了。"

"是啊。"她把手伸向串珠包，刚才的念珠大概就放在里面，"的确是千钧一发。事故发生前，我们正好有点儿事，晚了一会儿才进隧道。要是早点儿进去……但是一想到死去的人们，就没法打心底里感到庆幸。那时如果按计划前行，死去的可能就是我们。所以……"

"我明白了。"拓实立刻回应道。真是个心地善良的姑娘，他想。

休息时间结束，回到大巴上，拓实问女人能不能坐到她旁边，女人爽快地答应了。

她叫筱冢丽子，在池袋的书店工作，住在日暮里的父母家。这次出行，是要去神户参加朋友的婚礼。拓实递出名片，那是他擅自用打印机制作的。

两人相互介绍期间，大巴已经到了名古屋。时间流逝之快让人吃惊。

"回到东京以后，还能不能见面？"拓实试着问道。

丽子稍显犹豫，但很快莞尔一笑，在拓实刚才递来的名片背后写下了电话号码。

"打电话要在晚上十点前，我家老爸很啰唆的。"

"我会在九点前打电话。"拓实说着接过名片。

约定在三天后实现了，两人约好在休息日见面。第一次约会的地点是浅草，当然是拓实带路。

拓实迅速被丽子吸引了。她落落大方，不拘小节，无论何时都不忘感恩之心。和她在一起，拓实感到自己的心也沉稳下来，曾经像针一样尖锐的东西渐渐融化了。

每到休息日，拓实都会和丽子见面，见不到的时候就在电话中倾听对方的声音。一转眼三个月过去，新年到来，时间跨入了二十世纪八十年代。

一月一日午后，拓实和丽子去浅草寺进行了新年后第一次参拜，然后走进一家咖啡厅。

"我最近准备换工作了。"拓实边喝咖啡边说。

丽子睁圆了眼睛。"去哪家公司？"

"是做通信事业的。对方曾说等公司一成立就告诉我，如今终于准备好了。"

高仓联系拓实是在年末的时候。以前他也曾提到过这件事，但拓实没想到他是认真的，接到电话时大吃一惊。

"通信事业是指什么？"

"基本上就是提供移动电话服务，但不止如此。"

拓实讲述了自己在脑海中描绘出的未来的电话网络系统。这是从"他"那里现学现卖的。怀念与苦涩交织在拓实心中。

"我不太懂，但是……"丽子恬然一笑，"拓实你那么努力，肯定会顺利的。加油啊！"

"谢谢。"拓实笑着点了点头。

丽子的视线转向了斜上方。那里放着一台电视，画面中是歌手泽田研二。

"是Julie。真是首奇怪的歌，好像是新出的。"

拓实看了看画面下方的文字，轻轻地"啊"了一声。歌曲的名字是《TOKIO》。

"时生飞向空中了吗……①"他喃喃自语。

---

① "TOKIO"在日语中可以写作"时生"。这首歌的歌词里有"TOKIO在空中飞翔"这样一句话。

终 章

纸杯中的咖啡已经完全凉了。宫本啜了一口，润了润喉咙。他的目光移向墙上的时钟，这才发现自己已经讲了两个多小时。

远处传来拖鞋摩擦地面的声音，但很快消失了。深夜的医院安静得可怕。

"川边玲二到底是不是时生，至今我也不知道。说句实话，连那个名字我都是讲着讲着才想起来的。真是奇怪啊，在事情变成现在这样之前，我甚至从没意识到。"宫本微微歪过头。

"为什么你从没给我讲过这件事？"丽子问道，"你和时生在二十多年前见过面。"

"我自己在很长一段时间里也忘了。不，不应该说忘了，而是这件事没有来到我的记忆表面。时生住院后，我意识到事情已经无法挽回，才在不经意间想了起来。但是，我不知道该怎样告诉你，因为你可能会觉得连我都变成了怪人。"宫本苦笑着看向妻子，"你相信吗？这种胡言乱语。"

丽子的目光笔直地看向丈夫。"我相信。"

"是吗？"宫本点点头，呼出一口气来，"时间这种东西到底是怎么回事，我也不太明白。可能有许多灵魂都像时生的那样，可以跨越时间。人类或许就这样借助那些来自未来的灵魂的力量，一点点筑起历史。托时生的福，我走上了正道。当然，我也可以把那全部当成错觉。曾经有个叫时生的奇怪男人，给我的年轻时代带来了些许影响。我自以为那个男人是自己的儿子，以此来缓解如今的痛苦心情。这都是无意识间产生的想法。但是，我还是想把那时的时生等同于我们的儿子时生。如果没有遇到他，时生就不会来到这个世上。"

未来并非只是以后——那个声音至今仍在宫本的记忆深处不断回响。

"我相信。和你在一起的时生就是我们的时生，一定没错。"

"你真这么想吗？"

丽子闻言，不知为何点了点头。宫本面露不解。

"我不仅相信你的话，我也有我自己的理由。听到你的话，我终于在二十年后把谜题解开了。"

"谜题？"

"日本坂隧道。"她说着做了个深呼吸，"你也记得吧？我们差点儿就被卷进那场事故里了。"

"嗯，你说你们把车扔在隧道里逃走了。"

"那时朋友开得很快，我们也都在兴头上。马上就要开进隧道时，他出现了。"

"他？"

"是个骑摩托车的年轻人。"丽子注视着丈夫的眼睛继续说道，"他紧贴着我们的车，好像在喊什么，但是听不到。开车的朋友很生气地把车往路边靠，于是他的速度也慢了下来。朋友一开窗，他就说：'你们不能再往前开了，就在这里等着。'不知为什么，他一直看着我的脸，而看到他，我不知为何有种怀念般的悲伤感。"

"是时生……"

"朋友没听他的话，关上车窗就发动了车子，还说了句'真是个奇怪的男人'。但是我却有种不安的感觉，因为他看起来并不像在发疯。回头一看，他又跨上摩托车骑了起来，还冲其他车拼命地喊着什么。"

"他知道无法改变过去，但又不能坐视不管。"

"就在那时，隧道已经近在眼前。可是一进入隧道，我们就觉得不对劲。前面的车突然一个接一个地踩下了急刹车。"

那正是事故发生的瞬间。

"前方传来震耳欲聋的爆炸声，大火眼看着烧了起来。我们还在茫然无措，突然有人猛拍我们的车窗。定睛一看，是之前的那个年轻人。他不知何时已经追了上来，拉开我们的车门大喊：'快逃！离开隧道，能跑多远就跑多远！'我们虽然不明白原因，但还是赶紧从车上下来了。那时，他对我说：'请加油活下去，一定有美好的人生等着你。'"

丽子的话瞬间传遍了宫本全身。仿佛受到刺激一般，他感觉身体里的血在沸腾。那种感觉很快在他眼睛深处凝结成了炽热的东西。他低下头，泪水啪嗒啪嗒滴落在脚边。

"他……时生他……"丽子也强忍呜咽，"之后，他继续跑向隧道深处，大概是想去救更多人。"

"最后一共有七名死者……"

"死者只有七名，因为他一定救了很多人。不止如此，正因为他在隧道入口前阻拦，所有车的速度都降下来了。如果没有他，那么包括我们在内，大家可能会以更快的速度冲入隧道。"

他改变了过去，宫本想。历史原本可能会更加悲惨。

宫本将手放在妻子肩头。"我今天才第一次听到这些事。"

"我也是不经意间想起来的。真不明白为什么会这样，明明是那么重要的事。"

这或许就是时间的法则，宫本想。为了不引发悖论，时间会操控着他们。

"我和你都被他救了。"宫本说，"被现在睡在那里的儿子。"

"你讲到的时生是川边玲二吗？如果是，那么那时的时生……"

宫本明白丽子想说什么，也感受到了丽子无法再说下去的心情。他摇摇头。

"时生可能是借川边玲二的身体出现在我面前的，但他只是借用了身体。当身体还回去后，他一定开始了新的旅程。"

"是吗……"

"就这么相信不好吗？"他搂紧了妻子的肩膀。妻子的手也搭在了他的手上。

就在这时，跑步声从走廊传来。宫本不由得看向丽子的脸，丽子也注视着他。两人产生了同样的预感。

跑来的人是护士。看到对方严肃的表情，宫本明白，最后的时刻到了。

"您儿子的情况出现了变化……"护士只说了这些。

宫本和妻子一同站起身。

"他有意识吗？"

"现在可能恢复意识了，但是……"

没等护士说完，宫本就跑了出去，丽子跟在后面。

他们冲进重症监护室，医生正盯着时生的脸，另一名护士则注视着旁边的监控仪器。两人都面色严峻。

"和他说说话吧。"医生对宫本和丽子说。他声音低沉，似乎已经无力回天。

丽子在床边蹲下，握住儿子的手。她一边任泪水濡湿脸颊，一边呼唤儿子的名字。不知时生是否能够听到，他没有任何反应。

宫本来回看着哭泣不止的妻子和双眼紧闭的儿子。明明应该感到悲伤，情感却已飞散到天外，他只觉得自己仿佛在望着一张照片。

他把手搭在妻子的后背上。

"时生没有离开，而是踏上新的旅途了，刚才我们不是确认过了吗？"

丽子不停地点头，但泪水还是止不住地流淌。

宫本的脑海中接连浮现出时生健康时的样子。他能听到时生的声音，也能想起两人互相逗趣时的感觉。他抬头看向天花板，眼中溢出的东西滑过脸颊，一直流到了脖颈上。

这时，他突然想了起来，自己还有一项重大的任务没有完成。

他注视着时生的脸，进而将嘴凑近他的耳边。

"时生，能听到吗？时生！"

这件事可不能忘记。这是最重要的事。如果不告诉时生，他就无法开始新的旅程。

宫本竭尽全力大喊："时生！我在花屋敷等你！"

图书在版编目（CIP）数据

时生／（日）东野圭吾著；史诗译. —— 海口：南
海出版公司，2023.9
（东野圭吾作品）
ISBN 978-7-5442-8576-6

Ⅰ．①时… Ⅱ．①东… ②史… Ⅲ．①推理小说－日
本－现代 Ⅳ．① I313.45

中国版本图书馆 CIP 数据核字（2021）第 129180 号

著作权合同登记号　图字：30-2021-044
Tokio
©Keigo Higashino 2005
All rights reserved.
Original Japanese edition published by KODANSHA LTD., Tokyo.
Publication rights for Simplified Chinese character edition arranged with KODANSHA
LTD. through KODANSHA BEIJING CULTURE LTD. Beijing,China.

时生
〔日〕东野圭吾 著
史诗 译

出　　版　南海出版公司　（0898）66568511
　　　　　　海口市海秀中路51号星华大厦五楼　　邮编 570206
发　　行　新经典发行有限公司
　　　　　　电话（010）68423599　　邮箱 editor@readinglife.com
经　　销　新华书店

责任编辑　张　锐
特邀编辑　倪莎莎　陈梓莹
装帧设计　韩　笑
内文制作　贾一帆

印　　刷　河北鹏润印刷有限公司
开　　本　850毫米×1168毫米　1/32
印　　张　11
字　　数　266千
版　　次　2023年9月第1版
印　　次　2024年11月第4次印刷
书　　号　ISBN 978-7-5442-8576-6
定　　价　59.00元